*Зарубежный
романтический
бестселлер*

*Читайте в серии*

# САРА ДЖИО

*Ежевичная зима*
*Фиалки в марте*
*Соленый ветер*
*Последняя камелия*
*Утреннее сияние*
*Лунная тропа*
*Тихие слова любви*
*Среди тысячи лиц*
*Назад к тебе*
*Все цветы Парижа*
*Сладко-горькая история*

# САРА ДЖИО

## Все цветы Парижа

роман

УДК 821.111-31(73)
ББК 84(7Сое)-44
Д41

Sarah Jio

ALL THE FLOWERS IN PARIS

Copyright © 2019 by Sarah Jio
All rights reserved

Иллюстрация на обложке: © JuliaK / Gettyimages.ru

Перевод с английского *Ирины Гиляровой*

Художественное оформление *Сергея Власова*

**Джио, Сара.**
Д41 Все цветы Парижа : [роман] / Сара Джио ; [перевод с английского И. Гиляровой]. — Москва : Эксмо, 2023. — 416 с.

ISBN 978-5-04-160231-4

После частичной потери памяти дочь известного киноактера Каролина Уильямс приезжает в Париж и арендует квартиру на улице Клер. Вскоре она понимает, что красивый старинный дом хранит сумрачную тайну. Каролина обнаруживает в одной из комнат письма некой Селины, датированные 1943 годом. Селину удерживали в доме насильно, но она не теряла присутствия духа и делала все, чтобы спасти своих любимых, особенно малышку дочь.

Разбираясь с загадками, корни которых уходят более чем на полвека в прошлое, Каролина находит ключи и к собственной памяти, в глубинах которой притаились и боль, и вера, и любовь.

УДК 821.111-31(73)
ББК 84(7Сое)-44

ISBN 978-5-04-160231-4

© Гилярова И., перевод на русский язык, 2021
© Издание на русском языке, оформление. ООО «Издательство «Эксмо», 2023

*Евангелине и Петре*

## ОТ АВТОРА

*Сиэтл, декабрь 2017 года*

Дорогой читатель!

Это мой десятый роман. Меня тянуло в Париж всегда, я мечтала о Городе Света давно, еще в колледже. Потом я много путешествовала, работала над очередным романом, и по разным причинам у меня никак не получалось побывать во Франции. Но я всегда знала, что когда-нибудь напишу книгу, герои которой будут жить в Париже. Правда, в моих предыдущих романах герои тоже приезжали в Париж, но до сих пор еще никогда действие не происходило только в этом городе, и сейчас я немного волнуюсь.

Работая над романом, я жила странной жизнью: старалась быть хорошей мамой для трех моих маленьких сыновей в Сиэтле и одновременно заглядывала вместе с моими героями в самые прелестные парижские кафе, наслаждалась видами знаменитого города. Я поднималась на Монмартр, любовалась на улице Клер красочными лотками с фруктами и цветами, пила эспрессо в маленьких бистро в неведомых переулках.

Но в моем романе речь идет не о шоколадных круассанах и Эйфелевой башне в весенний день. Его герои проходят через суровые испытания не только в оккупированном немецкими фашистами Париже, но и в наши дни. Они учатся — успешно и не очень — бороться со злой судьбой, прощать и любить.

Эта книга — мое признание в любви Парижу. Возможно, что не последнее. А пока я надеюсь, что вам понравится эта история и вы полюбите ее героев и весь Париж, до последнего его цветка.

*С любовью,*

Сара

# Глава 1

## КАРОЛИНА

*4 сентября 2009 года
Париж, Франция*

*Как он мог?* С пылающими щеками я вскочила на велосипед и, крутя педали, помчалась вниз по улице Клер мимо лотков с блестящими лиловыми баклажанами, с букетиками цветов, розовыми пионами и золотистыми подсолнухами в крошечных ведерках, мимо кафе «Дю Монд», где я иногда покупала кофе, если слишком уставала и мне было в облом идти пешком до «Бистро Жанти», мимо старушки, выгуливавшей крошечного белого пуделя. Несмотря на яркое солнце над головой, она, как закоренелый пессимист, сжимала в костлявом кулачке зачехленный зонтик, словно небеса могли в любой момент разверзнуться и обрушить на город свою накопившуюся ярость.

Ярость — да, я испытывала именно ее. Во мне бурлила ярость. Меньше всего я ожидала или хотела увидеть *его* сегодня утром. После всего, что произошло, неужели ему не хватило порядочности уважать мои желания? Ведь я сказала ему, что не хочу его видеть ни сейчас, ни... вообще когда-либо. Но он все-таки материализовался передо мной, да не где-нибудь, а в кафе «Дю Монд», улыбаясь как ни в чем не бывало, как будто...

Я сморгнула слезы, стараясь не терять остатки самообладания. Прошлым вечером я не сумела сдержаться, швырнула на скатерть салфетку, заорала на него и выскочила на улицу... А вот истинные парижанки, в отличие от меня, никогда не утрачивают самообладания.

В этом отношении мне предстояло еще много работать над собой, но вообще-то я уже могла сойти за француженку, по крайней мере, если не смотреть слишком пристально. Я ездила на велосипеде в платье. С легким шарфиком на шее. Светлые волосы завязывала на макушке в пучок. Без шлема. У меня ушло три года, чтобы мало-мальски овладеть языком (подчеркиваю — мало-мальски), но вот на адекватное владение французским стилем я пока и не надеялась — на это уйдет вся жизнь.

Но разве теперь это имело какое-то значение? Со временем Париж стал моим убежищем, моим коконом, моим спасением от прошлых горестей и драм. Я сморгнула слезы. А сейчас? Неужели этот идиот в самом деле уверен, что может вот так впорхнуть в кафе и я буду вести себя так, словно ничего не случилось? Что одним взмахом волшебной палочки можно вернуться в те времена, когда у нас все было хорошо?

Вздрогнув, я оглянулась через плечо — убедиться, что он не преследовал меня. Кажется, нет, и я помчалась еще быстрее и свернула за угол, где мужчина в кожаной куртке поймал мой взгляд и улыбнулся так, словно мы встречались и раньше. Нет, не встречались. Сказать, что французы на редкость самонадеянные, — не сказать ничего. По-моему, они искренне убеждены, что весь мир, а в нем каждая женщина должны радоваться, что такие красивые, обаятельные и интеллектуальные мужики удостаивают их своим вниманием.

Я едва успела потрогать кончиками пальцев воду в омуте свиданий, как вскоре разочаровалась во французах. Был обед с парикмахером, и он непрестанно поглядывал на себя в зеркало, висевшее за моей спиной; был ланч с художником, тот предложил пойти к нему домой и поговорить о его новой картине, которая по случайному совпадению висела над его кроватью; еще был профессор, пригласивший меня на свидание на прошлой неделе... но я так и не заставила себя ответить на его звонки.

Я удрученно вздохнула. Я не американка и не парижанка. Вообще, в эти месяцы я не чувствовала себя вообще никем. У меня не было привязанности ни к одной стране, ни к какому-то человеку. Я казалась себе просто призраком, одиноко плывущим по жизни.

Я проскочила мимо Рю-де-Сен и зигзагами помчалась вниз с обрамленного фонарями холма. Голубое платье трепетало на ветерке, за моей спиной простирался великий город, слезы снова застилали мне глаза, мешая видеть узкую улочку. Я моргнула, вытерла рукой глаза, и мощенная булыжником дорога снова вернулась в фокус. Впереди меня по тротуару шли пожилые супруги. Они, как и все немолодые французские пары, абсолютно прелестны, сами того не сознавая. Он в спортивной куртке (несмотря на влажную тридцатиградусную жару), а она в легком платье, которое висело в ее шкафу, вероятно, с 1953 года, когда она увидела его в витрине бутика на Елисейских Полях. Она тащила корзинку с рыночными овощами (наверху в ней лежал цукини). Он нес багет и ничего больше, нес его на плече, как винтовку времен Второй мировой, покорно, но с еле заметной и до странного очаровательной досадой.

Мои мысли вернулись к обмену колкостями в кафе, и во мне снова вскипела ярость. В моей памяти звучал его голос, нежный, милый, умоляющий. *Или я слишком сурова к нему?* Нет. Нет. *Может, да?* Нет! В другой жизни мы, может, провели бы этот вечер в каком-нибудь кафе за угловым столиком, пили бы хорошее бордо, слушали трубу Чета Бейкера, обсуждали гипотетическую поездку на греческие острова или постройку оранжереи за домом, где мы потом вырастим в горшке лимон (или авокадо) и будем сидеть под бугенвиллеей, такой, какую посадила моя мама, когда мне стукнуло одиннадцать, перед тем, как папа нас бросил. Джаз. Санторини. Лимонные деревья. Милые, красивые воспоминания, ни одно из них больше не имело смысла. Во всяком случае, в этой жизни. Эта глава прочитана. Нет, вся книга.

Как я могла простить его? Нет, я никогда его не прощу...

«Умение прощать — это дар, — сказал психотерапевт, к которому я ходила несколько раз, — как для вас самой, так и для того, кого вы прощаете. Но никто не даст вам этот дар, если вы не готовы его принять».

Я на секунду закрыла глаза, потом решительно открыла. Сейчас я не была готова к этому и сомневалась, что буду вообще когда-нибудь готова. Полная новой решимости, я еще быстрее крутила педали. Прошлая боль внезапно вернулась, резкая и горькая. Она обжигала, словно прижатый к ранке ломтик лимона.

Я вытерла очередную слезинку, и вдруг откуда ни возьмись передо мной возник грузовик. Меня захлестнул адреналин, как это бывает, когда ты зазевалась за рулем и едва не налетела на встречную машину, столб или человека с собакой. Я вывернула руль вправо, стараясь не задеть мать с маленькой дочкой, которые шли мне навстречу. Девочке было годика два, не больше. Яркое, даже ослепительное солнце играло в ее светлых волосиках.

Я щурилась, глядя на узкую дорогу, и мое сердце билось все тревожнее с каждой секундой. Шофер грузовика меня словно не видит.

— Стоп! — заорала я. — *Arretez!*

Я стиснула ручки руля, ударила по тормозу, но он почему-то не слушался. Улица была крутая и узкая, слишком узкая, и я катилась с горы все быстрее и быстрее. Шофер грузовика возился с сигаретой, грузовик вилял по булыжнику. Я закричала опять, но парень меня не слышал. Меня захлестнул ужас, густой и огромный. У меня было два варианта: свернуть влево и врезаться в мать с девочкой или свернуть вправо и налететь прямо на грузовик.

Я свернула вправо.

# Глава 2

## СЕЛИНА

*4 сентября 1943 года
Париж, Франция*

— Начинается осень, — сказал с печальным вздохом папа, глядя на улицу Клер из окна нашей маленькой цветочной лавки. Над Парижем ярко сияло голубое небо, а в папиных глазах я видела грозовые тучи.

— Ох, папа, — ответила я ему через открытую дверь и, поправив свой фартук, смела опавшие лепестки роз с булыжника перед лавкой. Мне всегда было чуточку жалко, что лепестки опадали, как бы глупо это ни звучало. Они напоминали мне заблудившихся маленьких утят, отставших от мамы-утки. — К чему такой невероятный пессимизм, ведь сейчас только начало сентября. — Я шутливо улыбнулась. — Лето выдалось чудесное; надо наслаждаться им, пока оно не закончилось.

— Чудесное? — Папа вскинул руки драматическим жестом, как это умеют делать все французы старше шестидесяти. Я часто думала, что наверняка существует старинный французский закон, который гласит, что если ты пожилой мужчина, то ты имеешь бесспорное право ворчать, быть вздорным и противным в любое время и в любом месте. Папа уж точно пользовался этим правом, но я все равно любила его за это еще сильнее. Несмотря на ворчливый характер, у него самое доброе сердце среди всех моих знакомых французов. — Наш город оккупирован нацистами, а ты говоришь, что лето было... *чудесным*? — Покачав головой, он вернулся к своей работе, над которой корпел весь день, — к изысканной цветочной композиции для мадам Жанти, одной из наших самых взыскательных клиенток. Местная законодательница стиля и хозяйка одного из самых фешенебельных ресторанов в городе, «Бистро Жанти», она направляла к нам многих клиентов — новых кандидатов в круг парижской элиты, мечтающих, чтобы их столовая выглядела так же стильно, как у нее. Поэтому мы с папой знали, что не можем рисковать и подводить ее; требования мадам Жанти всегда должны выполняться, какими бы смешными они ни казались и в какой бы поздний (или ранний) час ни поступили. Зелени никогда не должно быть слишком много, но и слишком мало тоже. Только розы, срезанные утром. Никаких пионов, только лютики. И ради всего святого только падуб, никакого папоротника. Три года назад я сделала такую ошибку и теперь твердо знала, что это больше *никогда не повторится*.

Забавно, как дети иногда не походят на своих родителей. К примеру, ее сын Люк был совсем не такой, как она. Мы знали друг друга со старших классов, и мне он всегда очень нравился. Каждую неделю мы вместе обедали в «Бистро Жанти», и я всегда ценила нашу дружбу, особенно теперь, во время проклятой оккупации. При других обстоятельствах мы с Люком могли бы стать любящей парой. Если бы не война и если бы наша жизнь проходила иначе. Конечно, я думала об этом много раз, да и он тоже, я это знаю. В нашей Книге Жизни сюжет получился на редкость сложным, и никто из нас, по-моему, не знал, что будет дальше.

Я вздохнула. У кого сейчас было время думать о таких вещах, когда все так неопределенно? Кое-кто из наших друзей разорился, потерял свой бизнес, других избили на улице. Но наша маленькая семья пока что ухитрялась избегать больших неприятностей и финансовых потерь, и я каждый день благодарила за это судьбу. Мне хотелось верить (или делать вид?), что мы защищены от бед, что эта война как пришла, так и уйдет, а мы будем жить втроем и дальше: папа, я и моя маленькая дочка Кози. Пускай вокруг нас бушует шторм, мы сумели попасть в его более-менее тихий глаз.

Впрочем, я не наивная дурочка. У нас было много причин для тревоги. Но осторожность — совсем не то, что паранойя, и я отказывалась подчиняться страху. В конце концов, мы французские граждане, у нас есть все документы. И хотя папина мать была наполовину еврейка, она давным-давно скончалась в маленькой деревушке в Нормандии, далеко отсюда. Папа никогда не стыдился своего происхождения, но и не подчинял ему свою жизнь. Его отец был католиком, мать тоже приняла веру мужа. Насколько мне известно, никто не знал о папиных корнях и не мог проследить его родословную. Кроме того, немцы любили нашу лавку и покупали у нас изысканные букеты для жен и любовниц или для какой-нибудь хорошенькой французской девушки. У нас все будет хорошо. У нас троих.

Под звяканье дверных колокольчиков явился Люк. Он поцеловал меня в щеку, пожал руку папе и достал из кармана роскошный розовый грейпфрут.

— Погляди, что я купил на рынке.

— Люк, неужели? — У меня загорелись глаза.

— Я так и думал, что ты обрадуешься, — улыбнулся он.

— Я не ела грейпфруты с...

Снова звякнули колокольчики, на этот раз впуская мадам Бернар. С раздраженной физиономией она направилась к прилавку.

— Мне нужны четыре дюжины тигровых лилий, — заявила она папе, тяжело дыша. — Завтра вечером мы принимаем очень важных клиентов.

Папа нахмурил лоб. Мы с ним знали, что достать сейчас тигровые лилии очень трудно, практически невозможно.

— Мадам Бернар, — ответил он, деликатно кашлянув. — Лилии в наше время большая редкость. Я могу предложить вам розы, гвоздику или даже...

— Я сказала — лилии, — рявкнула она и выставила перед собой руку, словно пресекая дальнейший разговор на эту тему.

— Мадам Бернар, — неожиданно вмешался Люк. — Как я рад вас видеть.

— Господи, Люк! Вот уж не ожидала увидеть вас здесь, — проворковала она. Он улыбнулся.

— Как чувствует себя ваш супруг? Говорят, он недавно болел?

— Благополучно, благодарю вас. Уже поправляется.

— Вот и замечательно, — сказал он.

Мадам Бернар поглядела на меня, потом на Люка и снова на папу.

— Розы меня устроят. Я не буду слишком требовательной к вам. — Она покосилась на меня, потом на Люка. — Особенно в нынешние времена. Три дюжины роз. Мне нужны различные оттенки розового.

Люк послал мне воздушный поцелуй и пошел к двери. Папа, как всегда, записал заказ в свой блокнот.

— Когда доставить вам розы? К трем? Четырем?

— К полудню, — ответила она. — В прошлый раз ваш мальчишка опоздал. Проследите, чтобы этого не повторилось.

— Конечно, мадам, — пообещал папа.

— И цветы были чуть-чуть подвядшими. — Она недовольно тряхнула головой. — Если вы и дальше будете такими небрежными, то потеряете лучших клиентов, в том числе и меня.

— Простите, мадам, — не выдержала я. — Мы не продаем подвядших цветов. Возможно, у вас просто подвяла память.

— Моя память? — зашипела она, поворачиваясь к папе. — Мне жаль, что вы не научили вашу дочь хорошим манерам. Пожалуй, я отменяю мой заказ.

После ее ухода я рухнула со вздохом на стул. Но папа явно не видел в этом инциденте ничего забавного.

— Селина, держи себя в руках, не давай волю своему гневу.

— И позволять таким, как мадам Бернар, нам хамить? — Я пожала плечами. — Папа, у нас полно клиентов. Она нам не нужна.

Папа устало вздохнул.

— Что, если она пожалуется своим подругам и они перестанут покупать у нас?

— Не перестанут, — заявила я. — С другой стороны, все знают, что мадам Бернар сочувствует нацистам.

— Тем более нам нельзя с ней ссориться.

В это время в лавку ворвалась Кози, моя восьмилетняя красавица с ангельским сердцем и львиным характером, и шлейф от грязной ауры мадам Бернар растаял в воздухе.

— Мама, — воскликнула она, обхватывая меня ручонками. — Гляди, что я делала в школе!

Она достала из ранца листок бумаги с нарисованным акварелью морским берегом.

— Узнаешь? — спросила она, широко раскрыв глаза и выжидающе глядя на меня, и тут же, не дожидаясь моего ответа, с восторгом крикнула: — Это Нормандия, мама! Там, где ты родилась! — Сияя от гордости, она показала скалы, которые нарисовала на берегу, и озерцо, оставшееся после прилива. Она нарисовала картинку так, как я и рассказывала ей вечерами на сон грядущий. Нормандия и наш маленький дом на берегу моря навсегда остались в моем сердце. Когда мне исполнилось двенадцать лет, умерла мама, и папа перебрался в Париж. Прошло много лет, но когда я закрывала глаза и переносилась мыслями в прошлое, я до сих пор ощущала запах моря и маминых цветущих лимонов на нашем патио, словно и не уезжала оттуда. Пожалуй, часть моей души так и оставалась там до сих пор.

— Ты скучаешь по Нормандии? — спросила дочка, испытующе глядя мне в лицо.

Слезы навернулись мне на глаза. Я опустила голову и сделала вид, что вожусь с ведерком зелени, которая скоро окажется в одной из папиных композиций, предназначенных для того или другого гламурного приема. Наконец взяла себя в руки и снова поглядела на Кози.

— Да, милая, — сказала я с улыбкой. Как бы сильно ни тосковало мое сердце по Нормандии, еще больше оно тосковало по маме. Наша недолгая жизнь на берегу моря была волшебно прекрасной, но мы могли бы жить где угодно, даже в пустыне или темном лесу, но все равно были бы счастливы, если бы с нами была мама.

После ее смерти ничего не осталось прежним. Из нашей жизни ушла радость, погасла, словно пламя свечи, особенно для папы. Вместо безмятежной жизни в Нормандии началась полная суеты парижская жизнь, где люди редко улыбались и все время куда-то спешили. Папа открыл цветочную лавку, и мы начали строить нашу новую жизнь без мамы.

Папа стоически переносил утрату и заплакал при мне только один раз: в рождественское утро, когда мне было тринадцать лет. После завтрака я подарила ему мамину фотографию, которую нашла на чердаке в какой-то старой шкатулке. Мама на ней была восемнадцатилетней красавицей с падавшими на плечи темными волнистыми волосами, такими, как у Кози. В антикварной лавке я купила подходящую рамку. Я не знаю, видел ли он раньше тот снимок, но, посмотрев на него в то утро, он зарыдал.

Несмотря на все папины усилия справиться с горем, оно все эти годы не оставляло его. Он носил его как шарф на шее. Дело в том, что мама унесла с собой половину большого папиного сердца, когда умерла. Когда теряешь любовь всей своей жизни, разве можно когда-нибудь заполнить ту пустоту?

— Мама, тебе нравится? — Кози дернула меня за рукав, оторвав от моих мыслей.

— Да, чудесный рисунок, — ответила я, снова взглянув на маленький шедевр, и поцеловала ее прохладную, розовую щечку. — Ты нарисовала все точно, прямо так, как я рассказывала. Ты настоящая художница.

Дочка заправила за ухо темный локон и поглядела на меня с уверенной улыбкой.

— Мы с тобой когда-нибудь съездим туда?

— Да, обязательно съездим, — пообещала я.

— А там мы попробуем яблочный тарт, который ты любила в детстве?

При одном лишь упоминании о яблочном тарте у меня потекли слюнки и защемило сердце. Я до сих пор не забыла вкус маминых тартов, испеченных из наших домашних яблок, со свеженатертой корицей и пышным слоем взбитых сливок.

— А мы поищем на берегу сокровища?

— Да, доченька, обязательно поищем.

— А мы будем бросать в воду камешки и искать морских звезд во время отлива?

Я кивнула, прогоняя слезы. Кози походила и на меня, и на ее отца. Такая же неискоренимая оптимистка, она видела в людях только хорошее. И такая же решительная и целеустремленная. Пьер гордился бы нашей дочкой. Я дотронулась до золотой цепочки с бриллиантом, которую он подарил мне на свадьбу. Она напоминала мне о месяцах, которые мы прожили вместе.

Его смерть была внезапной, как и мамина, но, в отличие от мамы, он не болел. Через шесть месяцев после нашей свадьбы, когда я поняла, что беременна Кози, я проснулась от скрипа открывшегося шкафа. Зашуршала ткань — он натягивал брюки, звякнула пряжка ремня, стукнули каблуки. Зевая, я открыла глаза.

— Прости, солнышко, — сказал он. — Я не хотел тебя будить.

— Иди ко мне, — сонно позвала я. В тот вечер я собиралась сообщить ему новость о нашем ребенке. Первым делом я зайду к мяснику и выберу хороший стейк, который подам к его любимому блюду, *gratin dauphinois*, простой, но божественно вкусной смеси из слоев тонко нарезанного картофеля, чеснока, сыра грюйер и сливок. Я сотни раз видела, как его делала мама, но теперь впервые попробую приготовить его сама, в собственной кухне.

Я помнила, каким было его лицо в то утро. Запомнила навсегда. Такое красивое, в глазах страсть — не только ко мне, но и вообще к жизни. У Пьера было столько планов. Он открыл маленькую винную лавку на Монмартре и планировал открыть вторую, потом третью, а в конце концов стать самым успешным виноторговцем в Париже. После этого, говорил он, мы купим дом в Провансе и будем проводить летние месяцы возле бассейна с минеральной водой, дыша ароматом лаванды. Конечно, папа тоже будет с нами. Успех Пьера позволит моему отцу наконец-то дать отдых усталым артритным рукам. Одним словом, нас ожидали прекрасное будущее, красивая жизнь.

В то утро, полный любви и грандиозных планов, он вернулся ко мне в постель и приник своими губами к моим. Мое тело мгновенно отозвалось всплеском энергии, какой вызывает только лучший эспрессо. Ни один мужчина не пробуждал во мне такой страсти, как Пьер, и я иногда удивлялась, возможно ли вообще так сильно любить, как любила я.

— Не уходи, — попросила я.
— Я ненадолго, — ответил он, подмигнув.
— Но еще очень рано, — пробормотала я, плавая в туманной прострации между сном и явью, и посмотрела на часы. Половина седьмого. — Куда ты идешь в такой ранний час?
— Это сюрприз, — ответил он. — Поспи еще, любовь моя. Когда ты откроешь глаза, я уже вернусь, и ты все увидишь.

Как он и сказал, я закрыла глаза, и мое уставшее от недавней беременности тело моментально улетело в сон. Но когда я проснулась через час, Пьер еще не вернулся. Тянулись утренние часы, он не пришел домой и к полудню. Я возилась с обедом, к счастью, удачно приготовила гратен. Налила вино. Накрыла на стол. В начале седьмого по квартире разлились соблазнительные запахи. Но Пьер до сих пор так и не возвращался.

Охваченная паникой, я выбежала на улицу, заглядывала в ближайшие кафе, к парикмахеру на углу и к мадам Бенуа, которая уже закрывала свою пекарню. До сих пор у меня осталось в памяти пятнышко муки на ее щеке.

— Мне жаль, Селина, — ответила она, пожимая плечами.

Пьера никто не видел.

Потом раздался звонок. Никогда еще телефон не звонил так громко и пугающе. Я бросилась к нему, не теряя ни секунды. Конечно, это Пьер. Сейчас он сообщит, что заглянул в лавку, потому что пришла новая партия из Бордо. Его помощник Луи, молодой и неопытный, не умел пока расставлять бутылки по категориям на нужные полки, и Пьеру пришлось самому выполнить эту работу. Да, конечно, такова жизнь владельца бизнеса. Я прекрасно это понимала. Я буду чуточку раздосадована, но все пойму и попрошу как можно скорее сесть на велосипед и ехать домой. «Обед остывает! Я приготовила твое любимое блюдо!» А он спокойно ответит: «Прости, что заставил тебя ждать, любимая. Ты не успеешь оглянуться, как я приеду». И через пятнадцать минут он появится в дверях, высокий, плечистый, со своей неотразимой улыбкой. Попросит у меня прощения и моментально получит его.

Но голос в телефонной трубке был чужой, не Пьера. Мне позвонил офицер полиции из шестнадцатого округа.

— С прискорбием сообщаю вам, мадам, что ваш супруг...

Я плохо помню, что он говорил потом. Его слова казались мне пулями, но прилетали они в сто раз медленнее, чем обычно, — так медленно, что я чувствовала, как каждое слово пронзало мне грудь и разрывало сердце.

Тело Пьера было заклинено между грузовиком и новеньким серым «рено». Когда его сбил грузовик, он слетел с велосипеда и ударился о легковушку. Медики сказали, что он умер мгновенно. Без мучений.

В тот вечер я вскочила на свой велосипед и поехала на ту улицу, где он сделал последний вдох. Там я упала на колени, увидев самую душераздирающую сцену в моей жизни: страшно искореженный велосипед валялся среди розовых лепестков пионов, рассеянных по булыжнику. Вероятно, они остались от огромного букета.

Сюрприз для меня.

Я потеряла маму, а теперь Пьера. В меня словно дважды ударила молния. После того вечера в моей жизни были темные моменты, когда мне казалось, что я больше не могу жить. Много раз я глядела вниз через край балкона, мечтая о быстром избавлении от невыносимой боли, и меня удерживала только маленькая жизнь, росшая у меня внутри. Папа помогал мне всем, чем только мог. Он кормил меня с ложки бульоном, когда я не могла есть сама, страдая от депрессии или дурноты. Он держал меня в своих объятьях, когда я плакала так, что намокал воротник его рубашки.

Но Кози, моя милая Кози оказалась целебной повязкой, в которой так отчаянно нуждалось мое сердце. С ней я смогла жить дальше, и я жила. Ради нее я просыпалась утром, о ней молилась перед сном. Благодаря ей я могла видеть красоту в каждом дне, даже в таком, как этот.

— *Bon après-midi*, — поздоровался Ник, наш рассыльный, появившись в дверях. Ему было лет двенадцать, и он был очень рослый для своего возраста. Приятный, работящий мальчишка, он работал в нескольких местах, в том числе в «Жанти» и в соседней пекарне, помогая своей семье сводить концы с концами.

Кози порозовела. Я знала, что она влюблена в него, но помалкивала, чтобы не смущать девочку.

— Сегодня нужно что-нибудь отнести, месье? — спросил он.

Папа кивнул и протянул ему цветочную композицию.

— Я побежал, — сказал Ник, улыбнулся моей дочке, погладил ее по голове и выскочил из лавки.

Кози сияла, глядя ему вслед, потом повернулась ко мне и дернула за фартук. Я поглядела на свою малышку.

— Можно я поиграю с парке с Алиной? — спросила она.

Папа озабоченно вскинул голову.

— Восьмилетнему ребенку не стоит играть в парке в такие времена. Ей...

— Все нормально, папа, — перебила я, пока он не сказал что-нибудь такое, что могло напугать дочку. Конечно, я разделяла его опасения за наш оккупированный город, но в то же время остро чувствовала, что Кози должна быть ребенком, жить открыто и беззаботно, насколько это возможно, даже если мир вокруг нас начнет рушиться на наших глазах. Несмотря на папины тревоги, я изо всех сил старалась оградить ее от страха. Ее жизнь спасла мою собственную и придала моему существованию новый смысл. Взамен я старалась раскрасить ее жизнь в цвета радости и счастья. Я устраняла тревоги, направляла свет туда, где сгущался мрак.

В парке с ней все будет нормально. Он сразу за углом. И какими бы жестокими ни были эсэсовцы, мы пока не слышали ни одной истории о том, что немецкий военный причинил зло французскому ребенку. В мире все-таки еще сохранилась порядочность, и пока она была, я буду верить в нее.

— Ступай, доченька, — сказала я, игнорируя папу. — Но к шести возвращайся. Будем обедать.

Кози поцеловала меня, выскочила из лавки, побежала вприпрыжку через улицу и скрылась за углом.

Папа недовольно что-то пробормотал.

— Что? — спросила я, прижимая руки к груди. — Ты не согласен с тем, как я воспитываю ее? Так и скажи.

Он долго молчал. Потом посмотрел на меня, и я увидела в его глазах нежность, а не возмущение.

— Просто я очень люблю ее и тебя. Я не смогу... — Он замолк, справляясь со своими эмоциями. — Я не смогу... жить, если с вами что-нибудь случится.

Я подошла к папе, положила руки ему на плечи и поцеловала в обе щеки.

— Ох, папа, я знаю, что ты беспокоишься. Но ничего с нами не случится. Все будет нормально. Мы будем с тобой всегда.

— Ты такая же, как она, — улыбнулся он.

Я знала, что он имел в виду маму, и для меня это был лучший комплимент.

— Ты смотришь на все так же, как она. Всегда сквозь розовые очки.

— Так приятнее, — усмехнулась я.

Услыхав звяканье дверных колокольчиков, предупреждающих нас о посетителе, мы обернулись. В лавку вошел незнакомый немецкий офицер, к тому же высокого ранга, судя по его нашивкам.

Ростом он был выше тех, которые обычно заглядывали к нам, под два метра, и необычайно широк в плечах. У него были темные волосы и квадратная челюсть. Глаза холодные, как сталь, а от фигуры падала грозная тень на пол нашей лавки. Я встретила его жизнерадостным *bon après-midi* точно так же, как всех наших клиентов. Это был мой личный бунт — я не заискивала перед немцами и относилась к ним с безразличием.

Он что-то буркнул мне, и я не торопилась с ответом.

— Чем я могу вам помочь? — спросила я наконец.

Он игнорировал меня и медленно обошел лавку, подозрительно проверяя каждый угол, словно шпионы сидели в наших цветах, прикрываясь лепестками. Он вытащил из вазы красную розу, понюхал и швырнул на пол. Мы с папой встревоженно переглянулись.

— Что случилось с розами? — спросил офицер на хорошем французском, хоть и окрашенном сильным немецким акцентом. Вопрос был обращен скорее к нему самому, чем к нам. Ни папа, ни я не осмелились ответить. — В Фатерлянде роза пахнет как... роза. Эти французские розы пахнут как говно. Французское говно.

Я раскрыла рот, но офицер опередил меня.

— А это? — спросил он, показывая на ведерко с гортензиями, разными, лиловыми и розовыми. В это время года их было очень трудно найти, если у тебя нет контактов с лучшими садовниками на юге. — Что за дрянь?

— Гортензии, — ответила я. — Показать вам их в букете? Они мило выглядят с веточкой...

— Нет, — буркнул он и перевел взгляд на папу. Подошел ближе к прилавку, где стоял папа. Слыша его тяжелые, медленные шаги, я почувствовала, как меня бросило в жар. — Как ваша фамилия, месье?

— Клод Моро, — ответил папа. Если он и встревожился, то не подал вида. А у меня в груди бешено стучало сердце.

— Моро, — повторил офицер. — Правильная французская фамилия.

Папа молчал с бесстрастным лицом.

Офицер засмеялся каким-то своим мыслям.

— Фюрер любит французов, поэтому мы пощадили Париж. Скоро он будет тут жить, его резиденция будет недалеко отсюда. Французы, они, скажем так... особый народ. — Он повернулся ко мне. — И я могу добавить, что весьма привлекательные.

Меня начинала бить дрожь, и тогда папа нарушил молчание.

— Месье, если мы можем помочь вам с заказом, пожалуйста, назовите ваши пожелания, чтобы мы могли приступить к работе. — Это прозвучало как предложение услуги и одновременно как мужское предостережение. Если мы всегда настораживались, когда к нам в лавку заходили немецкие военные, то тут я впервые не на шутку испугалась.

— О да, — сказал он, глядя на папу, потом перевел взгляд на меня. Кажется, его что-то забавляло, что-то непонятное для нас с папой. — Вы можете мне помочь. — Он направился ко мне и остановился до неприятного близко. Протянул ручищу к моей ключице и провел пальцем по золотой цепочке, подарку Пьера. Потом улыбнулся папе. — Я возьму две дюжины этих говенных роз. — Захохотал. — Француженки их любят.

Я кивнула. У меня дрожали руки, когда я доставала розы из ведерка и несла их к прилавку, чтобы папа собрал из них букет.

— Как твое имя? — спросил у меня офицер.

Я поглядела на папу и снова на него. Я понимала, что нет выбора и мне придется ответить на его вопрос.

— Селина, — сказала я наконец.

— Селина, — повторил он за мной с наигранным удивлением. — Такое невзрачное имя у такой яркой и запоминающейся девушки. — Он на миг задумался, потом кивнул. — Для меня ты выглядишь скорее как Хельга, вот подходящее имя для очень красивой фройляйн.

Руки папы работали с молниеносной быстротой, и через считаные секунды он протянул букет офицеру.

— Это все? Или закажете что-нибудь еще? — спросил папа твердым — боюсь, что слишком твердым — голосом.

— Да, месье, — ответил немец, полез в карман и швырнул на прилавок пачку купюр.

— До свидания... Хельга, — сказал он, смеясь, и приложил пальцы ко лбу. Пошел к двери и опять обернулся к нам. — Я уже сказал, что ваша дочь красивая женщина, — покачал головой. — Жалко только, месье, что у вас такой большой еврейский нос.

Дверь с грохотом закрылась. Я подбежала к папе и обняла его.

— Как ты думаешь, он...

— Не беспокойся, — ответил папа. — Он просто пытался нас напугать. Они любят так делать, чтобы легче было держать всех под контролем. — Папа прижал меня к груди. — Не беспокойся, дочка. У него нет власти над нами. — С этими словами он повернулся к кассе и убрал деньги. Мы оба увидели, что офицер заплатил нам гораздо меньше положенного, но даже не стали это обсуждать.

Меня все еще сотрясала дрожь. Я протянула руку за жакетом.

— Я пойду за Кози и приведу ее домой. Мы пообедаем пораньше, — сообщила я.

— Хорошее дело, — одобрил папа. — И знаешь что, Селина?

Я повернулась к нему, остановившись на пороге.

— Будь осторожной.

Быстрым шагом я шла в парк искать дочку. Воздух был холоднее обычного, и я подняла кверху воротник жакета.

Теперь лето казалось мне таким далеким, словно его и не было. Папа был прав: наступала осень, хотим мы этого или нет.

# Глава 3

# КАРОЛИНА

*Пять дней спустя*

Я открыла глаза и моргнула, прогоняя ужасный сон. В нем были сирены и огни. Была кровь. Маленький ребенок. Я села на постели, хватая ртом воздух. У меня болело все тело.

*Где я?*

Белые стены и лампы дневного света жестко резали глаза, и я прищурилась, чтобы рассмотреть помещение, в котором я находилась: на полу казенный кафель, некрасивые, выцветшие шторы на окне, за которым виднелся незнакомый город. Хотя... я различила знакомые очертания. Арка... Триумфальная арка? И тут до меня дошло.

*Париж. Господи, почему я в Париже?* Но тут же в моем сознании всплыл еще более насущный вопрос — *КТО... я?*

Я перевела взгляд на свои руки, бледные, с редкими крапинками веснушек, незнакомые. Пальцы тонкие, с бледно-розовыми ногтями. Лак на большом пальце правой руки немного отслоился. Под ногтем грязь. Я заставила свою правую руку дотронуться до левой — кожа тоже казалась мне чужой, — потом села. Сердце колотилось от усилий. Я была на больничной койке.

— Алло? — крикнула я — кому-нибудь, кто мог меня услышать, а еще, пожалуй, самой себе. Я была растеряна, потеряна, абсолютно, тотально — чужая, незнакомая душа, оказавшаяся в ловушке чужого, незнакомого тела. Я знала лишь то, что я жива и что я... ну... в Париже.

В дверь вбежала стройная сорокалетняя женщина.
— Вы... проснулись, — сказала она, вытирая салфеткой губы и что-то проглатывая. Очевидно, я прервала ее ланч. Я не могла сказать, раздражена она или нет. Впрочем, говоря по правде, я не могла сказать... ну... жива я или нет. Я крепко закрыла глаза и тут же очутилась в каком-то другом месте, на каком-то другом уровне сознания, где пассатные ветра теребят кроны пальм и пальмовые листья-перья шуршат так, как могут только они. Совсем другое дело, когда ветер обрушивается на кроны вечнозеленых деревьев, — тогда он зловеще гудит и воет, проталкиваясь сквозь жестколистый лес. Но это? Этот звук какой-то электрический. Он вибрирует в ушах. Звук чего-то назревающего. Звук из моего прошлого и звук чего-то, что вот-вот *произойдет*.

Теньканье ветряных колокольчиков, плач маленькой девочки... Я открыла глаза, мое сердце учащенно билось.

— Мадам, — сказала женщина в белом, стоя надо мной. — Мадам, вы *проснулись*?

Я моргала, моргала.

— Что произошло? Почему я тут?

— Вы попали в аварию. — Я заметила, что у нее высокие скулы, тонкие, выщипанные брови и веснушки на переносице. А еще сильный акцент, и я напрягалась, чтобы разобрать ее слова. — В страшную аварию.

Я попала в *страшную аварию*?

В палату вошла другая женщина; у этой величественная осанка, темные волосы гладко зачесаны назад.

— Привет, — сказала она тоже с сильным акцентом и села на стул возле меня. — Мы рады, что вы проснулись и пришли в сознание.

Я схватила ее руку и сильно стиснула.

— Пожалуйста, скажите мне, кто я. Расскажите, что со мной случилось. Как я попала сюда?

— Я врач, — сообщила она. — Вы находитесь в больнице Питье-Сальпетриер в Париже. Вы ехали на велосипеде, и вас сбил грузовик. Травмы серьезные — но насколько, мы еще не знаем. — Она дотронулась ладонью до моей руки и впервые улыбнулась; ее белые зубы сверкали в лучике света, отразившегося от оконного стекла. — Но это хороший знак — то, что вы пришли в себя. Очень хороший.

— Травмы? — спросила я, садясь. Я не знала, зима сейчас или лето. Понедельник или пятница. Хорошая я, как человек, или плохая. Я ничего не знала. Абсолютно ничего.

Докторша кивнула.

— Вы не приходили в сознание пять дней.

Я пошевелила руками и ногами.

— Меня не парализовало.

— Нет, — ответила она, наклоняясь ко мне. — Но у вас большая мозговая гематома, которая, судя по сканам, уменьшается. Скажите мне, что вы помните?

Я тяжело вздохнула, пытаясь отличить реальность от сна.

— Я... Я не знаю... — пробормотала я. У меня пересохло во рту. В голове пульсировала боль.

— Это ничего, — успокоила меня докторша. — Память — странная штука. Она может возвращаться по крошечным фрагментикам, а может и огромной волной, или... — Она замолкла и поглядела в окно.

— Или что?

Она покачала головой.

— Или вообще может не вернуться.

— Ой! — Я посмотрела на тонкое золотое кольцо на среднем пальце моей левой руки. *Кто я такая?*

— Мы поможем вам вернуться к нормальной жизни, — пообещала докторша.

Моя жизнь. *Какая она?*

— Парамедики подняли вашу сумочку на месте происшествия, — сообщила докторша. — Мы позвонили по некоторым из ваших телефонов, но пока не узнали ничего конкретного, только то, что вы живете на улице Клер. Когда вам станет лучше, сотрудники больницы отвезут вас туда.

Я хмуро кивнула, прогоняя непрошеную слезу.

— У меня есть... семья?

Докторша пожала плечами.

— Мы не нашли в Париже никого из ваших близких. По всей видимости, вы жили одна. — Она встала. — Я понимаю, как вам сейчас тяжело и страшно, — добавила она. — Но вы должны прежде всего радоваться, что остались в живых. Многим не везет так, как вам, в подобной ситуации. Для вас это подарок.

Сиделка протянула мне стакан воды и лекарство. Я проглотила его, запила водой и закрыла глаза. Женщины ушли.

Мне абсолютно не казалось, что я получила подарок. По моим ощущениям, я очутилась в каком-то кошмаре.

*Еще через три дня*

— Вы очистили свое сознание, — с улыбкой сказала сиделка — Эме. Я с удовольствием с ней общалась после моего пробуждения от того странного провала. Каждую ночь меня мучили кошмары — мне снилась авария, которая, вероятно, стерла жесткий диск в моей голове. Сон повторялся — я ехала на велосипеде вниз по извилистой улочке, встречный грузовик преградил мне проезд, а впереди шла женщина с маленькой девочкой. Доктор Леруа говорила мне каждый день, что ко мне вернется память, но пока что это было все, что я помнила. И хотя я могла перечислить все цвета радуги, дни недели или назвать фамилию шестнадцатого президента Соединенных Штатов, но о своей прежней жизни я не помнила ничего.

Мать и дочка уцелели, я с радостью услышала об этом. Вчера днем, когда я спала, они принесли мне в больницу цветы. Желтые розы. Их зовут Клодин и Жанетта. Двухлетняя Жанетта нарисовала мне картинку, и по какой-то необъяснимой причине я зарыдала, увидев ее, да так бурно, что Эме спешно дала мне валиум.

— Должно быть, вы были шикарной леди, — сказала с улыбкой Эме, протягивая мне черную кожаную сумочку.

— Шикарной леди?

— Да, — сказала она, показывая эмблему на боку сумочки. *Моей* сумочки. — «Шанель».

— О, — удивилась я, проводя ладонью по стеганым ромбикам и разглядывая золоченую пряжку в середине. — Так что же я... сноб?

— Нет-нет, — засмеялась Эме. — Просто у вас хороший вкус.

Да и мой адрес оказался нехилым. По моей кредитной карточке, как сказали мне сотрудники больницы, нашли большую квартиру с видом на Эйфелеву башню на престижной улице Клер; кажется, я арендовала ее уже три года. Полиция ходила туда, чтобы сообщить о несчастье моим родственникам, но никого не нашла. Опрос соседей завершил мой портрет. Я жила одна и редко куда-нибудь ходила. И вообще, они меня почти не знали.

— Я не понимаю, — сказала я Эме. — Я американка, живу в Париже в роскошной квартире, у меня шикарная сумочка. Почему же у меня нет ни семьи, ни друзей?

— У вас наверняка есть семья... где-нибудь в другом месте, — успокоила она меня. — А среди соседей нет друзей, потому что в таких домах чаще всего живут старики, которым нет дела ни до кого, кроме их карликовых пуделей и таксидермии. — Я представила себе висящие в квартирах рога, а она продолжала: — Бабушка моего друга живет рядом с вами. В апреле я была у нее на ланче, и она заявила, что ей не нравятся мои волосы. — Она замолчала и пригладила выбившийся завиток волос. — Может, вам просто не хотелось заводить знакомство с такими людьми?

— Возможно, — согласилась я, но внезапно испугалась. — Эме, а вдруг я тоже такая, как те люди?

— Нет, что вы! — возразила она.

— Скажите мне правду... — Я поглядела ей в глаза. — Я похожа на вздорную особу?

— Нет, — уверенно заявила она. — Вздорные люди никогда не спросят о том, вздорные ли они.

Я вымученно улыбнулась.

— Пожалуй, вы правы.

— Вот. — Она протянула мне пластиковую сумку. — Ваша одежда пострадала от падения, и я принесла из дома свою. Мы с вами примерно одинакового роста, и я подумала, что вы подберете себе что-нибудь из этих вещей. — Она улыбнулась. — Конечно, тут все скромное, но мы не можем отпустить вас домой в больничном.

— Ой, спасибо.

Я выбрала себе серый свитер, черные легинсы и бежевые хлопковые трусы, а Эме протянула мне белый спортивный лифчик.

— Надеюсь, он вам будет в самый раз, — сказала она и отвернулась, чтобы не стеснять меня. — Вы чуточку пышнее меня в этом месте.

Я усмехнулась, сбросила с себя больничную рубашку и осталась голышом. Я видела свое тело только частями, после того как пришла в сознание. Стройные, сильные ноги (доктор Леруа предположила, что я занималась легкой атлетикой, бегом), крепкий живот со старым шрамом, полная грудь с крупными сосками и сильные, изящные руки. Это я.

Я провела ладонью по светлым волосам, потом, держась за койку, надела трусы и легинсы. Влезла в бюстгальтер и натянула через голову свитер.

— Спасибо, — поблагодарила я, оглядывая свой наряд, когда Эме повернулась ко мне. — Вы... невероятно добры.

Я открыла сумочку от «Шанель» и порылась в ее содержимом. Увидела красную помаду, немного наличных, какой-то рецепт, номер телефона, нацарапанный на салфетке, и пачку жевательной резинки.

— Готовы? — Эме посмотрела на меня и взялась за ручку двери.

Я покачала головой.

— Эме, — сказала я, — как меня зовут?

— Я ждала, что вы спросите, — улыбнулась она. — Каролина. Вас зовут Каролина Уильямс.

Тяжело вздохнув, я вышла следом за ней из палаты и зашагала по коридору навстречу жизни, о которой ничего не знала. Мое сердце тревожно билось в груди.

Я Каролина Уильямс.

— Вот мы и на месте. — Клемент, сотрудник больницы, показал в окошко автомобиля на импозантное здание. — Это ваш дом.

— Правда? — недоверчиво спросила я, дотронувшись до оконного стекла, и обвела глазами старинное здание из серого камня с причудливой лепниной, слуховыми окнами и маленькими балкончиками с коваными узорами на решетке. Париж... да что там — квинтэссенция Парижа! Неужели это правда мой *дом*?

— Да, мадемуазель. — Он вышел из машины с бумажной сумкой в руке и помог мне открыть дверцу.

— Но он такой...

— Шикарный? — спросил он с улыбкой.

Я кивнула.

— Да, вы правы. Один из самых знаменитых парижских домов.

Я покачала головой и вздохнула.

— Как же я *сюда* попала? — пробормотала я сама себе.

Клемент с беспокойством повернул ко мне лицо.

— Вы точно готовы... — он замолчал, подыскивая подходящее английское слово, — ассимилироваться? — Я недоуменно подняла брови, а он поправил на носу очки в тонкой металлической оправе. — Доктор Леруа сказала, что вы...

— Что она сказала... — спросила я, но онемела, услышав свой испуганный, полный отчаяния голос. — Простите. — Я тяжело вздохнула. — Просто я так...

— Растеряны, — договорил он за меня. — Я понимаю. Но теперь вы дома. Я помогу вам устроиться.

Я вошла за ним в вестибюль, и маленький лифт рывком повез нас наверх, когда Клемент нажал на кнопку четвертого этажа.

— Вот мы и пришли, — сообщил он и вставил ключ в замок. Дверь открылась с легким скрипом, приглашая в дом, совершенно для меня чужой. Мой спутник щелкнул выключателем.

— О! — Я провела ладонью по классной и современной софе из синего бархата — со стеганой обивкой и бронзовыми ножками. — Это... очень мило.

— Еще бы. — Клемент улыбнулся.

Квартира была просторная, но с минимальным декором, отчего казалась еще больше, но в то же время навевала ощущение одиночества. Три больших окна в гостиной выходили на балкон. Я ожидала увидеть там растения в горшках и парочку стульев, но когда отперла три щеколды и распахнула французские двери, то увидела лишь испуганного голубя, который тут же улетел.

— Странно, — пробормотала я. — Тут приятно сидеть. Почему я держала балкон закрытым и пустым, словно боялась на него выходить?

Клемент пожал плечами.

— Не знаю. Моя жена умерла бы от радости, если бы у нее появилось столько места для цветов. — Он показал на уголки балкона. — Она использовала бы тут каждый сантиметр.

Почему же я так не делала?

Я прошлась по всей квартире, занимавшей правую часть верхнего этажа дома. Тут были три спальни. Две пустовали, третья, вероятно, была моя. Я села на огромную кровать. Одеяла были так туго натянуты и так аккуратно заправлены по краям, что я испугалась, что нарушу идеальный порядок, когда встану, словно это могло как-то огорчить ту, прежнюю меня.

— Кажется, ванная находится за холлом, а кухня за ней, — сказал Клемент.

Я с облегчением повернулась к нему, пользуясь этой отсрочкой, чтобы не открывать комод. *Почему я так боялась заглянуть в ящики?* Они мои, во всяком случае, мне так сказали. Но все-таки я почему-то была не готова или не чувствовала себя вправе рыться в самом личном, что было в *моей* жизни. Какие лифчики я носила? Обладала ли я чувством стиля? Может, в каком-нибудь носке спрятаны письма или тайная фотка бывшего любовника?

— Я оставлю вам сумку с продуктами, — сообщил Клемент, неловко кашлянув. — Одна из сиделок сходила на рынок и купила для вас кое-что из еды на первое время. — Он поставил сумку на деревянный пол. Из нее торчал багет.

— Спасибо, — поблагодарила я со стесненным сердцем.

— Если вам что-нибудь понадобится, — сказал он, снова поворачиваясь ко мне, — просто позвоните в больницу или доктору Леруа.

Тяжело вздохнув, я кивнула.

— У вас все будет нормально, — заверил он с улыбкой, которая меня мало успокоила.

Часы тикали где-то вдалеке. Я села на софу, потом снова встала и прошлась по гостиной, рассматривая странную, но все-таки жутко знакомую картину на стене — вероятно, изображение калифорнийского дворика: бассейн в окружении пальм и чаша с лимонами на деревянном столе. Я дотронулась до уголка картины, словно жалея, что она не умела говорить. Может, эта картина что-то значила для меня?

Я вздохнула. Все вызывало знакомые ощущения. Фрукты на кухне. Тиканье часов на стене. Запах мыла в ванной. Я не помнила их, но все-таки догадывалась, что должна их помнить.

Я решила еще раз осмотреть квартиру. С чего мне начать? Я чувствовала себя словно при переезде в новое жилье, когда грузчики кладут последние коробки и уходят, оставив тебя наедине с твоим багажом. Я была парализована непосильной задачей — мне предстояло распаковывать мою жизнь, и я стояла в растерянности и не знала, с чего начинать. С кухни? Со спальни?

Внутри всех невидимых коробок лежали воспоминания, которые нужно распаковать. Мне предстояла большая работа, но я боялась. Я отступила к софе, легла, положила голову на подушку. У меня отяжелели веки, я закрыла глаза. Завтра все будет не так туманно, заверила я себя, надеясь в душе, что я не ошибалась.

# Глава 4

## СЕЛИНА

*8 сентября 1943 г.*

Я сидела за туалетным столиком, глядела на себя в зеркало и заметила под глазами новые морщинки. Мое лицо было уже не такое свежее и девичье, как тогда, когда я вышла замуж за Пьера; скоро мне уже тридцать три года. Иногда я задумывалась о том, что он мог бы сказать обо мне сейчас, без малого через десять лет. После его ухода из жизни так много изменилось — к лучшему и к худшему. Родилась дочка, о которой он даже не узнал; наш город переживал ужасы оккупации, а в моем сердце медленно и робко зрело желание любить.

Люк. При мысли о нем мои губы расплылись в улыбке. Какое-то время я прогоняла от себя эти чувства по той или иной причине (память о Пьере, Кози, война), но теперь я испытывала готовность — более того, настойчивое желание сказать ему о них, пока не поздно. Но ответит ли он мне взаимностью или сочтет мое признание глупостью?

Я схватила тюбик помады, тщательно накрасила губы и бросила заключительный взгляд в зеркало, потом взбила подушки на моей кровати.

В этой квартире мы с папой жили уже много лет, с нашего переезда в Париж. Ее не назовешь роскошной, но она была просторнее многих, с двумя спальнями и солнечной гостиной, выходящей на улицу Клер. Папина спальня служила ему одновременно и кабинетом. Окна нашей с Кози спальни выходили в садик в переулке между домами, где мы с Кози сделали несколько грядок. В этом году у нас уродились салат и морковь, а еще брокколи (хотя Кози воротила от нее носик). Весной у нас вырос такой роскошный горох, что папа даже отщипывал иногда побеги для особенно изысканных цветочных композиций. Одним словом, что бы там ни творилось в мире, какая бы темная тень ни падала на наш город, я всегда находила странное утешение при мысли о том, что если ты сажаешь семя в землю и оно получает солнечный свет и воду, то из него что-нибудь точно вырастет.

Все эти годы наша квартира тоже была для нас отрадой и утешением. Когда папа впервые увидел ее и оценил ее удобное местоположение, он сразу понял, что она станет нашим домом. Его требования были простыми: солнечная сторона, чистота и балкон, где он мог пить кофе по утрам. Мы больше не могли наслаждаться запахом моря и слушать, как чайки кричат свои утренние приветствия; ничто не могло заменить нам Нормандию, и все же наше скромное парижское жилище было по-своему неповторимым и замечательным.

В те годы на улице Клер селились люди со скромным достатком. Но через двадцать лет ее популярность значительно выросла, и это сразу заметили немцы. После оккупации Парижа по соседству с нами поселились офицеры высокого ранга. И хотя пока еще не был выселен из своей квартиры ни один собственник-француз, без жилья остались многие семьи иммигрантов, в том числе жившие по соседству с нами поляки и евреи.

В мае я с ужасом наблюдала, как из дома напротив бесцеремонно выселяли семью с четырьмя детьми — маленьким мальчиком и тремя девочками, одна училась вместе с Кози. Я спешно отвела дочку в папин кабинет и включила радиоприемник, чтобы она не слышала, как падали на булыжную мостовую фарфоровые тарелки, стеклянная посуда и семейные реликвии, как разлетались их осколки. Мое сердце болезненно сжималось от истеричных криков матери, терявшей все, что она бережно хранила много лет. Никогда не забуду, как немецкий солдат, совсем молодой парень, вырвал из рук малыша его любимого медвежонка. Этого мальчугана, в твидовой шапочке и коротких штанишках, я иногда встречала на рынке с матерью и всегда играла с ним, говорила ему «ку-ку» и делала козу — мне нравилось, как он прятал личико за этого медвежонка, совсем как когда-то Кози.

От нашего клиента, жившего на верхнем этаже того дома, я узнала, что отца отправили поездом куда-то далеко в трудовой лагерь, про такие лагеря писали иностранные газеты, которые распространяли по городу отчаянно смелые люди из Сопротивления. Мать с детьми, кажется, отправили на другой конец города в еврейское гетто, где, как мы слышали, грязь и антисанитария. У нее были кроткие глаза, у матери. Я с болью в сердце думала сейчас о ней. Увидит ли она когда-нибудь мужа? Могу ли я или кто-нибудь еще чем-то ей помочь?

Зло расползалось по Парижу, подобно раковой опухоли. И хотя еще были силы жить дальше — посылать утром детей в школу, напевать любимую мелодию, крутя педали велосипеда, печь хлеб, играть на пианино, собирать из цветов букеты и бутоньерки, возвращаться домой к комендантскому часу, — все это казалось неправильным, когда на твоих глазах рушились чьи-то жизни. Честно ли продолжать обычную жизнь, когда другие люди не имеют на это права?

У меня не было ответа на мои сомнения и не было возможности что-то сделать. В тот день в мае я предложила папе рискнуть и приютить у нас ту семью. Он отверг мою идею, хотя и сочувствовал несчастным.

— Я не стану рисковать вашей безопасностью, — заявил он и, пожалуй, был прав. Но все же мое сердце не переставало болеть за ту семью с детьми и за тысячи других таких же, как они.

— Люк скажет, что ты сегодня очень красивая, — сообщила мне Кози, заглянув в дверь. На ее мордашке сияла улыбка, дочка не подозревала, какие тревожные мысли роились в моей голове. Она прыгнула на кровать, смяв бархатное покрывало, которое я поправила минуту назад. Когда я вернусь вечером домой, она уже будет крепко спать в моей постели, обняв своего потертого медведя, месье Дюбуа (в трехлетнем возрасте она сама придумала ему такое звучное имя), в ворохе сбитых простыней. Моя Кози спала так же беспокойно, как и ее папа.

Кози обожала Люка, а Люк тоже был без ума от нее. Мы с ним были знакомы давным-давно, еще до Пьера, и это странно. Вообще-то мы с ним вместе учились. Спокойный и добрый, он не походил на других мальчишек, которые дразнили меня и моих подружек на школьном дворе, гонялись за нами и дергали за косы так, что мы кричали. Люк был другим. Однажды зимой я подвернула ногу, и он сказал, что будет носить мой портфель в школу и из школы. Я, конечно, не согласилась, зная, что надо мной будет смеяться моя лучшая подруга Сюзетта, злившаяся в тот момент на всех ребят, но потом жалела, что мне не хватило смелости принять его предложение.

Потом он уехал из Парижа, окончил университет, работал в Лондоне и вернулся два года назад. В нашу цветочную лавку он пришел с пирожным для Кози и пригласил меня в ресторан. Это был все тот же Люк с его ласковой улыбкой, каким я помнила его с детства, но прожитые годы выковали из него привлекательного мужчину, и при виде него у меня учащенно забилось сердце.

В тот вечер мы поужинали с ним, через неделю опять, а потом еще. Мы стали регулярно видеться, и я полюбила наши регулярные встречи с Люком. Единственный сын мадам Жанти, хозяйки «Бистро Жанти», он отказался продолжать семейный бизнес и стал высокопоставленным сотрудником французской полиции. Рядом с ним я чувствовала себя в безопасности и любила наши беседы обо всем на свете, от детских воспоминаний до постыдного положения Франции. Как и я, Люк всей душой сочувствовал тем страдальцам, и мы без конца обсуждали с ним, что мы можем сделать. И хотя мои чувства к нему всегда были искренними и настоящими, иногда я не знала, как мне быть. К чему приведут наши встречи? Я дорожила нашей жизнью втроем, с папой и Кози, и мне не хотелось разрушать наш дом из-за того, что я проявила эгоизм и снова полюбила. А Люк наверняка захочет жить своей собственной семьей. Могу ли я дать ему это? А если да, то честно ли это по отношению к нему, если он может обойтись без всех этих сложностей, женившись на другой женщине, которая принесет ему больше счастья, чем я?

Пожалуй, поэтому я так долго боялась дать волю своим чувствам и уводила наши беседы подальше от сердечных тем.

— Ты видел, что мадам Тулуз покрасила свою дверь зеленой краской? Как нелепо!

Люк оставался для меня загадкой. Он был необыкновенно терпелив, и я видела, что я ему очень нравлюсь, хоть он и не говорил мне об этом. Иногда наши глаза встречались, когда мы сидели за столиком или на вечерней прогулке, и тогда мне казалось, что я угадываю его мысли обо мне: что я могу бродить по улицам Парижа (или мира) до конца жизни и никогда не найду пристанища для моего сердца. Впрочем, может, он так и думал, но никогда не говорил об этом. Вероятно, мы оба ждали, когда кто-то из нас раздвинет занавеси, отгораживающие наши сердца. Во всяком случае, каждую неделю я надевала красивое платье, слегка подкрашивала губы красной помадой, и мы ужинали вместе.

Я вздохнула и в последний раз поглядела в зеркало на свои высокие скулы и новые морщинки вокруг глаз. Что нашел во мне Люк? Мне уже тридцать два года, я уже не молодая девушка. Не успеешь глазом моргнуть, как будут все сорок. Конечно, он, с его внешностью и положением в обществе — не говоря уж про его семейный бизнес, — мог выбрать себе любую женщину, и каждая охотно выйдет за него замуж.

— Как ты думаешь, Люк принесет мне шоколадку? — спросила Кози.

Ответ был всегда «да», и когда через пять минут зазвенел дверной колокольчик, вошел Люк, красивый и элегантный, держа в руке, как всегда, две плитки темного шоколада, завернутые в золотую фольгу.

— Одна шоколадка тебе, — сказал он Кози, — а другая для месье Дюбуа.

Она обняла его, и это всегда сопровождалось моим напоминанием почистить зубы и лечь спать в половине восьмого. Папа кивнул Люку, сидя в кресле возле камина, потом мы ушли. Как всегда, в «Жанти» нас уже ждал столик со свечами. Пока весь мир тонул в неопределенности, я находила утешение в определенности *этого*.

— У тебя новое платье? — спросил Люк.

— Нет, — улыбнулась я. — Просто я давно его не надевала.

За дальним столиком я заметила его мать, мадам Жанти, беседовавшую с шикарными дамами в шикарных шляпках. Если она и видела меня, то не подала вида. Для меня не секрет, что она не одобряла интерес Люка ко мне. Понятное дело, она рассчитывала, что ее единственный сын, наследник немалого семейного богатства, возьмет в жены женщину из богатой и влиятельной семьи и не будет тратить время на вдовую дочь простого флориста, да еще с восьмилетним ребенком.

С необыкновенным восьмилетним ребенком, возразила бы я, и тут же у меня в ушах зазвучал голос дочки: «Мне уже почти девять!» Конечно, она стала так говорить уже через неделю после своего дня рождения, но все равно. Моей малышке, родившейся с древней душой в самом хорошем смысле, действительно двадцать третьего исполнится девять лет.

Когда я по нашей традиции в первое воскресенье каждого месяца приводила ее в «Бистро Жанти», она первым делом находила Ника, нашего посыльного, который помогал здесь на кухне и за барной стойкой. Она робко махала ему рукой, потом шла к миниатюрной нише к стене, про которую рассказывал ей Люк. Там на двери был написан французский детский стишок, а сценка изображала зверюшек и воздушный шар, наполненный горячим воздухом. За той дверью Люк, когда был мальчиком, держал свои самые любимые игрушки. Узнав об этом, Кози была мгновенно сражена. Теперь Люк с помощью Ника оставлял там маленькие сюрпризы для нее — и, конечно, для месье Дюбуа: то красную атласную ленточку для волос куклы, то роскошный апельсин с рынка или мятный леденец. Что бы он ни положил туда, Кози приходила в восторг, чего не скажешь о мадам Жанти.

Люк был преданным и любящим сыном, но одна вещь не вызывала сомнений: его ничуть не интересовали материнские амбиции и он не скрывал свою привязанность к Кози и ко мне и не чувствовал себя виноватым.

— Селина? У тебя все в порядке? — спросил он, когда я не ответила на его вопрос.

Я подняла глаза и заставила себя улыбнуться.

— Сегодня ты какая-то задумчивая.

— Извини, — сказала я. — Пожалуй, я просто немного устала. Неделя была хлопотная, вот и все.

— Ну, устала или нет, но ты сегодня просто картинка.

— Спасибо, — поблагодарила я и робко опустила глаза.

Подошел официант, они с Люком обменялись дружескими фразами. Люк, как всегда, внимательно изучил меню и заказал, как всегда, бутылку бордо, лучшего вина в меню.

— Прекрасный выбор, — сказал официант. Он был новичок и, очевидно, не знал, что Люк — сын мадам Жанти. — И вовремя сделан, потому что больше этого выдержанного вина в меню не будет.

— О, неужели? — удивился Люк.

— Да, — ответил официант. — Я точно знаю, что осталось только четыре ящика.

У Люка сверкнули глаза. Я вспомнила, как несколько недель назад он говорил, что его мать заказала у знакомого виноторговца именно это вино в достаточном количестве и мы сможем наслаждаться им по крайней мере до Рождества, что для военного времени очень неплохо.

— Вы уверены в этом? — спросил Люк.

Официант кивнул и наклонился ближе к нам.

— Мадам Жанти продала на днях большую часть запасов немецкому офицеру, — сообщил он вполголоса. — Для его вечеринки.

Люк нахмурился и бросил взгляд на столик матери, а официант в это время налил нам воду. Люка давно беспокоили ее связи с немцами. Поначалу он мирился с этим, считая, что это необходимо, чтобы сохранить бизнес, и это можно было как-то понять. Но потом он с огорчением узнал, что регулярные клиенты были перемещены с их привычных столиков в угоду подгулявшим компаниям немецких солдат. Еще им давали лучшие порции мяса, хотя они частенько «забывали» платить за услугу. Но теперь опасения Люка усилились, особенно когда вчера он узнал, что его мать участвовала в карнавале вместе с высокопоставленными персонами Третьего рейха.

— Спасибо за сообщение, — говорил Люк официанту. — Я обязательно поговорю об этом с матерью. Нельзя отдавать немцам наши лучшие вина. — Он улыбнулся. — Что мы будем пить тогда сами?

Официант попятился и нервно вытер лоб носовым платком.

— Простите, месье, — забормотал он. — Я... я не знал, что вы сын мадам Жанти.

— Пожалуйста, не беспокойтесь, — успокоил его Люк. — Я рад, что вы сказали мне об этом. — Он подмигнул. — И я не скажу ей, что это были вы.

— О, благодарю вас, месье, — сказал парень. — Большое вам спасибо. Просто... моя жена ждет третьего ребенка, и мне нужна эта работа.

— И вы сохраните ее, — пообещал Люк с такой добротой, что у меня сжалось сердце. — А теперь отыщите для нас еще бутылку этого вина, пока оно еще есть.

Столик мадам Жанти был слишком близко от нас, и мы не рискнули обсуждать и дальше эту тему, поэтому вернулись к нашему привычному ритму. Но сегодня все шло как-то по-другому. Когда я посмотрела в глаза Люка чуть дольше обычного, он почему-то занервничал. Он дважды ронял нож для масла и опрокинул локтем стакан с водой.

— Селина, — сказал он наконец. — Мне... мне нужно поговорить с тобой об очень важной вещи.

Я осторожно кивнула и сделала большой глоток вина. Из-за неяркого света я не могла разглядеть выражение его лица. Может, он беспокоился? Сердился? Чувствовал какую-то опасность?

— Селина, скоро мне придется уехать из Парижа на тренинг с... подразделениями полиции. Меня не будет месяц, возможно, дольше.

— О, и это все? — улыбнулась я. — А я уж испугалась, что ты сообщишь мне что-нибудь более... серьезное.

Люк не разделял мой оптимизм. У него было мрачное, сосредоточенное лицо.

— В Париже с каждым днем становится все опаснее, — продолжал он почти шепотом. —

На прошлой неделе капитан из моего департамента был уволен с должности, и его забрали. Его жена и дети с тех пор ничего о нем не слышали. Сегодня на его место прибыл новый сотрудник, выбранный немцами. Меня постепенно охватывает страх.

— Подожди, — сказала я, — но с тобой ведь такого не случится, правда? Тебя не увезут...

— Нет, нет, — заверил он меня. — То есть да, ездить по стране сейчас тоже опасно, но я говорю не об этом и беспокоюсь не за себя. Я беспокоюсь за вас с Кози, вы останетесь одни.

— Но у меня есть папа, — бодро заявила я. — У нас все будет нормально.

— Да, но вдруг что-то случится? Что, если они узнают о...

— Люк, не говори об этом ни здесь, ни где-нибудь еще, — оборвала я его. У меня горели щеки. Люк всегда говорил, что в ресторанах у стен есть уши, и я начинала верить этому. Я покосилась на столик справа от нас и прикинула, могла ли нас подслушать сидевшая там пара, но с облегчением увидела, что им сейчас не до нас — они яростно спорили.

— Извини, — продолжал он. — Я не могу ничего с собой поделать, я ужасно беспокоюсь за вашу безопасность. Я хочу, чтобы у вас все было хорошо. Я хочу... — Он взял меня за руку, и я позволила ему это.

Мне хотелось сказать ему так много всего, но в этот момент я могла лишь прошептать его имя. Люк. Слезы жгли мне глаза.

— Селина, — прошептал он и еще крепче сжал мою руку, и в это время в ресторан ворвалась волна холодного воздуха. Я оглянулась через плечо и увидела группу немецких офицеров, полдюжины, не меньше. От их темно-серых шинелей в зале стало еще темнее.

Я не успела снова повернуться к Люку, как один из офицеров, самый рослый, заметил меня, и у меня встали дыбом волосы. *Это он — тот человек, который приходил в нашу лавку.*

Прежде чем я успела объяснить это Люку, офицер подошел к нашему столику. Люк встал — французские офицеры полиции были обязаны выражать респект перед немцами.

— Добрый вечер, месье, — сказал он. — Простите, мы знакомы?

Офицер усмехнулся.

— Нет, но я знаком с вашей дамой. — Он глядел на меня как на качественный стейк, который ему подали на тарелке под выпуклой, прозрачной крышкой.

Люк с недоумением поглядел на меня, потом опять на офицера.

— О да, здравствуйте, — сказала я как можно спокойнее и вежливее. — Люк, я обслуживала на днях этого господина в нашей лавке.

— Точно, обслуживали, — усмехнулся офицер и протянул руку к недопитому вину Люка. — Можно попробовать?

Приняв молчание Люка за согласие, сделал глоток.

— Очень приятное, — одобрил он, поставив бокал. — Я недавно увез грузовик этого винтажа у вашей матери. — Он обвел взглядом бистро с его фирменными темно-красными стенами и полированной бронзовой окантовкой. — У нее отменный ресторан. Один из лучших в Париже.

— Да, — подтвердил Люк. Его голос звучал ровно и без эмоций.

— Что ж, — сказал офицер, отойдя на шаг и переключив выражение лица, как это мог делать только очень хороший актер. Только что пугающий и грозный, теперь он стал даже любезным. — Оставляю вас с вашей очаровательной подружкой. — Он смерил меня долгим взглядом и снова обратился к Люку: — Вы счастливый мужчина.

Люк кивнул с мрачным лицом.

Офицер подал ему руку.

— Курт Рейнхард.

— Люк Жанти.

— Да, я уже это знал, — сказал офицер таким тоном, что у меня пробежала по телу дрожь.

Мы молчали, а офицер и его спутники подошли к столику мадам Жанти. Нам не было слышно, о чем они говорили, но мы видели ее оживленное лицо, словно к ней зашли Граучо Маркс и другие представители голливудской элиты.

Когда через несколько минут немцы ушли, весь ресторан вздохнул с облегчением, даже его стены.

— Не к добру это, — заметил Люк.

Хотя встреча оставила у меня во рту скверный привкус, я не хотела, чтобы Люк тревожился еще сильнее.

— Давай выбросим тот инцидент из головы, не позволим ему испортить наш вечер, — сказала я. — Ничего особенного — какой-то офицер узнал меня, потому что покупал у нас цветы. Все они так делают.

— Нет, — возразил Люк. — Этот не такой, как все.

— Конечно, — продолжала я. — У него эго размером с Эйфелеву башню, но...

— Нет, — перебил он меня. — Я видел на прошлой неделе, как он в девятом округе избил старушку.

У меня перехватило дыхание.

— Ты уверен, что это был он?

— Уверен. Когда он уехал, я отвез ту женщину в ближайшую больницу. Она была вся в синяках с головы до ног и сломана ключица.

Я покачала головой.

— Почему же он...

— Избил ее? — Люк вздохнул. — Может, потому что не так посмотрела на него. Или ему не понравился цвет ее платья. Не знаю. Знаю лишь одно. Эти люди уверены, что им тут принадлежит все. — Он прищурился и посмотрел мне в глаза. — Вот почему я беспокоюсь за тебя. А этот немец? — Он нахмурился. — Ведь ты не хочешь, чтобы он положил на тебя глаз?

Я кивнула.

— Что же мне делать?

— Тебе надо быть как можно незаметнее, а теперь еще больше прежнего, — продолжал Люк. — Как можно реже выходи из дома. Может, пусть твой отец один поработает в лавке несколько месяцев, или хотя бы никогда не оставайся там одна.

— Но это невозможно, — возразила я. — Папа один не справится с его артритом и...

— Справится, — сказал Люк.

Я вся дрожала и прогоняла слезы, чтобы никто не заметил мой страх, сковавший меня тернистой лозой.

Люк крепко обнял меня, когда провожал домой, и часто оглядывался через плечо. Вместо того чтобы попрощаться с ним возле дома, как мы всегда делали, я пригласила его зайти, и он пошел за мной по лестнице. Папа и Кози давно спали, я слышала негромкий храп.

Я села на диван, Люк устроился рядом со мной. Близко, совсем близко. Я не могла припомнить, чтобы мои ноги когда-либо касались его, и впервые за все годы нашего общения я хотела быть еще ближе к нему. Я чувствовала, как стены, окружавшие мое сердце, начинали рушиться, их размывал бурный поток любви и страха перед войной. Одна трещина, три, двадцать, и потом вдруг лед растаял, а с ним все мои страхи, неуверенность и опасения. Я прижалась к Люку, нашла сначала его руку, потом губы.

Мы целовались и прежде — мимолетно, здороваясь и прощаясь — и совсем не так, как теперь.

Мое сердце громко стучало, когда он прижал меня к своей груди. Его пальцы ласкали мои волосы, лицо, шею. Я тоже касалась его, чувствуя кончиками пальцев его скулы, сильную челюсть, ключицу, когда расстегнула ворот его рубашки.

— Я люблю тебя, Селина, — прошептал он. — Я всегда любил тебя.

— Я тоже тебя люблю, — ответила я, и эти слова легко, сами собой слетели с моих губ. *Я тоже тебя люблю.* Как мне было радостно выпустить из заточения эти слова, давно жившие в моем сердце, в пространство между нами, и Люк жадно подхватил их.

Он еще крепче прижал меня к себе и снова поцеловал так, что мне захотелось перенестись куда-нибудь в другое место, где можно было дать волю нашей страсти. Я хотела его всего целиком и знала, что он тоже хотел меня всю.

— Я не хочу, чтобы мы расставались, — прошептала я и медленно провела ладонью вниз по его торсу.

— Я тоже, — сказал он, поднес к губам мою руку и поцеловал каждый мой палец. — И это время скоро настанет, любовь моя.

Я кивала, не отрывая от него глаз, ловила каждое его слово.

— Когда я вернусь, мы поженимся. Я буду заботиться о тебе и Кози и о твоем отце. Я куплю нам красивый дом. У тебя будет все, что пожелаешь, и у Кози тоже. — Он улыбнулся и протянул руку к кофейному столику. Там стоял в вазе пион. Это наверняка работа дочки. Она любила пионы. Люк отдал мне цветок, и я с улыбкой поднесла его к носу. — Любовь моя, — продолжал он. — Я дам тебе все, что пожелает твое сердце. Все цветы в Париже, если ты захочешь.

Я усмехнулась, крутя в пальцах стебель.

— Все цветы в Париже, — повторила я. Мне нравилась его сентиментальность.

Он кивнул.

— Но я хочу только... тебя, — шепнула я сквозь слезы.

— Я весь твой, — ответил он, целуя меня в лоб. — Я всегда был твой.

Я улыбнулась.

— Почему ты выбрал меня? Столько красивых женщин вокруг.

Он пожал плечами.

— Мне никто не нужен. Только ты. Так было всегда.

Я смахнула слезинку.

— Спасибо, что ты дождался меня.

— Я не стал бы ждать больше никого, — заявил он, вставая. Снова поцеловал меня, взял шинель и направился к двери.

Теперь буду ждать я. В Париже, так не похожем на тот город нашего детства. Люк будет где-то далеко, а я тут, бодрствовать и спать, передвигать ноги, низко опускать голову и ждать тот радостный день, когда он вернется.

— Ты не успеешь соскучиться, как я уже вернусь домой. Обещай, что ты будешь беречь себя.

Он стоял в дверях, волосы чуть взъерошены, широкая улыбка на лице, глаза сияли любовью, в них было так много любви. Если бы у меня был фотоаппарат, я бы сфотографировала его в такой момент. Вместо этого я запомнила все до мельчайших подробностей.

— Я обещаю, — сказала я после небольшой паузы, запоминая образ Люка и убирая его в надежное место в моем сердце.

— Я люблю тебя, — снова сказал он. И ушел.

## Глава 5

### КАРОЛИНА

Яркий свет лился в окна гостиной. Я открыла глаза и обвела глазами незнакомую комнату — мой дом. События нескольких последних дней густым туманом повисли на горизонте, отгородив от меня окружающий мир.

Я встала, потянулась, зевнула и пошла на кухню. Там порылась в бумажной сумке с продуктами, которую привез из больницы Клемент. Мой желудок урчал, когда я просматривала ее содержимое: один багет, клинышек твердого сыра, два персика, коробка сливок, которую надо было еще вчера убрать в холодильник (увы!), маленький пакет кофейных зерен, кусок салями и коричневый бумажный пакет с двумя шоколадными круассанами — один я сразу схватила и с жадностью вонзила зубы в слоеную выпечку с кусочками темного шоколада. Но когда проглотила второй кусок, меня настигли сомнения. Ем ли я вообще сладкое? Я глядела на отражение моей очень стройной фигуры в кухонном окне и представляла себя прежнюю, питавшуюся морковными палочками и хумусом. Даже хотела отложить круассан, но он был божественно вкусный, и я все равно доела его до последней крошки.

Я заглянула в холодильник и осмотрела его скудное содержимое. Там лежали дюжина яиц (с просроченным сроком годности), сморщенное яблоко, плесневелый кусок сыра и одинокая банка джема. В глубине пакет молока и коробка чего-то ресторанного и давно испортившегося, я даже не решилась до нее дотронуться.

Не было сливочного масла. Не было коробки с остатками предыдущего домашнего ужина. Не было десерта, поставленного охлаждаться перед приходом гостей. Ясно, что дома я совсем не готовила. Может, даже и не *ела*.

Я смахнула с губ крошку от круассана и продолжала осмотр кухни. Она была прекрасно оборудована — традиционные белые полки с бронзовыми ручками, столешницы из черного гранита, над маленьким островком бронзовый фонарь «под старину». Блестящие медные кастрюли и сковородки американской фирмы All-Clad, явно ни разу не использованные, были сложены внизу. Из бакалеи только коробка овсяной муки да неоткрытый пакет риса.

Я обшарила кухонные ящики, надеясь найти там какие-нибудь подсказки, которые помогут мне понять мою прежнюю жизнь. Но нашла только пачку рекламной почты, несколько шариковых ручек, одинокую бельевую прищепку и, как ни странно, две дюжины неочиненных карандашей разного цвета. Я ощутила неожиданный импульс... воспоминания? Но он прошел так же быстро, как и появился.

Я обреченно вздохнула, потом заглянула в ящик возле кухонной раковины и увидела в нем коробок спичек из какого-то заведения под названием «Бистро Жанти» и клочок бумаги с телефонным номером, я долго смотрела на него и сунула в карман вместе со спичками. Это подсказки. Вот и все, что я пока что нашла.

Я зашла в крошечный чуланчик рядом со спальней и увидела ноутбук, открыла и включила его. Конечно, пароль был защищен. Надо будет отнести его в салон Apple. Может, если я объясню там мою ситуацию, они помогут мне?

Я улыбнулась себе под нос. Забавно, что я все же помнила о таких вещах, как салон Apple, или знала, для чего нужна вилка, а для чего кровать, или как отварить яйцо вкрутую, даже несмотря на такую колоссальную дыру в памяти.

— Это называется пассивное знание, — объяснила мне доктор Леруа. — Знание, которое внедрено в вас, но не лично ваше.

Что бы это ни значило, но пока что я была персоной без биографии. Но я чувствовала себя скорее персоной без души.

Я вышла на балкон и поглядела на улицу, но холодный утренний ветерок коснулся моей кожи, и я вздрогнула. В эти дни солнце светило так ярко, что ты почти забываешь, что уже настала осень. Я глядела, как рыжеватый листок сорвался с кленовой ветки, порхал на ветру и опустился на булыжную мостовую перед кафе с зелеными маркизами.

Вздохнув, я пошла в спальню, перебирала там в шкафу чопорные черные платья и рылась в комоде, пока не нашла джинсы и голубую футболку. Влезла в них и посмотрела на свое отражение в зеркале ванной. Голубые глаза, чуть вздернутый кончик носа. Похожа я на мать? Или на отца? Живы они или нет?

Я умылась, расчесала волосы и убрала их в пучок, потом отыскала матерчатую сумку, положила в нее ноутбук и возле двери сунула ноги в сандалии. Глупо удивляться, что они мне в самый раз, но что поделаешь, меня удивляло все.

— Хелло, — сказала я солидному консьержу, когда лифт привез меня в вестибюль.

Он фыркнул, повернулся к двери и возился с ручкой и блокнотом.

— Простите, — сказала я немного громче. — Я просто хотела сказать... хелло.

— Хелло, — торопливо повторил мужчина, словно само мое присутствие причиняло ему острую боль.

— Я Каролина, — сказала я, протягивая руку.

Он глядел на меня как на ненормальную.

Я улыбнулась, убрала руку в карман, когда он отказался пожать ее.

— Извините меня, но я попала в аварию, и у меня проблемы с памятью.

Он пренебрежительно вздохнул.

— Я слышал.

— Значит, мы знакомы?

— Мадемуазель, — произнес он без капли эмоций. — Я забочусь об этом доме тридцать пять лет. Вы тут жили последние три года. Да, мы знакомы.

— Ну, тогда хорошо, — продолжала я. — Вы напомните мне ваше имя?

Он смерил меня долгим взглядом.

— Господин де Гофф.

— Мне так вас называть? Или вы...

— Вы можете называть меня господин де Гофф.

— Хорошо, — сказала я, когда он открыл мне дверь. — Ну, я пойду.

— В добрый путь, — буркнул он, хотя вполне мог бы сказать «скатертью дорога».

Я вышла на улицу и выбросила из головы ворчливого консьержа. Теперь меня занимали вещи поважнее. Но прежде всего... кофе. Я даже не знала, пью ли его, но в этот момент это слово звучало для меня как музыка, и я глядела по сторонам и искала какое-нибудь кафе. Тут я вспомнила про коробок спичек, которые нашла на кухне и сунула в карман. «Бистро Жанти». Я прочитала адрес и пошла прямо, через квартал свернула, потом еще раз свернула и увидела вдалеке вывеску.

Я с опаской взялась за дверную ручку и вошла в ресторан с его маленькими деревянными столиками и темно-красными стенами. Там сразу все показалось мне и знакомым, и чужим. Посетители стояли в очереди возле стойки, где несколько проворных официантов бегали к сверкавшей хромом кофемашине. В воздухе витал пар вместе с ароматом свежемолотого кофе. Женщина в синем пиджаке заказала двойной эспрессо и пирожное. Следом за мной вошла парочка, держась за руки, и попросила столик у окна. В этом бистро присутствовал свой пульс, свой особенный гул, и по какой-то причине я почувствовала себя тут своей.

Старшая официантка осторожно глядела на меня. Она была хорошенькая, примерно моя ровесница, но у нее были страшно усталые глаза, словно она давным-давно не высыпалась по ночам. Она что-то шепнула другому сотруднику. Тот поглядел на меня и торопливо ушел через двойные двери на кухню.

— Доброе утро, мадам, — поздоровалась она наконец; ее слова звучали чопорно и сухо. — Ваш обычный столик?

*Мой обычный столик?* Значит, я часто здесь бывала... до ДТП. Я огляделась по сторонам в надежде, что кто-то из посетителей, какой-нибудь столик или игра света пробудят мою память, но все было по-прежнему скрыто туманом.

— Хм, да, — ответила я наконец, и она отвела меня к столику, спрятанному в темном углу.

— Могу я заказать эспрессо?

Она вытаращила на меня глаза.

— Вы никогда не заказываете кофе.

— О, сегодня мне захотелось его, — сказала я с улыбкой.

— Хорошо, — ответила она, странно глядя на меня.

— Постойте, — сказала я. — Как вас зовут?

— Марго, — усмехнулась она.

— Я понимаю, что мы наверняка виделись и раньше, но... Я попала в ДТП и... моя память... ну, она пропала.

Она кивнула мне, словно я только что сообщила ей, что у меня дома живет единорог, и вскоре вернулась с кофе, но без меню. Я не успела ничего у нее спросить, как робкий двадцатилетний парень поставил передо мной тарелку, сказал «бон аппетит» и убежал на кухню.

Я поглядела на мой, вероятно, обычный завтрак: одно яйцо пашот, посыпанное черным перцем, на листьях подвядшего шпината. Парочка за соседним столиком с удовольствием ела киш, пирог с заварным кремом, свежий, только что из духовки. За другим столиком мужчина читал газету и уплетал соблазнительнейшие яйца бенедикт. Я разочарованно взирала на свой завтрак, сделала глоток кофе, а в это время ко мне направился мужчина в белом халате, импозантный, с красивым, точеным лицом и темными волнистыми волосами, слегка окрашенными сединой на висках.

— Надеюсь, сегодня мы не сделали ошибок, — сказал он с осторожной улыбкой. У него были добрые глаза, почти знакомые.

— Ошибок? — Я посмотрела в его карие глаза. — О нет, нет, — ответила я через минуту, взглянув на мой нетронутый завтрак и снова на него. — Нет, все... превосходно. Просто я... — Вздохнув, я жестом показала на стул напротив меня. — У вас найдется минута... чтобы присесть?

Он удивился и даже был чуточку смущен, но кивнул и сел за мой столик.

Я наклонилась ближе к нему и сказала, понизив голос:

— Дело вот в чем. Думаю, вы знаете меня, и я тут регулярная посетительница. Но я вас не помню. Я ничего не помню. Я угодила в аварию и в результате... ну... потеряла память. Теперь я стараюсь собрать по кусочкам мою жизнь.

— О, — ответил мужчина. — Мне очень жаль это слышать. Конечно, я готов вам помочь.

Я протянула ему руку.

— Пожалуй, для начала нам надо познакомиться. — Я чувствовала, что старшая официантка прожигала взглядом дыру в моем правом боку. — Я Каролина.

Он пожал мне руку, удивленно и настороженно.

— Я Виктор. Я владелец этого заведения — вообще-то, с недавнего времени. Конечно, ноша тяжелая, но работы я не боюсь. Большую часть блюд я готовлю сам, хотя у меня несколько превосходных помощников, поэтому сам я никогда не режу лук — терпеть этого не могу.

Я улыбнулась и показала на старшую официантку.

— А Марго? Я преувеличиваю или она хочет швырнуть мне в лицо меню?

Виктор усмехнулся.

— Значит, я угадала. Я последняя дрянь.

Он засмеялся.

— Нет-нет, вы не дрянь.

— Тогда кто?

Он с любопытством поглядел на меня.

— Я слишком мало вас знаю, чтобы ответить на ваш вопрос.

Я выпрямила спину.

— Справедливо. Но если я должна извиниться перед кем-то, то, надеюсь, мне скажут об этом.

— Я уверен, что извиняться нет нужды, — с улыбкой заявил Виктор. — И не переживайте из-за Марго. Она мать-одиночка и ездит на работу издалека, с окраины. У нее много своих проблем.

Я подозревала, что он что-то недоговаривает, но удовольствовалась услышанным. Я бросила взгляд на свою тарелку и нахмурилась.

— Если мое меню на завтрак отражает мою личность, — заметила я с сарказмом, — то в мой адрес звучит куча насмешек.

Виктор засмеялся.
— Возможно.

Я вздохнула и оглядела зал.

— Значит, вы недавно купили этот ресторан?

Виктор кашлянул.

— Да, можно сказать, что это одна из жемчужин Парижа; им владела одна семья почти сто лет. — Он помолчал. — Остановите меня, если я слишком разговорюсь или если вы... вспомните что-то, что я уже вам говорил.

— Вы не представляете, как мне сейчас хочется, чтобы вы разговорились!

— Окей. — Он усмехнулся. — Вообще-то, я пришел в ужас, когда увидел, что бистро выставлено на продажу, и поскорее его ухватил. Я слегка изменил меню, но, кроме этого, не делал никаких больших шагов.

— И не нужно, — убежденно заявила я. — По-моему, тут все... идеально.

— А еще с богатой историей, — продолжал он. — Гертруда Стайн, Хемингуэй, Фицджеральд — все они обедали здесь. Когда нацисты захватили Париж, эти стены устояли. Меню со временем менялось, но мы всегда подавали стейк средней прожарки, качественный завтрак и превосходное мартини.

— Чего еще можно желать? — спросила я с улыбкой. Он кивнул.

— Я приходил сюда еще мальчишкой — каждое воскресенье с моей матушкой. Всю неделю я ждал этого, ведь это означало, что я съем на десерт крем-брюле и подольше не лягу спать.

— И вы всегда мечтали купить этот ресторан?

Он покачал головой и направил взгляд в какую-то точку на стене за моей спиной или скорее в какое-то место в его памяти, далекое-далекое.

— Вообще-то, нет. Я никогда не думал, что мне выпадет такой шанс. К тому же жизнь повернула меня в другую сторону. — Он долго молчал. — Но когда представилась возможность, я решил, что будет правильно, если я его куплю. Впрочем, хватит обо мне. Нам надо говорить о вас.

Я кивнула и сделала большой глоток эспрессо.

— Странно просить незнакомого мне человека рассказывать мне про меня. Мне хочется узнать больше подробностей.

— Подробностей? Не знаю. Но я могу сообщить вам о моих впечатлениях.

— Пожалуйста, — попросила я. Он вздохнул.

— Я знаю, что вы приходите каждое утро ровно в семь тридцать, ни на минуту раньше или позже. Вы заказываете одно и то же. — Он показал на мою тарелку. Яйцо пашот на шпинате. И ни с кем не разговариваете.

Я усмехнулась.

— Ясно, я еще та тусовщица.

Он долго молчал и глядел на меня так, словно я сказала ужасно странную вещь.

— Что такое?

Он покачал головой.

— Просто... вы улыбаетесь.

— И это что... странно?

Он заглянул мне в глаза.

— Вы никогда не улыбаетесь.

Я потерла то место на голове, которое пострадало сильнее всего. Оно до сих пор было болезненным, но уже не так, как в больнице.

— Ого, — сказала я. — Кажется, я была жалкой и несчастной.

Он напряженно улыбнулся.

— Я бы так не сказал.

— Судя по вашим словам, очень жалкой.

— Нет, нет, пожалуйста, не преувеличивайте, — убежденно заявил он.

— Тогда что? Я просто была замкнутой?

— Нет, Каролина, если вам интересно услышать мое скромное мнение...

— Да, да, пожалуйста. Мне интересно все, что вы можете мне сказать.

Он нахмурился.

— По-моему, вы просто очень... печальная.

— Почему? — Я наклонилась ближе к нему, словно этот незнакомец держал в руке ключ, отпирающий мои воспоминания, — но, увы, ключа у него не было.

— Простите. — Он пожал плечами. — Мне жаль, что я больше ничем не могу вам помочь. — Он встал, услышав, как его позвали из кухни.

— Постойте, — попросила я. — Вы можете сказать мне что-нибудь еще? Как я могла стать такой печальной, жалкой, угрюмой? — Я снова поглядела на Марго и с сожалением покачала головой. — Вероятно, я обругала ее когда-то.

Он поправил свой фартук.

— Работая в ресторане, много узнаешь о людях. Ты видишь все, от красоты до безобразия, и со всеми промежуточными оттенками. С годами я твердо понял одну вещь — что обиженные люди сами обижают других людей.

— Обиженные люди обижают других людей, — повторила я. — Ого.

— Может, вы не знаете причину, Каролина, но вы обижаете.

Я жадно ловила каждое его слово, но он замолчал.

— Простите, я должен вернуться на кухню. Но завтра для вас будут готовы яйцо пашот и шпинат.

Возможно, я обиженная особа, но я решила, что не стану обижать других. Больше не стану. И мне пора есть *вкусные* блюда.

— Спасибо, но завтра я, пожалуй, съем вместо этого киш.

— Превосходная идея, — одобрил он.

Улицы Парижа казались мне лабиринтом. Запрокинув голову, я глядела на дома, возвышавшиеся над узкими улицами; их балконы обрамляла ярко-розовая герань. Куда мне пойти, направо или налево? Трудно поверить, но я вроде прожила тут три года. Я остановилась и спросила по-французски дорогу у старушки; мои слова прозвучали изысканно и литературно. Интересно, какие еще у меня есть латентные навыки? Возможно, я умею делать шпагат или читать наоборот Клятву верности флагу[1]. Чем больше качеств я открывала в себе, тем меньше понимала что-либо.

Вдалеке я заметила салон Apple, зашла в него и обратилась к продавщице с кольцом в носу и синими волосами. Я объяснила по-английски мою проблему, а она скептически посмотрела на меня.

— Вам придется это стереть, — наконец ответила она по-французски.

Я покачала головой.

— Вы меня не поняли. У меня амнезия. Я попала в аварию и неделю пролежала в больнице. — Я подняла мой ноутбук. — Мне нужно открыть этот компьютер.

Она тупо смотрела на меня, словно я только что сообщила ей, что я дочь Стива Джобса и хочу, чтобы она прислала мне по одному экземпляру всех гаджетов магазина, а счет направила отцовской фирме.

— Пожалуйста, — попросила я.

Она что-то сообщила по головной гарнитуре, и через минуту появился мужчина лет пятидесяти.

— Мне жаль, — сказал он голосом робота, — но мы не можем ничем вам помочь, поскольку на

---

[1] Клятва, которую приносят в начале каждого школьного дня при подъеме флага миллионы американских школьников.

вашем компьютере установлен защищенный пароль. — Он открыл мой ноутбук и показал на экран. — Вы не получите доступ к защищенным паролем файлам, но можете залогиниться как гостевой пользователь. Так вы сможете пользоваться девайсом.

— Спасибо, — уныло пробормотала я и направилась к двери.

Я долго и бесцельно бродила по улицам, пока они не стали вновь казаться мне знакомыми. Мой внутренний компас, вероятно, знал, как привести меня домой, и через некоторое время я увидела впереди «Бистро Жанти». Было уже около семи вечера, и мой желудок урчал. Я вспомнила владельца ресторана, проявившего ко мне доброту. Не покажется ли ему странным, если я вернусь и пообедаю?

Я вспомнила, что он говорил про стейк, и отбросила сомнения. Когда я вошла в зал, меня встретила другая старшая официантка, темноволосая и постарше. Непонятно, знала она меня или нет.

— Вы одна? — спросила она. Я кивнула. В ресторане было многолюдно, но я заметила свободное место возле бара, и она отвела меня к стойке и оставила с меню и стаканом воды.

Я достала из сумочки телефон, только что заряженный в салоне Apple, и порадовалась, что на нем не установлен пароль. Открыла мою переписку, но все мои тексты, кажется, были удалены. Мои контакты тоже не представляли особого интереса — только список имен, которых я не знала. Не было «Фейсбука» с «Твиттером», где я могла бы порыться. Я открыла папку с фотографиями и обнаружила там только две картинки: одна — задний дворик дома с пальмами и бассейном. Я вспомнила картину на стене в квартире, ту, где чаша с лимонами. На следующем фото две фигуры где-то на пляже. Мужчина и маленькая девочка держатся за руки, стоя спиной к камере.

*Странно. Почему только эти фото и больше ничего?*

— Простите, — услышала я за спиной мужской голос, и кто-то хлопнул меня по плечу. — Каролина?

— Да, — ответила я и, убрав телефон в сумку, повернулась к нему. — Простите, мы знакомы?

— Это я, Жан-Поль. — Он был высокий, элегантный, красивый. — Пожалуй, ты тогда выпила несколько бокалов вина, но ты наверняка меня вспомнишь.

— Да-да, конечно, — подыграла я — не хотела показаться невежливой.

— Это место не занято? — спросил он, показав на стул рядом со мной.

— Нет, нет, — ответила я.

— Отлично. — Он сел. — Я рад тебя видеть. Ты получила мое письмо?

Я осторожно разглядывала его лицо. Очевидно, мы знакомы. Но как? Я обвела глазами ресторан, отыскивая Виктора, в надежде, что он поможет мне понять ситуацию, но не видела его.

— Нет, не получила, извини, — смущенно ответила я, глядя на сумочку.

— Я звонил тебе несколько раз.

— Я была... занята.

— Ладно, ничего... — Он усмехнулся. — Ты выпьешь со мной?

— Конечно, — ответила я, и в этот момент из кухни вышел Виктор. Его глаза немедленно встретились с моими, но он не подошел. Вместо этого он что-то отдал официантке и снова скрылся за двойными дверями.

Мой компаньон подозвал бармена и заказал нам по мартини. Первый глоток оглушил меня, но вкус был приятный. Я сделала еще один глоток и еще. Через несколько минут мое тело наполнилось теплом, и я чувствовала себя слегка онемевшей.

— Как тебя зовут? Скажи еще раз, — попросила я.

— Жан-Поль, — засмеялся он. — Видно, в тот раз ты выпила больше, чем я думал. — Он заказал по второй порции мартини и стал рассказывать мне про лекцию, которую он читал сегодня в университете, где он профессор чего-то там. Я слушала его вполуха, но на самом деле глядела на кухню и ждала, когда из нее выйдет Виктор. Потом прибыла третья порция мартини, а также мой стейк, я с удовольствием ела каждый кусочек, а Жан-Поль рассуждал о достоинствах экзистенциального мышления в современном мире или что-то типа того. После первой порции мартини я оставила всякую надежду уследить за его великими идеями. В половине десятого я чувствовала себя легче перышка и еле заметила, что его рука опустилась вниз и трогала мою коленку.

— Это было так классно, — сказал он.

*«Неужели?»* — подумала я. Кажется, я не говорила ничего, кроме «о», «да», «нет», «классно». Если честно, я с трудом помнила его слова. Но в зале играла музыка, на него было приятно посмотреть, да и кто еще мог сидеть рядом со мной у барной стойки?

— Можно я провожу тебя домой? — спросил он, наклоняясь ближе ко мне, и в это время за стойкой появился Виктор.

— Ну, еще раз привет, — сказал Виктор, подливая мне воды, потом кивнул Жан-Полю. Не могу сказать, знали они друг друга или нет, но в их разговоре чувствовалась какая-то... напряженность.

— Мы хотим заплатить, — сказал Жан-Поль.

— Без десерта? — удивился Виктор

— Это не для нас, — ответил он.

— Жалко. — Виктор посмотрел на меня. — Даже не хотите крем-брюле?

— Я хочу, — говорю я. — Пожалуйста, принесите мне.

Виктор ушел с нашим заказом на кухню и через мгновение поставил передо мной карамелизованное чудо.

Жан-Поль первым зачерпнул его и тут же положил ложку на стол.

— Слишком сладко, на мой вкус.

Попробовала я и закрыла глаза, наслаждаясь вкусовыми оттенками.

— Потрясающе.

— Хочешь еще выпить? — предложил Жан-Поль.

Я не успела ответить, как вмешался Виктор, глядя на меня:

— Тебе не кажется, что ты достаточно выпила?

Возможно, его намерения были самыми правильными, но меня неприятно задел его тон.

— Справедливое замечание, — сказал Жан-Поль, протягивая Виктору кредитную карточку. — Зачем нам пить здесь, когда мы можем это сделать у тебя дома?

Мне кажется, что я уловила в глазах Виктора искорку озабоченности или... чего-то такого, но лишь на долю секунды. Жан-Поль встал и пошел к двери, а я рылась в сумочке. Мартини подействовало, и я, пошатываясь, встала со стула.

— Осторожнее, — шепнул мне Виктор из-за стойки. — Он настоящая акула.

Я приняла к сведению его слова и все же удивилась: если Виктор искренне заботился обо мне, почему он сам не предложил проводить меня домой? К тому же Жан-Поль казался мне вполне приятным, хоть и чуточку эгоистом.

— Доброй ночи, — сказала я Виктору, когда Жан-Поль обнял меня за талию.

— Вот мы и пришли, — сказала я, когда мы остановились возле моего дома. — Спасибо за компанию. Вечер получился приятный.

— Что? Ты даже не приглашаешь меня к себе? Ты ведь знаешь, как меня интересует история улицы Клер. Нет, ты меня просто терзаешь.

В какой-то момент я хотела его прогнать, но потом увидела справа от меня чью-то тень. При тусклом свете фонарей мне померещилось, что кто-то выглянул из-за угла дома и тут же исчез.

— Ты это видел? — спросила я у Жан-Поля.

— Что?

— Да так, — пробормотала я, слегка запинаясь. — Пожалуй, я слишком много выпила.

— Тогда позволь проводить тебя наверх, — сказал он, взял меня за руку и крепко обнял за талию. Внезапно все вокруг меня пришло в движение. Над головой мигал, стробировал уличный фонарь, лицо Жан-Поля то расплывалось, то входило в фокус, а у меня подгибались ноги и уплывало сознание.

Я открыла глаза и испугалась, не понимая, где я оказалась, но потом постепенно поняла: я лежала на софе в моей гостиной, укрытая одеялом. Я села, сжав ладонями голову, и посмотрела на настенные часы: 3 часа 34 минуты утра. В мой мозг хлынули кричащие воспоминания о прошедшем вечере: Жан-Поль, мартини, «Бистро Жанти», неодобрительный взгляд Виктора. Вероятно, я потеряла сознание. Неужели Жан-Поль отнес меня наверх? Я оглядела себя и с облегчением увидела, что я полностью одета, но сразу ужаснулась, что рисковала собственной безопасностью. Тут же поклялась сама себе не пить больше мартини и смочила на кухне пересохшую глотку тремя стаканами воды.

Уныло вздохнув, я прошла в спальню, разделась и достала из верхнего ящика футболку большого размера. От нее пахло лавандой и... чем-то еще. Я надела ее, и, когда задвигала ящик, мой глаз заметил в глубине что-то зеленое. Я протянула руку и вынула аккуратно сложенную льняную мужскую рубашку с коротким рукавом, застегнутую на все пуговицы. На ней выцветший пальмовый принт. Такие рубашки можно увидеть в рекламе бренда Tommy Bahama или на туристах, которые проводят отпуск в тропиках. *«Чья она и почему я хранила ее в своем ящике?»*

Зазвонил телефон, вроде на кухне — стационарная линия, о которой я и не знала. Я побежала через холл, а он все звонил и звонил, пронзительный, словно пожарная сирена или предупреждение о воздушном налете. От этого звона у меня пробежала дрожь по позвоночнику.

— Алло? — Я с бьющимся сердцем ждала ответа, но слышала лишь чье-то дыхание, а потом гудки.

Я положила трубку и долго глядела на нее. Кто звонил мне в такой час? Решив выбросить из головы этот звонок, я снова пошла через холл, но, перед тем как зайти в спальню, заметила краем глаза какой-то свет. Дверь в третью спальню в конце холла была чуточку приоткрыта, на пол падал луч лунного света. Конечно, мне захотелось туда заглянуть.

Скрипнули петли, когда я открыла дверь шире и зашла внутрь.

Спальня была небольшая, почти вдвое меньше спальни хозяина. В ней стояла двуспальная кровать, возле нее тумба и маленький письменный стол у окна. В этой спальне что-то не гармонировало с остальной квартирой, а почему — непонятно. Возможно, осветительная арматура; она выглядела более старой, чем современные светильники в остальных комнатах. Я провела ладонью по штукатурке и почувствовала кончиками пальцев облезающую краску и глубокие трещины. И тут меня пронзила догадка. Вся квартира была отремонтирована, а эта комната осталась нетронутой. Почему? Я выглянула в окно, где над улицей Клер низко висела луна, и на миг ощутила себя кем угодно и в любом времени в истории Парижа. Маленькой девочкой, которая что-то просила у звездочки перед школой. Молодой матерью, напевающей рождественскую песню. Старухой, которая молится о безопасности во время фашистской оккупации. Я ощущала присутствие тех людей, которые когда-то жили в этой самой квартире.

Луна нырнула за тучу, я зажгла маленькую лампу на тумбе, и она моментально отбросила зловещие тени. Я взялась за две бронзовые ручки, открыла дверцы шкафа и выпустила из него застарелый воздух. В нем пахло как на старом чердаке — пылью и забытыми воспоминаниями. Одежды в нем не было, лишь несколько пустых вешалок и остатки цветастых обоев, давно выцветших и ободранных. Я потрогала рукой верхнюю полку и вызвала лавину пыли, потом присела на корточки и поглядела на декоративную кованую решетку на стене, остатки старинной отопительной системы, давно уже демонтированной. Я нажала ладонью на решетку, и она провалилась куда-то в стену. Я попыталась вытащить ее оттуда, засунула пальцы в темную щель и нащупала там какой-то предмет. Глубже запустила туда руку, вынула маленький деревянный ящичек, положила его на кровать и рассмотрела при свете.

Кажется, это был старый ящичек из-под сигар. Я сдула с его поверхности толстый слой пыли и осторожно открыла изящную защелку. Внутри лежала аккуратная пачка пожелтевших конвертов, перевязанная грубой ниткой. Развязав ее, я посмотрела на первое письмо. Оно было адресовано месье Люку Жанти. Следующее тоже, и следующее. Но на этих письмах не было ни марок, ни почтовых штемпелей. Похоже, их никуда не отправляли. *Кто же оставил их тут и почему?*

Я провела пальцем по клапану первого конверта, достала два сложенных пополам листка и, поднеся их ближе к свету, рассмотрела изящный почерк. Письмо было написано по-французски, и я читала его без труда.

*Люк, любимый мой!*

Ты уехал, и я решила писать тебе письма, чтобы скоротать время. Время — это все, что сейчас у нас есть, и я считаю каждую секунду, минуту, день до твоего возвращения домой, когда мы снова будем вместе. И мы будем вместе, я это знаю. Чувствую. Если не на этой земле, то на небесах.

В эти страшные времена трудно сохранять оптимизм, твердо верить, что добро в конце концов одолеет зло, что в конце концов любовь победит ненависть. Но мы должны проявить упорство. Мы должны жить нашей любовью, черпать в ней силы.

Я не знаю, где ты, но молюсь, чтобы ты был жив и здоров. Я молюсь за тебя каждый день утром, когда проснусь, и вечером, когда закрою глаза. Меня утешает мысль, что ты тоже молишься за меня. Я знаю, ты молишься.

Твои молитвы мне нужны сейчас больше прежнего. Я ужасно боюсь, у меня неприятности. Не знаю, попадет ли когда-нибудь к тебе это письмо, но я все равно буду писать тебе. Я страстно жду того дня, когда все ужасы останутся позади, когда мы с тобой опять будем вместе.

Я люблю тебя всеми клеточками моей души.

Твоя навеки,

*Селина*

Прежде чем убрать письмо в конверт, я взглянула на дату на первой страничке — 18 октября

1943 года, — и у меня полезли глаза на лоб. Это военное время и, если я не ошибаюсь, самый разгар оккупации Парижа. Я вернулась в свою спальню, положила на столик ящичек для сигар и, дрожа от холода, залезла под одеяло и закуталась в него. Я чувствовала себя чужой в моей кровати и вообще в этом мире. Я слишком устала, чтобы думать о моей жизни, моих проблемах. Вместо этого я думала о Селине. Кто она такая и как ее письма попали в мою квартиру?

У меня отяжелели веки, и, закрывая их, я чувствовала, как скользила в пространстве между сном и явью. Я как будто стояла на середине моста, соединявшего обе стороны. Вдалеке я слышала отчетливый шорох пальмовых листьев на ветру и веселый смех маленькой девочки. «Гляди, мама, гляди!» — говорила она и с громким плеском прыгала в бассейн. Капли воды падали мне на лицо. Этого было достаточно, чтобы я открыла глаза и села на постели, но я даже не пошевелилась. Я хотела полежать еще. Мои ресницы затрепетали, когда вдали появился мужчина. Я не видела его лица, но знала его. Ветряной колокольчик висел возле двери и тихонько звенел.

Шорох пальм затих так же быстро, как и появился, и, когда я на следующее утро открыла глаза в моей странной парижской квартире, где во всех углах прячутся тайны, я прогнала слезы. Я не помнила мою прежнюю жизнь, но впервые остро поняла, что ужасно тоскую по ней.

# Глава 6

## СЕЛИНА

### *30 сентября 1943 г.*

— Мама, разве ты не любишь осень? — спросила Кози, положив голову на мое плечо.

— Люблю, — ответила я, гладя ее черные, как вороново крыло, волосы. Я не стала говорить дочке, что это первая осень, которую я не то что не любила — даже ненавидела. Да, на рынке появились тыквы, а кроны деревьев расцветились всеми оттенками красного, желтого и оранжевого, но город уже стал для нас чужим, потому что и в нем не было Люка.

Неделю назад я получила от него письмо. Оно пришло во вторник без обратного адреса, и наш почтальон Гюстав подмигнул мне, вручая его.

— Селина, сегодня у тебя радость.

Трепеща от восторга, я вскрыла конверт, но мое сердце упало, когда я стала читать слова Люка — холодные, краткие и совсем чужие.

Осень наступила, дорогая Селина,
Прекрасный день на юге Франции.
А дома все равно лучше.
Сердечный привет Кози и твоему отцу.
Но каждый день несет много перемен.

Однако в мире все-таки много прекрасного.
*La vie est un sommeil, l'amour en est le rêve.*
*Я буду скучать по тебе, всегда,*

*Люк*

Я перечитала письмо раз пятнадцать. *Что же он имел в виду? И что за непонятная цитата: «Жизнь есть сон, любовь в ней — сновидение»?* Он явно написал это в грустную минуту. Я в который раз пробежала письмо глазами. *Люк! Что ты пытался мне сказать?*

Я вздохнула и упала на свою кровать.

— Что случилось, мама? — спросила Кози, когда часом позже вернулась из школы.

Я потерла глаза и поглядела на часы.

— Кажется, я задремала.

В больших глазах дочки я увидела тревогу.

— Ты плакала.

— Нет, милая, — ответила я, взяв себя в руки. — Все в порядке.

Она заметила на туалетном столике письмо Люка, и я тут же пожалела, что не убрала его.

— Я ничего не понимаю, — озадаченно сказала дочка, держа в руке письмо. — О чем пишет Люк?

— Ни о чем, моя хорошая, — ответила я. — Вообще ни о чем. Это шутка. Глупая шутка.

Мои слова не успокоили Кози. Она была мудрее, чем все наши знакомые дети. Она еще раз молча перечитала письмо и удовлетворенно кивнула.

— Это шарада, — с улыбкой сообщила она наконец. — Люк очень умный, мама, неужели ты не видишь? Он оставил тебе *секретный код*.

— Все окей, милая, — ответила я, не принимая ее трогательную попытку меня утешить. — Это взрослые дела, тебе не надо беспокоиться.

Она широко раскрыла глаза, и я подумала, что быть ребенком и смотреть на мир через такие простые линзы — это дар. Я не хотела, чтобы Кози утратила его из-за войны или из-за меня.

— Нет, мама, — продолжала она. — *Я все поняла!* Маленькая дверь в «Бистро Жанти»! Знаешь, тот потайной шкафчик с нарисованными на дверце воздушным шаром и цирком зверей, где Люк всегда оставлял угощение для меня и месье Дюбуа?

— Ничего не понимаю. — Я удивленно подняла брови.

— Мама, — настаивала Кози, снова показав пальцем на письмо Люка. — *La vie est un sommeil, l'amour en est le rêve.* — У нее сверкнули глаза. — Эти самые слова написаны на той дверце.

Я снова взяла письмо в руки и посмотрела на него другими глазами.

— Конечно! Какая же я недогадливая! Это...

— Секретное послание! — договорила вместо меня Кози. — А это, — продолжала она, показав на первые буквы каждого предложения, — это код-акростих.

— Что?

— Люк научил меня, — улыбнулась она. — Только секретные агенты вроде нас это понимают. Мама, давай я научу тебя. — Она шлепнулась рядом со мной на кровать и показала, как из первых букв каждого предложения составляется слово. — Видишь? — сказала она наконец, но ее личико внезапно побледнело. — О-П-А-С-Н-О.

Мне хотелось сказать ей, что все будет нормально. Что это просто игра и что ей пора бежать на улицу к подружкам и поиграть в классики, а я спокойно возьму на себя груз всего этого и сберегу ее детский мир таким, каким она его знает — безопасным, красивым и радостным. И если вчера или в предыдущие дни я могла бы решить эту превосходную шараду, то теперь уже не могу. Зло просочилось в наш мир. Я видела это в глазах Кози, когда она прижалась ко мне и обхватила меня за талию своими маленькими ручками.

— Все будет окей, мама, все равно, — прошептала она. — Правда?

— Да, солнышко, — ответила я, прогоняя слезы. Теперь мы с ней были вместе.

Я пекла на ужин блинчики, но Кози почти не притронулась к ним, как и папа. Когда я убрала посуду, мы втроем посидели у огня. Солнце село, темнота накрыла город, но мы не зажигали ламп и вместо этого довольствовались теплым сиянием очага. Так нам казалось безопаснее, и мы прятались в коконе темноты.

Потом мы с Кози легли в постель, и дочка быстро заснула рядом со мной, а я долго лежала без сна и думала о письме Люка. Может, его тренинг был прикрытием для чего-то еще? Чего-нибудь мрачного? И этот ребус, намекавший на опасность и на маленькую комнатку в «Бистро Жанти»... Может, Люк оставил там что-нибудь для нас? Сообщение? Инструкции? Я пойду туда как можно скорее и посмотрю.

Я лежала рядом с Кози и страдала, слишком уставшая, чтобы встать и закрыть шторы в нашей спальне. В результате холодный лунный свет лился в окно и падал на щеку дочки и на левое ухо месье Дюбуа. Я напомнила себе, что эта луна, эта самая луна светила нам всегда, задолго до появления Гитлера и его ужасной армии, и повидала много зла и много добра. Может, в эту самую минуту на нее глядит Люк в своем далеком краю. Такая мысль утешила меня, и я наконец уплыла в сон.

— Шакшука! — весело сказал папа на следующее утро, ставя на стол горячую чугунную сковороду. Кози сидела на стуле. Ее ноги пока еще не доставали до пола и болтались в воздухе. Как бы мне ни хотелось, чтобы она поскорее стала красивой девушкой, я знала, что буду всегда с грустью вспоминать тот день, когда ее ноги наконец коснутся пола.

— Шакшука? — Кози с интересом разглядывала экзотическое блюдо.

Конечно, я моментально узнала его. Яйца под пряным томатным соусом, слегка посыпанные петрушкой и пармезаном. Я ностальгически улыбнулась папе, вспомнив, как мама приготовила для меня шакшуку в первый раз.

— Это любимое блюдо твоей бабушки, — сообщил он Кози.

— Правда? — Кози погрузила вилку в яичную массу и без колебаний отправила ее в рот. — Вкусно!

— Еще бы, — ответил папа. — Только осторожнее, сковородка очень горячая.

— Я гляжу на тебя и удивляюсь, — сказала я папе с улыбкой. — Что с тобой? Ты ведь много лет не готовил завтрак. — Но тут же вспомнила. — Ах да, сегодня же мамин день рождения, конечно!

Кози поглядела в лицо папы.

— Ты скучаешь по ней так же, как мама скучает по моему отцу?

— Каждый день, — ответил папа. — Каждый божий день.

Он подошел к приемнику, стоявшему в гостиной на столике, включил его и покрутил ручку, пока не нашел оркестр — джазовую смесь из счастья и печали: на кларнете, конечно, играл Гленн Миллер. Мама любила музыку. Сейчас она бы точно стала танцевать с папой на кухне и в шлепанцах.

Дочка встала из-за стола, подошла к папе и испытующе поглядела ему в глаза.

— Тебе грустно?

Улыбка папы подтвердила его боль и озабоченность. У меня сжалось сердце; обе эмоции с одинаковой силой тронули меня.

— Думаю, что я всегда буду грустить, моя хорошая. — Он положил левую руку на худенькое плечо Кози, а правой обнял ее за талию. Они танцевали под Гленна Миллера в центре гостиной. Грязные тарелки лежали в раковине, в центре разорванного войной города и в самом сердце разорванного войной мира.

У нас, как и у всех остальных, не осталось никакой уверенности в будущем. Вообще никакой. Не было никакой гарантии, что наша маленькая семья будет избавлена от горя и боли. Я совершенно не представляла, что принесет мне сегодняшний день или завтрашний. Но я точно знала, что эта картина — как мой папа танцует с моей маленькой дочкой утром в среду, — пожалуй, одна из самых прекрасных вещей, какие я когда-либо видела.

Пока мне было достаточно и этого.

Я поглядела в окно на улицу и вздохнула. Папа и Кози взялись за обыденные дела. Сейчас он отведет ее в школу, постоит у ворот, дождется, когда она помашет ему рукой из окна классной комнаты, потом пойдет обычной дорогой в лавку, отопрет старую дверь и приступит к работе. Мне очень хотелось помогать ему. Мне не хватало прогулок по городу, ощущения свежего ветра на щеках, запахов города, парижской какофонии: лая собак, аромата кондитерских, школьников на велосипедах, напевающих песенки, супругов, скандалящих на балконе третьего этажа. Я скучала по всем этим вещам, особенно по прежнему ритму моей жизни.

Люк уехал три недели назад, но мне казалось, что прошла уже целая вечность. После нашего прощания время тянулось медленно и мучительно. Меня охватывал трепет всякий раз, когда я вспоминала нашу последнюю ночь, а это случалось много раз на дню. Мне нравилось вновь и вновь вспоминать о ней. *Когда я впервые увидела ту искру в его глазах? В какой момент наши губы впервые встретились? Кто первым это сделал, он или я?* Ровная, приятная и нежная дружба, длившаяся годами, наполнилась необъяснимой электрической энергией. Я думала о Люке постоянно, утром и вечером — когда после завтрака заплетала Кози косички и завязывала розовый бант или вытирала после обеда посуду. Я вспоминала, как Люк глядел на меня в ту ночь — *в ту ночь*, — и в моей груди вспыхивали жаркие искры, словно в папином камине.

После его отъезда прошли несколько недель, но они показались мне долгими годами. *Безопасно ли ему там? Скоро он вернется или задержится надолго?* Я серьезно отнеслась к его совету и старалась как можно реже выходить из дома, кроме одного утра, когда у папы оказалось слишком много заказов. Но даже тогда я надела плащ с капюшоном и шла не прямой дорогой, а кружным путем по переулкам, чувствуя себя невидимкой.

Целыми днями я оставалась наедине со своими мыслями и часто сомневалась, правильно ли я поступаю. Возможно, я чрезмерно осторожная. Возможно, Кози ошиблась, и письмо Люка никакое не предостережение, просто оно было написано наспех, между дел, занятым человеком. К моему разочарованию, я больше не получила от него ни одного письма, но если бы ему потребовалось сообщить важную информацию, Густав наверняка бы принес к этому времени еще одно письмо.

Я повесила фартук на крючок и загляделась на птичку, которую увидела в окне кухни. Она махала крылышками и села на карниз дома, что на другой стороне улицы, но тут же снова взлетела и устремилась куда-то еще. Хотелось бы и мне быть такой птичкой, свободной как ветер.

Что, если я понравлюсь какому-то немецкому офицеру? Я буду не первой француженкой, у которой появился поклонник-немец. Потом ему встретится какая-нибудь другая девушка, и он бросит меня. Хоть я и обещала Люку, что постараюсь не попадаться немцам на глаза, так это не навсегда. Всем известно, что немецкие офицеры непостоянные, как весенний ветер. Насколько я могу судить, тот высокий офицер давно уже забыл про меня.

Зазвонил телефон, и я побежала в гостиную. Телефон стоял там на мраморном столике рядом с папиным креслом-качалкой.

— Бонжур, — сказала я в трубку и увидела в зеркале с бронзовой рамой свое бледное лицо и темные круги под глазами.

— Селина, это Сюзетта, — взволнованно и торопливо сказала моя подруга.

Мы дружили с ней с детских лет. Когда я переехала в Париж, она единственная в моей новой школе улыбнулась мне.

— Запомни две вещи насчет парижской жизни, — сказала она мне тогда. — Все девчонки подлые, так что не обращай на них внимания. А если ты понравишься какому-нибудь мальчику, *всегда* делай вид, что тебе на него плевать, даже если он тебе тоже нравится. — С тех пор мы с ней дружим.

Мы с Сюзеттой никогда не разлучались, мы вместе бегали каждый день по ступенькам в школу на холмистый Монмартр. У Сюзетты, с ее красивым лицом и рыжевато-каштановыми волосами, всегда были толпы обожателей. А мне больше всего нравились ее уверенность в себе и независимость. Только Сюзетта могла убедить мальчишек бросить камешек в окно дома, где жила наша директриса, или простоять целый час под дождем возле отеля «Ритц», прослышав, что там поселился Кэрри Грант (на самом деле она ошиблась), или положить украдкой тухлое яйцо в парту самой подлой девчонки во всей школе. Большинство ее проказ были довольно безобидными, в остальных ситуациях я оказывалась для Сюзетты голосом разума, так необходимым ей в такие моменты. В шестнадцать лет я отговорила ее, когда она собиралась пойти в ресторан с мужчиной, годившимся ей в отцы (хотя он был красавцем). Годом позже она устроилась в богатую семью, чтобы смотреть по выходным за детьми, и как-то вечером тайком убежала в соседнее кафе на свидание с мальчиком. Вернувшись, она обнаружила, что дом заперт, и в панике позвонила мне (к счастью, ее звонок не разбудил папу). Я бешено крутила педали целую милю и встретилась с ней возле того дома. Сюзетта встала мне на плечи и залезла в дом через окно второго этажа. А я взяла с нее обещание больше не повторять таких фокусов.

Мы делились с ней первыми любовными неудачами. Она была влюблена в Жан-Жоржа, который был старше ее на три года, а я в тихого парня по имени Жак. Когда мне исполнилось шестнадцать, его семья переехала в Прованс; я написала ему два письма, и оба остались без ответа. Мы проливали слезы из-за нашей безответной любви и, как ни забавно, испытывали от этого облегчение.

— Ты представляешь? Я на самом деле считала его симпатичным, — сказала мне как-то Сюзетта, когда мы пили кофе.

— Да, — согласилась я. — Вот только нос у него... А я? Не понимаю, что я нашла в этом Жаке. О чем я тогда думала?

Кто-то мог бы сказать, что наши интересы ограничивались поверхностными вещами — влюбленностями, фасонами платьев и так далее, — но Сюзетта была константой в моей жизни. Несмотря на ее недостатки, она была преданной подругой. Она стояла рядом со мной, когда родилась Кози, держала меня за руку и успокаивала, заверяла меня, что она рядом и я не одинока.

Как и мне, Сюзетте тоже не везло в любви. После расторгнутой со скандалом помолвки (оказалось, что ее очень красивый и богатый жених из влиятельной лионской семьи предпочитал... мужчин) она пустилась на утомительные и бесконечные поиски настоящей, верной любви или хотя бы мало-мальски приличного человека. Увы, поиски оказались опасными, со множеством неудач — в последний раз она пила кофе в постели с любовником, женатым ресторатором, в его загородном доме, и туда нагрянули его жена с дочкой. Тут нечего и добавить, ясно, какой получился скандал.

— Пожалуйста, скажи мне, что ты сегодня свободна и пойдешь со мной на ланч, — с мольбой в голосе защебетала она.

— Извини, — ответила я, крутя в пальцах телефонный шнур, — просто... сегодня я не смогу.

Но Сюзетта была не из тех, кто готов мириться с отказом.

— Ладно тебе, Селина, я не видела тебя месяца два, а то и больше. Может, у тебя уже выросла борода или прорезался третий глаз.

Я засмеялась.

— Я соскучилась по тебе, — продолжала она. — Нам нужно наверстать упущенное и хорошенько поболтать.

— Я тоже соскучилась, — ответила я, — но просто дело в том, что...

— Ну, конечно, у тебя много дел в лавке. Знаю, знаю. Дорогая, говорю тебе, что цветы могут подождать. Пожалуйста, выберись со мной на ланч. Твой отец поймет. К тому же я... мне надо поговорить с тобой и обсудить очень важный вопрос.

Мне почудилась тревога в ее голосе.

— У тебя все нормально?

— Лучше я отвечу тебе на этот вопрос при встрече. — Она вздохнула.

Надеюсь, она не влипла в новую историю. Не хватало, чтобы за ней охотилась еще одна разъяренная жена богатого парижанина. Я опять крутила в пальцах телефонный шнур, обдумывая предложение Сюзетты. Да, как приятно выйти из дома, чуточку подкрасив губы, и заказать салат «Нисуаз», хоть в нем и не будет тунца и зеленой фасоли из-за войны. Я так устала от собственной стряпни, что буду рада любому ресторанному блюду. И я пойду туда осторожно, пригнув голову и самым безопасным путем. Так что, может, все и обойдется?

— Ладно, договорились, — согласилась я наконец.

Сюзетта запищала от восторга.

— Шикарно. Кафе «Дю Монд» в полдень. Встречаемся там.

Я надела плащ, накинула на голову капюшон и заперла квартиру. Было одиннадцать часов, полно времени, чтобы выполнить одну вещь до встречи с Сюзеттой. Я вспомнила письмо Люка и решила по пути заглянуть в «Бистро Жанти». Мадам Жанти никогда не появлялась там раньше пяти вечера, и между завтраком и ланчем там будет мало народу. К тому же меня знал весь персонал, и мое присутствие никого не удивит. Я закажу кофе и отвлеку девушку, а сама загляну в драгоценный шкафчик и посмотрю, есть ли там что-то, о чем говорила дочка, какой-то тайный код, с помощью которого она разглядела скрытый смысл в письме Люка.

— Бонжур, — поздоровался со мной Жон, наш любимый официант, когда я зашла в ресторан. — Мы давно не видели вас с Кози и соскучились.

— Да, — ответила я, — мы были... слишком заняты.

— А-а, конечно. — Он обвел глазами зал. — Вы хотите сесть у окна? Ваш столик свободен.

Я покачала головой:

— Нет, не сегодня. Я просто выпью чашечку кофе возле стойки. Можно?

— Вам можно все, мадемуазель.

Пока он, повернувшись ко мне спиной, возился с кофейной машиной, я тихонько подобралась к встроенному в стену шкафчику.

— Вы, должно быть, скучаете по вашему другу, — сказал он. — Для меня загадка, что он там делает. Если бы я не знал его, я мог бы предположить, что он в каком-то немецком тренировочном лагере. Знаете, полицейские тренируются каждый день по собственной воле. Стыд собачий.

— Люк никогда бы... — начала я, но замолчала, когда он внезапно повернулся.

— Конечно, нет.

Мне было досадно, что Жон так говорил про Люка, с его несгибаемым характером. Но все же в эти мрачные времена всем приходилось жить с оглядкой.

Он отвернулся, и я опять стала красться к своей цели, решив больше не продолжать этот разговор. Вот уж мне осталось лишь протянуть руку к дверце.

— Надо сказать, что, какой бы твердой ни была мадам Жанти, после его отъезда она сильно изменилась.

Скрипнули петли, я открыла дверцу. За ней лежал толстый конверт, перевязанный бечевкой. Я запихнула его в сумочку, поскорее вернулась на свое место за стойкой, и Жон подал мне кофе.

— Вуаля!
— Спасибо, — поблагодарила я и поправила прическу перед зеркальной стенкой. Мое сердце тревожно стучало. Видел Жон или нет, как я сунула конверт в сумочку? — А как поживает мадам Жанти? — спросила я, чтобы отвлечь внимание.

Жон с опаской покосился в сторону кухни.

— Конечно, мадам Жанти иногда тиранит нас, но сейчас я беспокоюсь за нее. Вчера вечером она заплакала, когда мы обслуживали клиентов.

— Из-за чего? — спросила я, сделав глоточек кофе.

— Не знаю, — ответил он, — но это не к добру.

Я вытаращила глаза.

— Может, Люку грозит опасность? Как вы думаете?

— Я надеюсь и молюсь, чтобы этого не случилось, — ответил он. — Однако, мадемуазель, правда в том, что в эти дни нам *всем* грозит опасность.

Конечно, он был прав. Мы все плыли на корабле с пробоиной в борту, и спасательных плотов на всех, конечно, не хватит.

Допив кофе, я положила на стойку несколько монет и вышла на улицу. *Что оставил мне Люк? Что происходит?* Мне ужасно хотелось немедленно вскрыть конверт, но я понимала, что это неразумно. Надо подождать и сделать это дома, без посторонних глаз.

Я без приключений добралась до кафе «Дю Монд», села за столик в тихом уголке и стала ждать Сюзанну (она, как всегда, опаздывала). Верная себе, она вбежала в кафе с опозданием в пятнадцать минут и попросила у меня прощения.

— Я случайно наскочила на мадам Симон, эту сплетницу, и она не выпускала меня из своих когтей! — Сюзанна упала на стул напротив меня и поставила на столик сумочку. — Я так рада, что ты смогла встретиться со мной!

Сюзетта по-прежнему была красоткой: высокие скулы, большие зеленые глаза, волосы убраны назад так, как у меня никогда не получится, если даже я истрачу на это тысячу заколок.

Она протянула через столик руку и сжала мне пальцы.

— Я так скучала без тебя, — сказала она. — Спасибо, что пришла!

— Дело в том, — сказала я, — что в последнее время я чуточку... была вынуждена сидеть дома. Как приятно выбраться на люди.

Сюзетта наморщила носик, просматривая меню.

— Вынуждена?

— Это долгая история, — ответила я. Появился официант и записал наш заказ: два салата «Нисуаз» и графин бургундского. Сюзетта наклонилась ближе ко мне и продолжала беседу.

— Как поживает Кози? — поинтересовалась она, хотя я видела, что мысли ее витали где-то далеко.

— Прекрасно. Ты приезжай к нам как-нибудь вечером и повидаешься с ней. Ты ведь знаешь, она обожает тебя, особенно когда ты делаешь ей красивую прическу. У меня так никогда не получается.

Сюзетта кивнула и обвела ресторан рассеянным взглядом.

— Ладно, когда-нибудь загляну к вам.

— Что у тебя? — спросила я, угадав ее проблемы каким-то шестым чувством, которое появляется лишь после долгой дружбы.

Она неуверенно улыбнулась.

— Знаешь... я встретила человека.

— Правда? — шутливо отозвалась я. — Это, случайно, не мужчина?

Она робко захлопала ресницами.

— Возможно.

— Ты хочешь рассказать мне о нем? — спросила я, приглаживая прическу. Впервые за много дней (или недель?) я завила волосы и даже чуточку подкрасила губы помадой. Как приятно снова окунуться в жизнь, пусть даже на пару часов. На краткий миг мы с Сюзеттой почувствовали себя не женщинами в оккупированном, терзаемом страхами городе, а старыми подружками, встретившимися за ланчем в любимом ресторане.

— О нем я расскажу чуточку позже, — ответила она, к моему удивлению. Как это необычно для Сюзетты, ведь она всегда выкладывает все свои новости. Но я не торопила ее. — Сначала расскажи ты. Как там Люк?

Я описала, как развивались наши отношения с Люком, как наступил серьезный и прекрасный поворот. Она удивленно раскрыла глаза и покачала головой.

— Наконец-то! Через столько лет!

— Да, видно, в делах сердечных я немного торможу.

— Знаешь, если бы ты проволынила еще год, я бы вмешалась и женила его на себе. — Сюзетта засмеялась так, как умела только она, и я не обиделась.

— Да вы просто созданы друг для друга, — добавила она с печальным вздохом.

— Да, я тоже так думаю.

Я вспомнила о недавнем инциденте с женатым ресторатором. Неужели она уже пришла в себя после такого шока?

Она взяла ломтик хлеба и намазала его маслом.

— И у вас будут дети?

— Мне кажется, что Люк хочет этого, — ответила я и невольно улыбнулась, подумав о нем. — Ну, в общем, мы посмотрим.

— У вас будут красивые дети, это точно, — заявила она.

Меня согревала мысль о нашем будущем, о том, что у нас, возможно, будет семья. Сюзетта права. Наши дети и вправду будут красивыми, с карими глазами Люка и моими высокими нормандскими скулами. Я улыбнулась, представив себе нашего маленького сыночка, его большие, любопытные глаза и пухлое личико. Он будет веселым, как Кози, и чуточку озорником, но хорошим, добрым.

— У тебя тоже, — уверенно сказала я.

— С чего ты взяла? — уныло возразила она. — Все хорошие мужики уже женаты. А остальные? Они на этой проклятой войне или... еще хуже. — Она грустно вздохнула. — У меня никогда не будет ребенка, если я не...

Она замолчала, а я мысленно подыскивала подходящие слова, чтобы сказать их моей приунывшей подружке, но не находила их и вместо слов только сжала ее руку. В это время в кафе вошли четыре немецких офицера. Гул голосов мгновенно затих, а у меня в груди началась паника, сначала легкая, потом бурная. Я уговаривала себя, что мне нечего волноваться. Я законопослушная гражданка Франции и встречаюсь с подругой. Говорят, немцы умеют чуять страх. Я не дам им такой возможности.

Официант подлил вина в наши бокалы и поставил перед нами два салата, но у меня уже пропал аппетит. Вместо этого я нервно пила вино, а Сюзетта наклонилась ко мне и поглядела через мое плечо на соседний столик.

— Так я хотела рассказать тебе вот что... — Она замолчала.

— Про мужчину, с которым ты познакомилась.

— Ну да... — сказала она после долгой паузы. — Но он не похож на тех, с кем я встречалась раньше.

— Что, он холостой? Или какой-нибудь...

Она натужно улыбнулась.

— Я не это имела в виду. Он *другой*.

— Другой? Как это?

Она тяжело вздохнула, зажмурила глаза, открыла их и посмотрела прямо на меня.

— Его зовут Франц. Он...

Она не успела договорить, а я уже недоверчиво качала головой, сопоставляя детали.

— Сюзетта. Что ты такое несешь?

— Понимаешь, если бы ты спросила меня два года назад, стану ли я встречаться с немецким офицером, я бы твердо ответила, что нет, никогда, но... Я не знаю... я познакомилась с Францем, и... ну, он правда замечательный, совсем не такой, как можно ожидать. Мы встречались несколько раз, и он настоящий, порядочный мужчина, Селина. Все это время я думала, что они свора злобных псов, но дело в том... что это вовсе не так.

Сначала я не могла оправиться от шока и молчала, но потом ко мне вернулся голос.

— Я понимаю, что этот человек тебе нравится, и я понимаю, что немецкая форма не обязательно превращает человека в чудовище... но, Сюзетта, ты понимаешь всю серьезность того, что ты делаешь? — Я понизила голос до шепота. — Ты сознаешь весь риск?

Подруга наморщила лоб, словно мои слова глубоко ранили ее. Вероятно, она хотела услышать от меня слова ободрения, даже восторга от такой новости, а я вроде как ругала ее.

— Мне следовало ожидать, что ты не порадуешься за меня, — обиженно заявила она. — Тебе-то повезло, у тебя были в жизни даже не одна, а две большие любви. Любовь приходила к тебе так легко, что ты даже не представляешь, как мне тяжело.

Мои глаза наполнились болью.

— Неправда. Как ты можешь меня обвинять, что я не желаю тебе счастья?

— Извини, я не то сказала. — Она вздохнула. — Просто я мечтаю о такой любви, какая выпала тебе. Ты счастливая.

Я кивнула и взяла себя в руки.

— Конечно, тебе хочется любви. Но какую цену ты заплатишь за нее?

Сюзетта отвела глаза.

— Мне страшно, как и всем остальным вокруг, — продолжала я. — Страшно за Кози. Страшно за папу. Страшно за тебя.

— Да, я все понимаю, — возразила она. — Но Франц не страшный. Он чудесный, правда.

— Ты с ума сошла?

Кажется, мои уговоры на нее не действовали.

— Я видела вчера на рынке Маргариту Леон. Помнишь ее, ту полоумную девчонку с лошадиным лицом из нашей школы?

Я кивнула. Но сейчас мне было наплевать на Маргариту и ее лошадиное лицо и вообще на все. Мне хотелось отговорить Сюзетту, чтобы она не наделала глупостей.

— Она встречается с очень красивым офицером. Он ходит с ней в театр и покупает ей практически все, что она захочет.

Я в отчаянии покачала головой.

— Знаешь те шелковые чулки, которые раньше продавали в «Бутик Руж», а теперь нигде не достанешь? — Она не стала ждать моего ответа. — Он купил ей *три пары*.

Сюзетта всегда питала слабость к красивым и дорогим вещам, но это? Я вздохнула.

— Ты этого хочешь? Чтобы тебе платили за твою... компанию?

— Селина, не будь такой ханжой. Против фактов не попрешь. Париж уже не такой, как прежде, и это, пожалуй, навсегда. Ты не хуже меня понимаешь, что союзники с большой вероятностью проиграют эту войну.

— Нет, такому не бывать! — твердо заявила я.

— Нет-нет, все возможно. И если союзники проиграют, тогда почему бы мне не оказаться на стороне победителей?

Она говорила и говорила, но я с трудом ее слушала. Что случилось с моей подругой? Внешне она выглядела как любая благополучная парижанка — одета по последней моде, безупречная прическа. Но я знала всю правду. Ее семья уже некоторое время находилась в тяжелом финансовом положении. Ее старший брат Элиан родился с тяжелым заболеванием, его возили в инвалидном кресле. Уход за ним выкачивал скудный семейный бюджет. Дальнейшее благополучие семьи во многом зависело от Сюзетты, от ее умения найти себе богатого мужа, и я знала, что это давило на нее тяжким грузом. Я опять взяла ее за руку.

— Ох, Сюзетта. Времена тяжелые для всех нас. Ты можешь пожертвовать какими-то вещами, но только не своей честью и не своим сердцем. Прекрати отношения с тем немцем. Ты не успеешь оглянуться, как встретишь приличного француза. Только подожди немного.

Мои слова не убедили Сюзетту. Вместо этого она с кротким видом приподняла манжет бордового бархатного платья и показала мне роскошный бриллиантовый браслет. Таких дорогих украшений я у нее еще не видела.

— Откуда у тебя *это*?

— Он подарил его мне недавно, когда пришел к нам и познакомился с моими родителями и Элианом.

Я вытаращила глаза.

— Постой, ты позволила ему встретиться с Элианом?

— Да.

— Сюзетта, разве ты не слышала, что немцы делают с...?

— Инвалидами? — договорила за меня Сюзетта, сверкнув глазами. — Давай, назови вещи своими именами.

— Сюзетта, ты ведь знаешь, что я люблю Элиана. Почему ты переворачиваешь все с ног на голову, так, будто я не на твоей стороне, будто я... против тебя?

Что-то в ее лице сообщило мне, что мои слова бесполезны. Она уже сделала свой выбор.

— Неужели ты думаешь, что я стала бы с ним встречаться, если бы боялась, что Элиану что-то угрожает? — сердито заявила Сюзетта, и ее щеки залила краска. — Франц нежный, как ягненок, к тому же он рассказал мне о планах Гитлера. Когда закончится война, они построят хорошие дома для таких, как Элиан, где те смогут мирно жить. — Она посмотрела мне в глаза. — Не думай, не все у нацистов плохо.

Я с трудом понимала ее слова. Конечно, мы все слышали, как французы переходят на сторону немцев, зачарованные дружбой с немецкими офицерами, обещающими им высокое жалованье, хорошие должности и другие привилегии после войны. Ходили слухи, что законодательница моды Коко Шанель даже провела в «Ритце» ночь с белокурым офицером, вдвое моложе ее. Но моя старинная подруга? Просто немыслимо.

— Перестань говорить ерунду, — сказала я, глядя ей в глаза. — Прошу тебя. Верни ему этот браслет. Если ты оставишь его у себя, ты и сама станешь его игрушкой. Ты это понимаешь? Извинись перед ним и скажи, что твое сердце принадлежит другому. Или скажи, что твоя мать заболела. Скажи ему, что у тебя дифтерит. Скажи что угодно. Все, что нужно, скажи и убери его из своей жизни и из жизни Элиана. Пожалуйста, Сюзетта. Ты в опасности и даже этого не понимаешь.

Она спрятала руку под стол, словно отступила от воображаемой границы на противоположную сторону.

— Если даже этот офицер, Франц, хороший человек, если такое возможно, что ты скажешь о других немцах, среди которых он находится? — уговаривала я. — Если они узнают про Элиана...

— У тебя настоящая паранойя, — заявила она, гладя пальцами свое запястье с браслетом.

— А ты просто дура! — Я взмахнула руками, совсем как мой папа, когда видел что-то непотребное, например женатых мужчин, которые приходили в лавку и покупали цветы одновременно для любовниц и жен, путали их имена на карточках и ничуть не переживали из-за этого. — Вот этот браслет, — продолжала я, ткнув пальцем в ее запястье и вглядываясь в бриллианты, действительно крупные. — Ты не задумывалась, откуда он у него?

— Вероятно, он купил его мне.

— Мы с тобой понимаем, что браслет не из ювелирной лавки.

— Перестань, Селина, — оборвала она меня, словно не могла слышать правду. Но я не унималась.

— Я скажу тебе, откуда он.

— Перестань, я сказала, — снова повторила она, на этот раз громко, привлекая внимание к нашему столику. Ее глаза наполнились слезами.

Я тоже чуть не плакала, но тут вспомнила мое обещание Люку. Нам нельзя было устраивать сцены.

— Пожалуйста, — взмолилась я. — Давай поговорим разумно.

Но Сюзетта не слушала меня. Вместо этого она захлопала ресницами и улыбнулась кому-то за моей спиной. Я оглянулась и увидела красивого немца, а с ним еще одного офицера.

— Франц! — Она вскочила на ноги и кокетливо выпятила губы. Франц обнял ее за талию и прижал к себе. Мне было тошно смотреть на эти объятья. Все кафе снова затихло; все смотрели на нас.

— Селина, это Франц, — сказала Сюзетта. — Франц, это моя давняя подруга Селина.

— Очень приятно, — с легким поклоном отозвался он и познакомил меня со своим коллегой по имени Ральф. Я изо всех сил старалась держаться холодно и безразлично.

— Вам обеим надо пойти с нами сегодня вечером в театр, — предложил Франц. — У нас билеты в кабаре на восемь часов.

На восемь часов. В нашем оккупированном Париже не могло быть и речи о театре, ужине в ресторане или каких-то других вечерних развлечениях, начинавшихся в восемь, потому что в девять наступал комендантский час. Настоящий французский ужин длится не меньше двух часов, а лучше три, и посетители приходят во все кафе и бистро не позже семи. Однако, если ты идешь куда-нибудь с немецким офицером, дело другое. Большинство ресторанов, театров и кабаре оставались открытыми и обслуживали немцев в обмен на их протекцию и особое отношение.

— Что скажешь, Селина? — спросила Сюзетта. Я с болью смотрела в ее веселые глаза.

— Я... я... мне очень жалко, — пробормотала я, пятясь. — Спасибо за приглашение, но я... уже договорилась на сегодняшний вечер. — Я вежливо улыбнулась, схватила свою сумочку, чтобы заплатить за еду, но тут вмешался Франц.

— Красивые женщины никогда не должны платить, — заявил он и, выставив руку, не позволил мне положить деньги на столик. Сюзетта с восторгом смотрела, как он вынул из кармана несколько новеньких купюр и раскрыл из веером. Их было более чем достаточно, чтобы оплатить наши салаты и вино. Он оставил нашему официанту щедрые чаевые, и это явно усилило любовь к нему Сюзетты.

— Ты слишком щедрый, Франц, — сказала она с идиотским хихиканьем, от которого меня просто тошнило

— Простите, — сказала я. — Мне пора идти, я немного засиделась.

— Что ж, — промурлыкала Сюзетта, выпятив губки. — Мне было... приятно повидаться с тобой. — В какой-то момент я уловила искру сожаления в ее глазах, но она тут же исчезла.

Я безуспешно искала в ее лице следы моей прежней подруги, той, которая не терпела несправедливости, а однажды подралась с бандой мальчишек, дразнивших ее брата.

Папа всегда говорил, что немцы разносят свое зло, словно инфекционную болезнь, и что некоторые из нас более восприимчивы к ней, чем другие. Кажется, я до сих пор не очень верила этому, но сегодня убедилась в его правоте, когда все произошло прямо у меня на глазах.

Сюзетта заразилась этим злом.

# Глава 7

## КАРОЛИНА

Утром я шнуровала кроссовки, такие новенькие, словно их ни разу не надевали. Хотя о беге не могло быть и речи, быстрая ходьба, пожалуй, пойдет мне на пользу. Доктор Леруа сказала, что физическая активность — самое лучшее, что я могла сделать для своего мозга, и вновь подтвердила это по телефону, когда проверяла мое самочувствие.

— У меня были те... вспышки воспоминаний. Кажется, так их можно назвать, — сообщила я ей и описала свои недавние эпизоды. — Но я все равно ничего из них не поняла.

— Это нормально, — заверила меня доктор Леруа, — хотя, конечно, и досадно. Смотрите на это именно так. Все ваши воспоминания, ваше прошлое лежат нетронутые у вас в мозгу. Они никуда не делись, просто у вас пока нет к ним доступа. Когда эта информация загрузится — вернее, когда восстановятся ваши мозговые дорожки, — поначалу она покажется вам чужой.

Действительно, чужой. Я нашла в комоде черные спортивные легинсы и серую футболку, завязала на затылке волосы и направилась к лифту.

Господин де Гофф удивленно вытаращил глаза, когда я приехала вниз.

— Доброе утро, — поздоровалась я с жизнерадостным видом и откусила сочное яблоко, купленное вчера на рынке.

— Хелло, — ответил он с опаской, словно я могла взорваться в любую секунду.

— Хороший день, — сказала я.

Он кивнул.

— Можно я спрошу у вас одну вещь? — продолжала я и, не получив ответа, перешла к делу: — Моя квартира на четвертом этаже — вы знаете что-нибудь о людях, которые жили в ней раньше?

Он смерил меня долгим взглядом.

Сколько раз за эти годы я проходила через вестибюль господина де Гоффа и, вероятно, даже не всегда с ним здоровалась. Для меня он был чем-то вроде стула, на котором он сейчас сидел. Неудивительно, что он с подозрением отнесся к моему вниманию.

— Я понимаю, что кажусь вам сейчас чуточку чокнутой, — сказала я, — из-за недавней аварии и потери памяти. Я пытаюсь понять... ну... все, что было со мной. Например, как я тут поселилась.

— Боюсь, что не смогу вам в этом помочь.

Я кивнула, прикидывая, сказать ему про письма или нет, и решила пока что промолчать — во всяком случае, пока. Что, если он потребует, чтобы я отдала письма ему или владельцу дома? Ведь я даже не успела их прочитать.

— На днях я заметила, что одна спальня в моей квартире немного отличалась от других комнат. В квартире был сделан ремонт, но та спальня осталась нетронутой. Я подумала, что вы, возможно, знаете, почему так получилось, и знаете что-нибудь про историю этой квартиры.

— Историю? — насмешливо фыркнул он. — Весь Париж сплошная история.

— Конечно, — согласилась я и хотела пойти дальше. — Извините. — Если господин де Гофф и знал что-то важное, вряд ли он поделится со мной. Да и зачем ему это, говоря по правде? За эти годы я не заслужила его доверия.

— Ваша квартира пустовала после войны много лет, даже когда я уже работал здесь, — сообщил он наконец и долго глядел на улицу, вероятно, прикидывая, заслуживаю ли я дальнейших объяснений. При утреннем свете на его лице было заметно еще больше морщинок. Мне пришло в голову, что он довольно старый — ему не меньше семидесяти лет или даже семьдесят пять.

— Никто не мог понять, почему такая большая квартира в одном из лучших домов Парижа пустовала все эти годы, — продолжал он, с восхищением обведя глазами изящные линии потолка. Я догадалась, что его преданность этим стенам вызвана не только неплохим платежным чеком. — Но потом я все понял.

— Что вы поняли?

— Лет пятнадцать назад квартира была выставлена на торги и очень понравилась симпатичной молодой паре. Я пытался их предостеречь, но бесполезно. В конце концов, кто я такой? Простой консьерж.

— Предупредить о чем?

Не отвечая на мой вопрос, он продолжал свой рассказ.

— Они собирались жить тут семьей. Но... — Он замолчал и покачал головой. — У них так ничего и не получилось. Не закончив ремонта, они продали квартиру агентству недвижимости.

— Ничего не понимаю. Кажется, вы сказали, что им понравилась квартира.

— Трудно любить квартиру, в которой притаилось зло, — ответил он, глядя на потолок, словно видел сквозь него мою квартиру.

— Какое зло? Что вы имеете в виду? — Я зябко поежилась.

— Я уже сказал, что я всего лишь консьерж. Раз квартира вас устраивает, вот и хорошо. Но лично я никогда бы не смог там жить.

— Почему? — Я прищурилась.

— При всем моем уважении, мадемуазель, — холодно заявил он, поворачиваясь к окну, — у меня нет времени на долгие разговоры.

— Да, — ответила я, пятясь назад. — Да, конечно.

Виктор загадочно поглядел на меня, когда через сорок пять минут я вошла в «Бистро Жанти». Я слегка запыхалась от быстрой ходьбы. Мои щеки порозовели, когда я вспомнила, что ушла оттуда вечером с Жан-Полем. Потом я заметила хорошенькую официантку в облегающем черном платье и с умело накрашенными губками и сделала безуспешную попытку улучшить мой внешний вид, вытерев пот со лба и поправив завязанные в хвост волосы.

— Как провели ночь? Неплохо? — поинтересовался Виктор с лукавой усмешкой.

— Конечно. — Я старалась не глядеть на него. — Он проводил меня домой, и все. — Я кивнула сама себе и потерла лоб. — Моя единственная серьезная ошибка была в том, что я выпила три мартини.

— Четыре мартини, — усмехнулся Виктор, а я застонала от досады.

— Как звали этого парня? — спросила я.

— Жан-Поль.

— Ах да, верно. И он непрестанно говорил о себе.

Улыбка исчезла с лица Виктора.

— Я хочу извиниться.

— За что?

— Что я сам не проводил вас.

У меня еще сильнее вспыхнули щеки.

— Мне надо было настоять на своем. Не позволить вам, в вашем состоянии, уйти... ну... с кем-то.

— Ничего не случилось, и вам не надо...

— Все равно. Вы простите меня?

Я посмотрела ему в глаза.

— Почему вы так заботитесь обо мне? Ведь вы меня даже не знаете.

— Я забочусь о всех моих клиентах, — ответил он, смерив меня долгим взглядом, потом игриво помахал рукой эффектной девушке, которая только что села за соседний столик.

— Да, конечно, — согласилась я.

Виктор вздохнул и поглядел в сторону кухни.

— Ну что, сегодня киш?

— Да, пожалуйста. — Я направилась было к моему обычному месту в углу, но тут же остановилась. — Знаете, я вот что подумала. Может, я могу сесть ближе к окну? Так приятно сидеть на солнце.

— Как скажете, — ответил Виктор с игривой улыбкой и положил меню на освещенный солнцем столик у окна.

В ожидании завтрака я потихоньку наблюдала за старшей официанткой Марго. Кажется, она нервничала, часто поглядывала на телефон, вздыхала. Я решила поговорить с ней.

— Простите, — деликатно сказала я. — Я невольно заметила, что вы чуточку... встревожены. У вас все в порядке?

Она расправила плечи, выпрямилась и вскинула подбородок.

— Все нормально, — ответила она ледяным тоном. У нее покраснели глаза. Я поняла, что она плакала, но мне было ясно, что я последняя, с кем она была бы готова поделиться своими горестями.

Я кивнула и вернулась к моему столику. Принесли мой завтрак, и я наслаждалась каждым кусочком, потом заказала вторую чашку эспрессо. Интересно, что прежняя Каролина думала об этом месте? Нравились ли ей здешние звуки: стук тарелок, которые несут посетителям, звяканье столовых приборов, витающие в воздухе соблазнительные ароматы кушаний, друзья, здоровающиеся друг с другом поцелуями в обе щеки? Или она просто сидела в темном углу, ела свой шпинат и торопливо уходила? От кого она пряталась? И почему так грустила?

Мой глаз заметил цветное пятно на стене возле кухни. Оно походило на картину, но я тут же заметила маленькую бронзовую ручку и поняла, что это какой-то шкафчик, встроенный в стену. Оставив кофе, я подошла и, наклонившись, попыталась открыть дверцу. В это время из-за угла появился Виктор.

— Что? Сообщить в полицию, что мы поймали вора?

— Извините, — сказала я. — Не знаю, что на меня нашло. Просто я заметила этот шкафчик и не удержалась. Захотела посмотреть, что там внутри.

— Ничего страшного, — сказал он. — Шкафчик очень необычный, правда?

Кивнув, я посмотрела на слова, написанные на дверце: *«La vie est un sommeil, l'amour en est le rêve»*.

— Большинство посетителей даже не замечает его. — Он присел на корточки и показал мне затейливый рисунок на миниатюрной дверце — воздушный шар и цирк зверей.

— Что это?

— Одна из многих загадок этого заведения, — ответил он. — Этот шкафчик был и в моем детстве. По слухам, месье Жанти собственноручно сделал его для сына. Несомненно, маленькое развлечение для ребенка, который проводил всю жизнь в ресторане. Вообще-то шкафчик всегда разжигал мое детское любопытство, и однажды, когда моя мать не видела, я открыл его, ожидая найти там сокровища.

— Нашли?

— Да. — Он сверкнул глазами. — Я нашел там шоколадку. После этого я заглядывал туда каждую неделю, и всегда там лежали новые шоколадки.

— Кто же оставлял их там?

— Может, кто-нибудь из официантов, может, сын мадам Жанти. Я так никогда и не узнал. Но для девятилетнего мальчишки это было... волшебство.

Я улыбнулась.

— Попросите господина Баллара рассказать вам еще что-нибудь. Он работал тут еще мальчишкой, когда всем управляла сама мадам Жанти.

Я вспомнила, как Виктор рассказывал мне историю ресторана. Мадам Жанти скончалась в 1950 году, ее сын держал бразды правления до середины восьмидесятых. Он умер от рака, и ресторан перешел в руки их дальнего родственника — эти годы Виктор назвал «темными». Фирменные блюда изменились или вовсе исчезли из меню, и хотя посетители хранили верность «Бистро Жанти», душа ресторана была ужасно уязвлена.

Кажется, Виктор возродил былые традиции ресторана — к восторгу постоянных клиентов, включая господина Баллара.

— Память у него уже не та, что прежде, — продолжал Виктор, показав на старика, сидевшего за столиком у окна.

— Мы с ним похожи в этом, — усмехнулась я.

— Но даже и так он знает это место лучше всех. Он приходит сюда каждый день два раза — утром и вечером. Завтраки заказывает разные, но ужин всегда тот же самый. Стейк, салат и бутылка хорошего бордосского. Давайте я познакомлю вас с ним.

Мне хотелось вернуться домой, принять душ и переодеться перед знакомством со старейшим посетителем ресторана, но я послушно поплелась за Виктором к столику, где старик сидел с газетой и кофе. Возле его левой ноги стояла отшлифованная за много лет трость.

— Господин Баллар, я хочу вас познакомить с нашей посетительницей.

Он поднял взгляд на Виктора, потом на меня. Ему было под восемьдесят или даже больше. Его глаза глядели устало и мудро, но я заметила в них молодой, никогда не исчезавший блеск. Я сразу представила его семилетним розовощеким мальчуганом, пришедшим с матерью в ресторан, или как он подросток полировал стеклянную посуду и разносил клиентам салаты, горячее и вино; а вот он уже молодой парень, и весь мир лежит у его ног.

Я открыла рот и хотела что-то сказать, но старик опередил меня:

— Я вижу вас тут уже несколько лет. Что ж, пора вам поздороваться со мной.

— Простите, я не...

— Не извиняйтесь, — перебил он меня. — У всех нас имеются свои причины.

Я рассказала ему про аварию и потерю памяти.

— Вообще-то я сейчас мало что знаю о себе, — сказала я с улыбкой. — Но вчера вечером я нашла у себя в спальне в ящике комода аккуратно сложенную мужскую рубашку.

— Постойте, постойте? — вмешался Виктор. — Какую рубашку?

— Довольно ужасную, с кричащим тропическим принтом, какие покупают туристы на морских курортах.

— Странно, — пробормотал он.

Месье Баллар кашлянул.

— Ваш недуг можно считать не только проклятьем, но и даром небес. В моей жизни найдутся такие моменты, которые я предпочел бы забыть.

Я встретилась глазами с Виктором, и он, уловив у старика дискомфорт, направил беседу в другое русло:

— Я только что рассказал Каролине, что вы работали тут в сороковые, совсем ребенком.

Глаза господина Баллара затуманились от воспоминаний, и он начал рассказывать:

— Верно. Мне было одиннадцать, когда я пришел сюда работать. Мои родители нуждались в деньгах, и я брался за любую работу. Чистил картошку после школы. Мыл посуду. Подметал вечером ресторан. Во время оккупации я много чего делал.

Я вытаращила глаза.

— Я был разносчиком в соседней пекарне и в местной цветочной лавке. Но здесь мне особенно нравилось. В Париже нет другого такого места, как «Жанти».

Я показала пальцем туда, где недавно стояли мы с Виктором.

— Тот маленький шкафчик в стене, вы знаете, как он... откуда он?

— Знаю, — подтвердил он. — Вы что-нибудь слышали про инь и ян?

— Да, кажется, слышала.

— Противоположности, дополняющие друг друга, — сказал он. — Можно сказать, что супруги Жанти были такими же. Господин Жанти был добряк. Он мог бы кормить всех бесплатно, если бы не его жена. Мадам Жанти была его полной противоположностью. Только бизнес, никаких игр. Очень строгая. Когда умер ее супруг, вместе с ним исчезли всякие затеи и причуды. Но тот шкафчик... он уцелел. Господин Жанти сделал его для их сына, Люк хранил там свои деревянные фигурки.

— Люк, — повторила я, вспомнив про письма, которые обнаружила ночью. Они были адресованы мужчине с таким именем. Мне хотелось побольше расспросить старика про годы оккупации, но он вдруг встал со стула и положил на столик салфетку.

— Простите, но мне пора, — сказал он. — Хорошего вам дня.

После его ухода я рассказала Виктору про письма, обнаруженные в квартире, и про мой разговор с консьержем.

— Что вы думаете?

— Думаю, что он просто пытался вас напугать, — ответил он. — Вероятно, он из тех старых снобов, которые не любят американцев.

— А письма, которые я нашла? Почему они оказались в моей квартире? Мне кажется, что за ними кроется какая-то история.

— Послушайте, при желании вы обнаружите какую-то историю в любой парижской квартире, —

сказал он. — Мне не хочется вам напоминать, но разве вам недостаточно истории вашей собственной жизни, которую вам предстоит восстановить?

— Верно, — согласилась я. — Но должна признаться, что мне гораздо комфортнее отвлечься от моих собственных проблем.

— Я вас понимаю. Тогда, пожалуй, вам и вправду стоит ради терапевтического эффекта копнуть глубже и узнать что-то о женщине, писавшей те письма.

Я кивнула.

— Спасибо вам — за дружеское отношение ко мне.

— Что вы скажете о таком моем предложении? Раз уж вы впервые открываете для себя Париж, давайте я покажу вам что-нибудь завтра. На кухне будет опытная команда, и я смогу отлучиться. Мы можем... прогуляться по Монмартру, найдем где-нибудь полянку и устроим пикник. Я стану вашим личным гидом. — Он усмехнулся и выжидающе взглянул на меня.

Идея мне понравилась, но не успела я ответить, как он воскликнул:

— Я сказал глупость! Простите, я...

Протянув руку, я дотронулась до его сильного плеча.

— Нет, вовсе не глупость. Идея замечательная. И мне очень хочется, чтобы вы показали мне город.

Его лицо просветлело.

— Хорошо. Давайте встретимся здесь в полдень и начнем нашу экскурсию отсюда.

Он посмотрел на меня долгим взглядом и тряхнул головой, словно выходя из транса.

— Что такое? — спросила я.

— Ничего, — ответил он с улыбкой.

Я вопросительно смотрела на него.

— Я... увижусь с вами завтра.

— Да, мы увидимся завтра.

Веселая и окрыленная, я вышла из ресторана. Виктор. Я улыбнулась сама себе, но немедленно прогнала от себя всякие романтические мысли, которые лезли мне в голову, и вздохнула. Как все глупо. Я не должна расслабляться и давать волю своим чувствам, пока не узнаю, кто я такая. Что, если у меня какое-нибудь ужасное прошлое? Что, если я ужасная, вздорная персона? Что, если я... замужем? Да. Виктор будет моим другом, но не больше. К тому же он слишком красивый, чтобы я могла его заинтересовать. Я видела в ресторане, как глядят на него женщины. Наверняка у него в Париже есть подружка. Вот и хорошо; мы будем просто друзьями.

Недалеко от моего дома я внезапно остановилась перед витриной, в которой висела картина — пальма. Какая-то арт-студия; там сидели за мольбертами человек десять. Le Studio des Fleurs, гласила вывеска, «Студия цветов». Ниже было написано: Spécializé en art-thérapie pour la guérison — «Специализируется на целебной арт-терапии».

Арт-терапия? Лечение? Я решилась зайти в студию. Меня словно притягивало туда магнитом.

— Бонжур, — поздоровалась я с темноволосой дамой, сидевшей за столом. Она была чуть старше меня и очень красивая, с большими голубыми глазами и бледно-розовыми губами. — Простите, что помешала, но я проходила мимо и увидела... ну, мне просто стало любопытно. Что за арт-терапия?

Она показала рукой на маленькую студию. В ней негромко, как фон, звучала джазовая музыка.

— Вот арт-терапия.

— Кажется, я вас не поняла, — продолжала я. — По-моему, они просто *рисуют*.

— Да, но они, рисуя, избавляются от своих бед и проблем.

— Неужели вы и впрямь... можете так делать?

Она улыбнулась.

— Да, и это действительно помогает. Может, вы хотите попробовать?

Я отступила на шаг.

— Не знаю. Я не очень одарена.

— Все люди одарены, каждый на свой лад, — возразила она, подошла к мольберту с чистым холстом и жестом показала на него. — Вот, попробуйте. Первая сессия у нас бесплатная.

Я с недоверием села на стул перед мольбертом, уже жалея о том, что заглянула в дверь студии. Но когда взяла в руку кисть, внутри у меня что-то шевельнулось.

— У нас не признается никаких ошибок и действуют только два правила, — сказала мне женщина. — Вы должны отключить все посторонние мысли и творить от всего сердца.

Я кивнула, макнула кисть в красную акриловую краску, потом в белую и стала смешивать их на палитре, пока не получила превосходный розовый цвет.

Я нарисовала пион, потом еще один. Мне почему-то вспомнился какой-то сад, далекий сад, где росли (и растут до сих пор?) такие пионы. Какие они тяжелые, те пионы, как они клонятся к земле от тяжести. Тогда я взяла еще одну кисть, макнула ее в зеленую краску, чтобы добавить к цветкам стебли.

Я не заметила, как закончилась сессия и пришла новая группа. Я не замечала голода, когда прошло время ланча, не слышала звон церковных колоколов. Я полностью погрузилась в работу.

— Как дела? — спросила темноволосая дама, положив руку мне на плечо.

Я вздрогнула и словно вышла из транса или очнулась от гипноза.

— Ах, как красиво у вас получилось, — удивилась женщина, взглянув на мой мольберт. — Нет, правда, я не ожидала такого.

К моему удивлению, я согласилась с ней. Действительно... пионы были хороши.

— Вы когда-нибудь занимались живописью? — спросила женщина.

Я покачала головой.

— Не помню.

— Что ж, тогда вам надо заниматься и дальше.

Я улыбнулась.

— Как вы себя чувствуете?
— Устала, — ответила я.
— Как будто только что пробежали марафон?
— Да, что-то в этом роде. — Я протянула руку за сумочкой.
— Хорошо, — сказала она. — Вот так и происходит исцеление. Я надеюсь, что вы снова придете к нам, хотя бы для того, чтобы забрать вашу картину, когда она высохнет. Мы будем рады видеть вас тут в любое время.

Я кивнула, все еще удивляясь, что смогла написать такую красоту.

— Вы хозяйка этой студии?
— Да. Моя семья владела этим домом, сколько я себя помню. Я наконец убедила мою мать, что смогу использовать нижний этаж для благих целей.
— О, она художница?
— Нет, — ответила женщина. — Но она любит искусство. Во всяком случае, любила, когда ее не мучила болезнь.
— Как жалко, что она болеет.
— Что поделаешь, жизнь полна неприятностей. — Женщина вздохнула. — Они есть у всех. Искусство помогло мне пройти через собственные глубокие рвы. Именно поэтому я и открыла студию. — Она улыбнулась. — Так что заглядывайте к нам.
— Спасибо.
— Меня зовут Инесс.
— Каролина.
— Рада познакомиться, Каролина.

По дороге домой я остановилась возле рынка и полюбовалась букетами осенних гортензий с багровыми ободками, которые продавались повсюду.

— Пожалуйста, шесть стеблей! — попросила я продавщицу, старушку в очках с темными ободками, сидевшую на табурете. Она кивнула, и я наблюдала, как она со знанием дела подрезала стебли и несколько листьев, завернула цветы в хрусткую коричневую бумагу и перевязала бечевкой.

Я поблагодарила ее и протянула мою карточку.

Под кухонной раковиной я нашла вазу, налила в нее воды и поставила гортензии на стол в столовой. Букет выглядел очень импозантно, и мне внезапно захотелось... нарисовать его. Вот только чем? Тут, словно внезапная вспышка, в моем сознании всплыло воспоминание. Я знала, что лежит в моей спальне в правом углу гардероба: цветные карандаши, пастель и альбом для эскизов. Мысленным взором я увидела прежнюю Каролину: как она, всхлипывая, убрала их подальше с глаз в самый угол верхней полки, потом упала на колени и зарыдала.

Почему? Почему я рыдала?

Я достала альбом и пастель и стала рассматривать вазу с цветами. Моей руке я предоставила свободу и почти не смотрела, что она рисовала на белом листе.

Закрыв глаза, я снова услышала шорох ветра в кронах пальм. И потом смех. Сцена, поначалу туманная, вдруг резко сфокусировалась. Я стою на кухне. Большой, прекрасно оборудованной, словно взятой из журнальной рекламы, но только здесь чувствуется, что все делалось любящей рукой. В духовке печется пирог. Морковный. Возле плиты спички и коробка с именинными свечами. Из колонки негромко звучит сладкая и туманная мелодия саксофона — это Стэн Гетц. Я помешиваю в кастрюле соус маринара, нечаянно проливаю его на мраморную столешницу, но не переживаю из-за этого. Я делаю глоток вина и раскачиваюсь под музыку. На софе звонко смеется маленькая девочка. Я не вижу ее лица, только светлые волосики, завязанные в хвост. А потом теплые, сильные руки обнимают меня за талию. Я вдыхаю запах пряностей, чистой хлопковой ткани и любви. Я поворачиваюсь к нему и тут... открываю глаза.

Я в Париже, сижу одна за обеденным столом в столовой. Садится солнце. Передо мной набросок вазы с гортензиями, выполненный с затейливыми деталями. Мне отчаянно хочется вернуться туда, на ту кухню. Я отчаянно хочу домой.

# Глава 8

## СЕЛИНА

Выйдя из кафе, я пыталась не думать о Сюзетте. Я высказала ей свое мнение, и это все, что я могла сделать. К тому же мне хватало тревог и в моей собственной жизни — я ужасно беспокоилась за папу и дочку.

Я поправила шарф, чтобы он лучше грел шею. Ветер был резким, даже злым, не то что на прошлой неделе или даже вчера — он добирался до тела сквозь застежки и нижнее белье, сквозил через шерстяные шапочки.

Скоро выпадет первый снег и окутает Париж в белое. Я всегда любила зимний город, особенно крыши домов; мне всегда казалось, что они покрыты толстым слоем сахарной пудры, а анемичные балконные сады становились под снегом сказочно прекрасными.

Люк скоро вернется, уговаривала я себя. Мы сыграем свадьбу, и все наладится. Немецкий офицер, которого я боялась, больше не появлялся. Наша жизнь шла обычным чередом, папа собирал свои чудесные цветочные композиции, упаковывал в коробку, чтобы Ник доставил их по нужному адресу; я заботилась о Кози и, когда могла, помогала папе в лавке.

Я шла по переулку, в обход улицы Сен-Пласид, где всегда болталось много наци, потом ненадолго вышла на ее спокойный отрезок. Еще шесть кварталов, и я буду дома.

Я взглянула на часы: половина второго. Старинные золотые часы моей матери; я носила их с четырнадцати лет, когда обнаружила их в папином выдвижном ящике с рубашками.

Я посмотрела направо, потом налево. Мне хотелось поскорее вернуться домой и открыть конверт, который нашла в «Бистро Жанти», но все-таки решила до этого заглянуть в нашу лавку к папе. Кози вернется из школы еще не скоро, а папу надо было немного подбодрить. В последнее время он какой-то притихший, а за ужином редко когда скажет слово. Вчера вечером ушел спать, не дождавшись десерта. Он так много работал. Слишком много. Люк просил меня быть осторожной, но какой ценой? Ценой папиного здоровья? Нашего бизнеса?

Каждое утро отец просыпался еще до рассвета, а домой возвращался уже в темноте, уставший, под глазами темные круги, которые день ото дня делались все заметнее. Я просто не могла допустить, чтобы так продолжалось и дальше. Да, я навещу его в лавке и принесу ему что-нибудь перекусить из соседней пекарни, ведь он наверняка ничего не ел с самого завтрака, да и к нему почти не прикоснулся. Завтра надо будет разогреть ту яичницу.

— Добрый день, мадемуазель, — сказал рослый парнишка, стоявший за прилавком спиной ко мне. Когда он повернулся, я увидела знакомое лицо.

— Ник! Вот не знала, что ты и здесь работаешь. Кроме «Жанти» и нашей доставки. Когда ты отдыхаешь?

Он улыбнулся и махнул рукой.

— Моей семье нужны деньги.

— Смотри не надорвись, — сказала я и заказала две булочки с изюмом и шоколадный круассан для дочки. Ник аккуратно упаковал их в пакет, игнорируя монеты, которые я протянула ему.

— Подарок от заведения, — шепнул он.

— Ты уверен в этом?

Он кивнул и махнул мне рукой, чтобы я прекратила спор, когда в булочную вошел новый посетитель.

— Пожалуйста, передайте привет мадемуазель Кози.

— Передам, — с улыбкой пообещала я и направилась по улочке к нашей лавке, привычно ступая по булыжнику так, чтобы каблуки не попали в щель. Так умели ходить только парижанки. («Опирайтесь на переднюю часть стопы, идите почти на цыпочках» — так мать Сюзетты, мадам Клодин де Бон, учила нас ходить по городу на каблуках.) Я восхищалась ею — за ее природную красоту, веселый характер и за то, что она взяла меня под свое крыло и учила вещам, каким, будь она жива, учила бы меня моя мама. Клодин могла бы выбрать себе в мужья любого мужчину, могла бы стать герцогиней, первой леди. Она могла бы носить костюмы от Шанель, останавливаться в лучших отелях, общаться с первыми лицами города и все такое. Но все это не имело значения, во всяком случае, для нее. Она полюбила фермерского сына Бертрана, отца Сюзетты, вот и все.

Даже я, тринадцатилетняя девочка, видела любовь в ее глазах. Клодин выбрала жизнь, лишенную финансовой стабильности, чтобы быть рядом с любимым человеком. Но ее выбор, увы, не был вознагражден. Ее старший ребенок Элиан родился с серьезной инвалидностью. Бертран очень любил жену, много работал и выбивался из сил, чтобы обеспечить семью.

Я вспомнила про свою встречу с Сюзеттой и удрученно вздохнула, вспомнив, с какой похотью глядел на нее тот немецкий офицер. *Как же она не видит этого? Как же она не понимает грозящей ей опасности?*

До нашей лавки оставались считаные метры, и я с радостью увидела знакомую вывеску, висевшую над дверью. Я вспомнила, как папа писал ее на балконе нашей квартиры, когда мне было двенадцать лет. Он просил меня придумать название, придумывал сам варианты и в конце концов остановился на моем предложении: «Белла Флёр». Так он и написал эти два слова ярко-розовыми, витыми буквами на зеленом фоне. Наша вывеска показалась мне великолепной тогда и кажется такой до сих пор.

— Папа, — крикнула я, заходя в лавку, и подняла кверху пакет с выпечкой. — Сюрприз!

Но за прилавком, на его обычном месте, папы не оказалось. Я прошла в заднюю комнату, решив, что он подрезает там шипы и листья у новой партии роз или подметает стебли из вчерашних заказов. Но его не оказалось и там. Вообще, лавка казалась пустой... что-то было неладно. Ведро с зеленью опрокинулось, на полу лужа воды. Фарфоровые черепки от одной из наших лучших ваз печальной кучкой валялись рядом с лужей.

— Папа! — крикнула я уже громче и приказала себе не паниковать. Ник работал сегодня в пекарне, и папа, возможно, сам понес какой-нибудь важный заказ, например, для мадам Люмьер в ее квартиру, где она устраивала очередной роскошный званый обед. Всем известно, что она всегда звонила в последнюю минуту и делала какой-нибудь немыслимый заказ, который папа всегда выполнял.

Да, он скоро вернется, заверила я сама себя. Но потом услышала где-то рядом слабый стон.

— Папа! — Тут я увидела его на земле возле витрины. Должно быть, я прошла мимо него и не заметила. Я подбежала к нему и упала на колени. — Ты ранен! — Оторвав полоску от подола платья, я осторожно стерла кровь с его лба и перевязала ему голову, чтобы остановить кровотечение.

— Ты можешь встать? — спросила я, ласково погладив его по плечу.

Он пошевелил ногами, потом руками.

— Да, все нормально, милая. Кости целы. — С моей помощью он сел. — Вероятно, я потерял равновесие и ударился.

— Кто это сделал?

— Неважно, — пробормотал папа.

— Это важно, — заявила я, вытирая слезы.

— Когда они... — Он попытался встать и поморщился от боли.

— Что у тебя болит?

— Боюсь, что спина, — ответил он. Я подхватила его под мышки, и он осторожно встал на ноги. — Ничего страшного, приложу кусочек льда, и все пройдет.

— Папа, что случилось?

— Меня чуточку побили, — ответил он.

— Кто это сделал?

— Никто, — отмахнулся он.

— Папа, что за никто?

Он не глядел на меня.

— Немец?

Он молчал.

— Папа, пожалуйста. Скажи мне. — Я заглянула в его усталые, печальные глаза. Сквозь мою наспех сделанную повязку сочилась кровь. Рану наверняка надо зашивать. Сейчас я позвоню доктору Бенниону, который много лет лечил нашу семью. — Скажи мне, чтобы я могла защитить тебя. Скажи ради нашей *безопасности*.

Папа молчал.

— Это был тот офицер, который приходил в лавку? Тот, высокий...

— Селина, — сказал папа. — Говорю тебе — не беспокойся. Это всего лишь царапина...

— Но я беспокоюсь. И я должна знать. Это был *он*?

Папа опустил голову и кивнул.

Зазвонил телефон, и папа потянулся к нему, но я остановила его.

— Нет. Не отвечай. Сейчас ты не можешь продолжать работу. Я отведу тебя домой. Тебе нужен доктор.

Кроме того дня, когда умер Пьер, папа ни разу не закрывал лавку так рано все годы с самого ее открытия. Я читала его мысли: оставаться тут небезопасно, во всяком случае, сегодня, но если он рано закроет лавку, это будет поражением.

Пока он думал, я взяла веник и принялась за уборку. Села на корточки, собрала осколки вазы, которую всегда любила, вздохнув, выбросила их в корзинку для мусора и, непрестанно оглядываясь, вынесла мусор в переулок.

Вернувшись, взглянула на часы, и у меня сжалось сердце.

— Кози! Пятнадцать минут назад я должна была встретиться с ней возле дома! — Вероятно, теперь дочка удивляется, где я. *Вдруг она уйдет куда-нибудь? Вдруг она...*

В это время звякнул дверной колокольчик, и я даже села на стул от облегчения, когда Кози вбежала в лавку.

— Мама! Вот ты где! Я пришла домой, как ты велела, но тебя не было, вот я прибежала сюда. — Она пристально посмотрела на меня. — Ты сердишься на меня?

— Нет, нет, милая, — ответила я, обнимая ее крепче обычного. — Извини, что я не пришла домой. Надеюсь, ты не испугалась. Я просто не посмотрела на часы.

— Все в порядке, мамочка, — торопливо заверила она меня. — Я не испугалась. Я... — Она замолкла, увидев дедушкино лицо, и бросилась к нему. — Что случилось?

Он заставил себя улыбнуться.

— Мое милое дитя, кажется, мне нужны более сильные очки. Твой глупый дед ухитрился сегодня удариться лбом о стенку.

Тревога на лице дочки сменилась улыбкой.

— Глупый, глупый дедушка! Тебе надо быть осторожнее!

— Да, надо было, — ответил папа.

Она засмеялась, подошла к окну и стала что-то разглядывать.

— Как странно, — сказала она, показывая куда-то пальцем. — Мама, что это на окне?

— Где, доченька?

— Вон там. Желтая звезда.

Я посмотрела, и у меня встали дыбом волосы. Сначала я даже не поверила своим глазам, словно мы из реальной жизни перенеслись в ужасный кошмар. Но нет, глаза меня не обманывали. Краска еще не успела высохнуть. Я и не заметила эту кривую, наспех нарисованную звезду, когда пришла в лавку, и поняла по папиному лицу, что он тоже ее не заметил.

— Мама? — спросила Кози. — Почему они так сделали?

Она уже знала, что означала желтая звезда. Это знали все мужчины, женщины и дети в Париже. Мне отчаянно хотелось сказать ей, что, как и «нелепое» происшествие с дедушкой, это тоже глупое недоразумение и не нужно из-за этого беспокоиться. Мы возьмем мыло, воду и все отчистим — *вуаля*!

Но я ничего не сказала. Не нашла слов. Вместо этого я взяла ее за руку, и мы с папой переглянулись.

— Сейчас я принесу ключи и запру дверь, — сообщил он.

Папа взял пальто и деловую сумку и во второй раз в истории своего бизнеса на улице Клер перевернул табличку на «ЗАКРЫТО» и запер дверь раньше шести часов вечера.

Два раза в жизни я видела плачущего папу. Сегодня был третий раз.

Папе был нужен доктор, но мы не могли рисковать и вести его при свете дня в больницу, поэтому решили дождаться темноты, когда большинство немецких офицеров уже заняты личными планами, выбором ресторана и не заметят старика с разбитым лицом. Быстро приготовив обед для папы и Кози, я взяла адресную книгу и набрала телефон доктора Беннионa. Он всегда хорошо относился к нам и не возражал, когда мы звонили ему домой. Его мать была тоже из Нормандии, и они с папой с удовольствием вспоминали детство и летние дни на берегу моря. Доктор наверняка поможет нам сейчас.

— Доктор Беннион, это Селина Дюран, — сказала я вполголоса, чтобы не пугать Кози.

— Да, Селина, здравствуйте, — ответил он.

— Простите, что беспокою вас вечером, но мой отец поранился и нуждается в помощи врача.

— О, мне очень жаль, — ответил он, и, странное дело, в его голосе я не услышала никакого тепла.

— Его избили, сильно. Ему нужно зашить рану. Вы можете сделать это у нас? Или, если это неудобно, можем ли мы прийти к вам?

— Селина, — ответил он после долгого молчания, и у меня упало сердце, — мне очень жаль, но сейчас так поздно, и дело в том, что я... страшно занят. И...

— И что? — воскликнула я. Слезы жгли мне глаза. Доктор Беннион каждый день проходил по улице Клер от своей квартиры до клиники. — Вы видели звезду, да?

— Я не понимаю, о чем...

— Все вы понимаете, — сказала я. — Это все понимают.

— Селина.

— Не думайте, что я не понимаю, доктор Беннион. Просто... Я думала, что вы лучше других знаете, что происходит. Но я вижу, что ошибалась.

Папа занервничал и жестом велел мне положить трубку.

— Прощайте, доктор Беннион. — Я со стуком швырнула трубку, подошла к софе и рухнула рядом с папой.

— Девочка моя, — сказал папа, покачав головой, — я знаю, что ты огорчена, но не надо так разговаривать ни с доктором Беннионом, ни с кем-то еще, понятно? — Он перешел на шепот: — Мы должны быть осторожными — а теперь еще больше прежнего.

Наши еврейские корни всегда были проблемой, но не слишком серьезной. В конце концов, папин отец был французом, и мы тоже французы.

— Мы французские граждане, — сказала я папе. — Они не имеют права...

— Мы действительно французские граждане, — согласился он, но теперь это не имеет значения. Очевидно, они знают правду о моей бабке. Вероятно, кто-то на нас донес.

Выяснять, кто это сделал, было бесполезно. Рана у папы до сих пор кровоточила.

— Тебе нужна помощь, — сказала я. — Кто-то должен зашить твою рану. Подожди, я знаю, к кому обратиться. Ты помнишь женщину, живущую внизу? Эстер. Она сиделка. Может, она нам поможет.

Папа неуверенно посмотрел на меня.

— Ей можно доверять?

— Да, — ответила я. В прошлом году она постучалась к нам и принесла пачку конвертов, несколько с чеками, которые почтальон по ошибке доставил на ее адрес. Она всегда была ласковой с Кози. — Нужно хорошенько обработать твою рану и наложить швы, иначе будет нагноение, — продолжала я, взяв папу за руку. — Эстер нам поможет.

— Кози, — сказала я. Дочка подняла голову от своего дневника, который аккуратно вела. Она записывала в него стихи, смешные поговорки, впечатления от всяких событий. Я не вмешивалась — это ее дневник и только ее. — Мы с дедушкой сейчас спустимся вниз... к нашим соседям. — Мне ужасно не хотелось оставлять дочку одну, но и смотреть ей на страдающего от боли деда было ни к чему. К тому же я не хотела, чтобы она услышала наш разговор с Эстер. Дома она будет в безопасности. — Мы вернемся через пятнадцать минут.

Она кивнула, и мы с папой пошли к двери.

— Мама!

Я повернулась к ней.

— Я не боюсь, — сообщила она с улыбкой, вызвавшей у меня слезы. — Знаешь почему?

— Почему, милая? — спросила я, стараясь, чтобы мой голос не дрожал.

— Потому что у меня есть месье Дюбуа! — Она прижала к себе любимого медведя, сильно потрепанного и одряхлевшего. Надо не забыть пришить ему левое ухо — в который раз.

— Да, доченька. Ты никогда не бываешь одна. — Я поцеловала ее.

— Угу, точно, — подтвердила она.

Я улыбнулась и сразу поняла, что ей хочется услышать от меня те же слова, какие говорила мне моя мама, когда мы расставались. Мама смотрела на меня большими, любящими глазами и говорила: «*Ne pas s'envoler, mon petit oiseau*» — «Не улетай, моя маленькая птичка».

— *Ne pas s'envoler, mon petit oiseau*, — повторила дочка.

Я поцеловала дочку и закрыла за собой дверь. Я поддерживала папу под руку, и мы медленно спустились по лестнице. Квартира Эстер была на первом этаже. Я постучала два раза в ее дверь и вскоре услышала шаги. Долгое молчание, потом дверь приоткрылась, и в полутемный холл упала узкая полоска света. На нас глядела пара карих глаз.

— Селина? — спросила Эстер, открыв дверь чуть шире.

— Да, — ответила я. — Мы тут с моим отцом, Клодом. Я понимаю, уже поздно, и мне неловко беспокоить вас, но... нам нужна ваша помощь.

— Конечно, — ответила она, не колеблясь ни секунды, открыла дверь шире и с опаской посмотрела на лестницу за нашей спиной. — Заходите скорее, — сказала она и, впустив нас, торопливо закрыла дверь на щеколду.

Ее квартира была гораздо меньше нашей, но по-своему прелестной и такой стильной, что я даже не ожидала. Стены были покрашены приятным оттенком бургундского, мебель тоже была уникальной. Меня впечатлила ваза с павлиньими перьями; уверена, что дочке она бы тоже понравилась. Квартира находилась в задней части дома и выходила окнами в садик, где у нас с Кози была маленькая грядка.

— Пожалуйста, садитесь, — ласково пригласила Эстер, показав на софу.

Нашу соседку нельзя было назвать модницей или светской дамой; она коротко стриглась и носила муслиновые платья, и все же в ее манерах сквозило врожденное благородство. Она была моего возраста или чуть моложе, но за десять лет, которые она жила в нашем доме, я ни разу не видела ее с мужчиной. Печально, подумают некоторые. Но Эстер, казалось, всегда без труда довольствовалась работой в больнице, а отработав смену, приходила домой к своей кошке Жижи.

Я обратила внимание на небольшой письменный стол с пишущей машинкой и толстой пачкой машинописных страниц, перевязанных двумя резинками. Эстер заметила мой взгляд и кивнула.

— Я пишу книгу, — сообщила она.
— Книгу?
— Да, — ответила она. — Ну, это коллекция всяких историй. За годы работы я слышала много интересного от моих пациентов и решила все это записать.

Я взглянула на папу и усмехнулась, пытаясь его развеселить.

— Гляди, мы можем тоже попасть в эту книгу!
— Конечно, — отозвалась Эстер, а папа слабо улыбнулся. — Вы найдете себя в девятнадцатой главе. — Она нахмурилась, когда я рассказала про папины травмы, и внимательно рассмотрела его раны. — Сейчас мы вас починим, и вы будете как новенький. Но перед этим я хочу предложить вам чай.

— Нет, спасибо. Не беспокойтесь.
— Никакого беспокойства, — сказала она. — Я и сама с удовольствием составлю вам компанию.

Я ужасно волновалась за папу и даже не заметила, что Эстер была в ночной рубашке и халате. Мы либо разбудили ее, либо она просто ложилась спать. И все же она не высказала ни малейшего недовольства. Через несколько минут она вернулась, неся в одной руке горячий чайник, а в другой три чашки.

— Вы так добры, — сказала я Эстер. — Мы невероятно благодарны вам за помощь. Перед этим я позвонила доктору Беннигу и...

Эстер спокойно покачала головой, наливая чай.

— Можете больше не говорить. — Она протянула чашку папе, потом мне. — Я рада, что вы пришли ко мне. Доктор Беннион — ненадежный человек.

Я вспомнила, сколько раз он лечил папу, Кози и меня. Тогда он был приветливым. Неужели я так ошибалась все эти годы?

— Грустно, но эта война высветила в некоторых людях самое плохое, — сказала Эстер. — И доктор Беннион — один из таких людей. Ни один врач не имеет права отказывать больному в помощи, особенно по расовым мотивам.

Я решила, что она говорила про папу, но она продолжала.

— На прошлой неделе к нам пришла трехлетняя девочка с ужасным кашлем. Бедняжка с трудом дышала, ей немедленно был нужен кислород. Она была еврейка: я заметила звезду на пальто ее матери. Доктор Беннион отказал ей, заявив, что у него нет времени. — Она неодобрительно покачала головой. — Он солгал. В тот день я дежурила и видела его расписание приемов.

— Я не понимаю таких людей, — сказала я со вздохом. Она кивнула.

— Некоторые вещи невозможно понять. Как зло.

— Но доктор Беннион вовсе не... злой, — возразила я.

— Может, и не злой, — ответила Эстер, — но он все равно подвержен ему. Кто знает причину? Потому что он хочет защитить себя, свои доходы и свое положение? Потому что боится? Я не знаю. — Она посмотрела в угол комнаты, где на маленьком столе мурлыкала ее кошка.

Тем не менее как я могла осуждать доктора Бенниона? Разве каждый из нас не старался спрятаться от нацистов, опустить голову, избежать любых конфликтов — чтобы защитить то, что ему дороже всего? Я делала то же самое, когда следовала совету Люка, и редко показывалась в нашей лавке.

Но были такие люди, как Эстер, которые сказали себе: «Я *не хочу*, чтобы меня арестовал эсэсовец, но я *хочу* помочь нуждающемуся человеку, хотя это может навлечь на меня неприятности».

Она взяла свою медицинскую сумку и включила возле папы лампу.

— Так, давайте поглядим. — Она сняла повязку, которой я забинтовала папину голову.

Слезы вскипели у меня на глазах. Я наклонилась к Эстер и прошептала ей на ухо (справа от папы — у него плохо слышало правое ухо):

— Сегодня они нарисовали звезду на окне нашей лавки.

— Я знаю, — спокойно ответила она. — Я видела.

Я вытерла слезу. Конечно, она видела. Эстер и все остальные соседи. Теперь уже слухи об этом разлетелись повсюду. Я подумала о наших власть имущих, гражданах Франции, которые продолжают жить так, словно Париж не оккупирован, словно, несмотря на реальную угрозу всему миру, они могут беззаботно жить в роскоши — давать роскошные обеды и ужины и украшать их изысканными цветочными композициями. Да, какое-то время мы ухитрялись как-то выкручиваться, оставаться незамеченными, но только потому, что прятались за обманчивое ощущение безопасности. Но теперь покров сброшен, мы разоблачены, и все отвернутся от нас.

— Мы лишимся работы еще до Рождества, — прошептала я.

— Нет, — решительно возразила Эстер. — Этого не случится. У вас полно порядочных и благородных клиентов-французов, которые уважают вашего отца и поддержат вас.

— Таких, как доктор Беннион? — спросила я, качая головой.

Она тяжело вздохнула.

— Хорошие люди будут стоять до последнего, — ответила она, твердо глядя мне в глаза. — Не забывайте об этом. Не позволяйте злу заставить вас забыть о том, что в мире много добра. Все-таки цветов в Париже больше, чем сорной травы.

Она протянула мне носовой платок, и я взяла его. На нем были вышиты инициалы ЛРЖ, и я подумала, не принадлежал ли он когда-то близкому ей человеку.

— Спасибо, — пробормотала я, промокая глаза.

Передо мной была женщина, которая работала день за днем в больнице, ставшей военным госпиталем, лечила французов и немцев и, кажется, не знала страха. Я решила, что тоже хочу жить, как Эстер, без страха и с открытым сердцем. Смогу ли?

Я рассказала про нападение на папу, и Эстер нахмурилась, доставая из сумки бинты.

— Сейчас, — сказала она папе, придерживая рукой его подбородок, — будет чуточку больно.

Эстер очистила рану и стала сшивать его кожу так же, как я девочкой занималась рукоделием. Папа поморщился только один раз.

— Вот, — сказала она наконец, отступила на шаг и полюбовалась на свою работу. — Как новенький.

— Вы очень добры, — сказала я, когда мы с папой встали и пошли к двери. — Огромное спасибо. — Меня просто потрясла ее доброта.

— Приходите ко мне всегда. Я сделаю все, что в моих силах, — ответила Эстер и направила долгий взгляд сначала на папу, потом на меня. — Знайте, что мы вместе в эти времена.

— Да, мы действительно вместе. — В голосе папы звучала усталость.

Я взяла Эстер за руку и сжала ее.

— Пожалуйста, позвольте угостить вас ужином.

— С огромным удовольствием, — улыбнулась она.

Мы с папой вышли на лестницу и собирались подняться к себе, но замерли, внезапно услышав голоса на площадке второго этажа.

— Теперь их цветочная лавка наверняка прогорит, — сказал женский голос.

— Давно пора, — ответил ей другой голос. — Надеюсь, они уберутся из нашего дома. Нам меньше всего тут нужна еще одна еврейская семейка.

Мы с папой переглянулись, а женщины продолжали болтать, а потом зашли в квартиру. Мы с папой знали, в какую: где жили Франсина и Максвелл Тулуз. Их дочка Алина училась в школе вместе с Кози и много раз бывала у нас дома. Она была всегда приветливой, в отличие от ее чопорных и холодных родителей. Я решила, что дело было в моих довольно скромных платьях или в какой-то другой не менее глупой причине, поскольку у Франсины всегда был изысканный гардероб. Максвелл был единственным сыном крупного предпринимателя, строившего железные дороги. Ходили слухи, что отцу не нравилась его лень. Разочаровавшись в сыне, он просто давал ему деньги на комфортное существование, но не более того. Остальное богатство Максвелл должен был получить после смерти отца. Судя по частым жалобам Франсины на их квартиру, всем, кто знал эту парочку, было ясно, что они ждут не дождутся того дня.

— Не беспокойся, — прошептал мне папа, когда мы двинулись дальше. — Это просто безобидные сплетни.

— Но вдруг они...

— Тсс. Все будет нормально.

Я посмотрела на часы; прошло больше тридцати минут, и я сразу пожалела, что оставила Кози одну.

Нужно было взять ее с нами, но... Я не хотела пугать ее. Но все же нас не было дольше, чем я рассчитывала. Последний пролет я одолела почти бегом, свернула за угол в коридор, который вел к нашей двери, а она... была распахнута.

— Кози? — позвала я, вбежав в квартиру. Когда мы уходили, я закрыла дверь, а Кози знала, что ей нельзя никуда уходить.

— Кози!

— Кози! — подключился ко мне папа.

Ее пальто, туфельки — все на месте. Я заглянула в ее спальню, в мою. Пусто. Я осмотрела гостиную — на полу валялся месье Дюбуа. Я схватила его, прижала к груди и залилась слезами.

— Папа, они забрали ее, — рыдала я. — Они забрали Кози.

Он подошел к двери и снял с крючка свое пальто.

— Я выйду на улицу и поспрашиваю, не видел ли ее кто-нибудь. Может, она...

— Нет! — воскликнула я. Больше всего на свете я хотела найти дочку, но если папа выйдет на улицу в комендантский час, особенно после сегодняшнего... Мне даже страшно было подумать, что может случиться. — Тебе нельзя. Они... арестуют тебя. Я женщина. Я вызову меньше подозрений.

— Ни за что! — запротестовал он. — Я не позволю моей единственной дочери...

— Ой, я пришла. — Кози появилась в дверях с маленьким голубым мячиком, который она принесла вчера из школы.

Я бросилась к ней и упала на колени.

— Кози! Кози! Доченька, мы так испугались! Куда ты ходила? Что случилось? — Я заглянула в ее лицо. — Тебя никто не обидел?

— Нет, мама. — Она подбросила мячик и поймала его обеими руками. — Ты будешь сердиться на меня, но я чуточку приоткрыла дверь, потому что... — она забрала у меня медвежонка, — месье Дюбуа, озорник, уговорил меня это сделать. — Она хихикнула. — Мы с ним играли. Но потом мячик укатился вниз по ступенькам, и я побежала за ним. Когда я увидела, что вы возвращаетесь, я испугалась, что ты будешь меня ругать, и спряталась. Я хотела потихоньку прибежать домой после вас.

— Мы так беспокоились за тебя. — Я крепко сжала дочку в объятиях.

— Прости, мама, — сказала она. — Я не хотела вас пугать.

Я прижимала ее к себе, и мое сердце бешено колотилось. В ту ночь, когда папа лег спать, я положила Кози в свою постель и лежала без сна, слушая, как менялось ее дыхание, когда она уплывала в глубокий сон. Я вспоминала вещи, о которых мечтала когда-то перед тем, как задремать. О красивом муже с доброй улыбкой, который будет звать меня «дорогая» и умолять приготовить рагу, потому что у меня оно вкуснее, чем у его мамы. О доме в Нормандии на берегу моря, о легких занавесках, трепещущих от ветерка, когда окна открыты. О красивом шарфе, который я увидела в салоне моды. О новом комплекте мягких подушек с шелковыми наволочками.

Но теперь все эти вещи больше ничего для меня не значили. Осталось лишь одно желание, самое важное в данный момент: безопасность. Для Кози, папы, Люка и меня. Завтра мы проснемся, приготовим, как всегда, завтрак и будем жить дальше с надеждой, что сможем проснуться и приготовить завтрак и на следующий день, и на следующий, и на следующий, пока наконец не закончится это безумие.

Таким было мое единственное желание.

# Глава 9

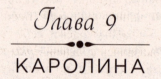

## КАРОЛИНА

Осеннее солнце светило в окно моей спальни. Я села в постели и зевнула. Сегодня я встречусь с Виктором в «Жанти», и мы прогуляемся и устроим пикник. Я перерыла гардероб, отыскивая, что надеть, и остановила выбор на белом льняном сарафане с открытыми плечами и сандалиях. Благодаря не по сезону теплой погоде мне не нужен был свитер, но на всякий случай я сунула в сумку голубую пашмину — вдруг подует холодный ветер.

Я бросила взгляд на свое отражение в зеркале ванной, подошла ближе, наклонилась и рассмотрела свое лицо на микроуровне. У меня неплохие скулы, не такие острые, как у многих парижанок (буквально каждая встречная может оказаться профессиональной моделью); у меня приятный изгиб бровей; несколько морщинок на лбу — увы; сухая кожа и складки вокруг губ, то ли от улыбки, то ли от раздражительности — возможно, я так никогда и не узнаю. Губы показались мне бледноватыми, и я выдвинула левый ящичек и рылась в нем, пока не нашла тюбик помады. Мне по-прежнему было непривычно рыться в моих ящиках и на полках. Конечно, все это мое, и все-таки я чувствовала себя словно гостья, сунувшая нос в хозяйскую аптечку, или словно маленькая девочка, добравшаяся до косметички своей матери, чтобы украдкой накрасить себе губы.

Помада оказалась красная, *ярко*-красная. Сначала я хотела ее стереть, но выпятила губы перед зеркалом и улыбнулась. Почему бы и нет?

Я думала про письма, которые нашла в сигарном ящичке. Интересно, наверно, та женщина, Селина, тоже когда-то красила губы в этой ванной. Я решила прочесть еще одно письмо и потом уже браться за другие дела.

«Дорогой Люк,

Как мне хотелось бы написать тебе о хороших новостях, но я боюсь, что наша ситуация еще больше ухудшилась. Сегодня папу сильно избили немцы. Он поправится, а вот наша лавка, боюсь, что уже нет. Нам нарисовали на стекле желтую звезду. Все, чего я боялась, уже происходит. Мы словно захвачены бурей, и ветер слишком сильный, чтобы мы могли устоять под его напором.

Мне отчаянно хочется, чтобы ты вернулся домой. Мне так страшно.

Твоя Селина».

С щемящим сердцем я перечитала письмо и убрала его в конверт. Мои собственные проблемы показались мне ничтожными; мне хотелось одного — перенестись в 1943 год и помочь той бедной женщине. *Что стало с ней потом?*

Сгорая от любопытства, я решила прочесть еще одно письмо, но тут позвонил Виктор.

— Привет, — сказала я.

— Привет. Как, наша договоренность в силе?

— Да. — Я взглянула на часы. — Ой, прости, кажется, я чуточку опаздываю. Я приду через несколько минут. Ничего?

— Да, прекрасно.

Я сунула сигарный ящик в столик возле кровати, схватила сумку и пошла к лифту.

Внизу господин де Гофф разговаривал по телефону, и я с облегчением прошла мимо него. Мне было неприятно вспоминать его пренебрежительный тон. Возможно, Виктор прав насчет его предубеждения к американцам и, возможно, к моей квартире.

Я вышла на улицу и сразу забыла про старого ворчуна.

— Привет, — сказал Виктор, когда я зашла в «Жанти». — Ты выглядишь... чудесно.

У меня слегка запылали щеки.

— О, спасибо.

— Я сейчас, — сказал он и взял корзинку. В ней лежали несколько картонных коробок, багет, небольшое одеяло, свернутое в аккуратный цилиндр. Он сбегал на кухню и вернулся с еще одной коробкой, бутылкой вина и двумя небольшими стаканами. Все это он тоже сложил в корзинку и открыл передо мной дверь. — Пойдем?

Я делала вид, что не замечаю улыбки старшей официантки и бармена. Почему они улыбались? В конце концов, это ведь не свидание.

— Я решил провести тебя по Монмартру и его окрестностям. Идти придется довольно много, и я хочу сначала проверить, выдержишь ли ты.

— У меня уже ничего не болит, — сообщила я. — Мой лечащий врач позвонила мне и сказала, что мне уже разрешены физические нагрузки, так что давай.

— Вот и хорошо, — сказал он. — Обещаю, что ты не будешь разочарована.

На Викторе были джинсы, кеды «Конверс» и приталенная льняная рубашка цвета летнего неба. В уличной одежде он выглядел по-другому, лучше. Он подстриг свою бородку, и на его сильной челюсти осталась только мягкая тень от щетины.

— Я... — сказали мы с ним одновременно, замолчали и рассмеялись. Я почему-то чуточку нервничала, да и он, кажется, тоже.

— Иди впереди, — сказал он.

— Я не хотела это говорить, но я рада, что проведу этот день с тобой, — улыбнулась я.

— Я тоже рад, — отозвался он. Мы завернули за угол, и он стал рассказывать про свои родные места в Париже. Показал парк, где он сделал свои первые шаги, квартиру, куда родители привезли его, новорожденного младенца, скамью, на которой он в первый раз поцеловал девочку (ее звали Адель, и у нее были брекеты на зубах). Он показал свой любимый бар и лучшую пекарню (куда мы зашли и купили две *pains aux raisins* — булочки с изюмом). Я слушала, смеялась и вбирала все это в себя. Париж Виктора был живым и колоритным. У каждого угла была своя история. С каждым кафе были связаны воспоминания.

— Ты так любишь этот город, — сказала я, когда мы спускались по такой узкой улочке, что проезжавшее авто чуть не царапало боковым зеркалом каменную стену. — Тогда почему ты решил уехать в Штаты и жил там столько лет?

— Это долгая история. — Он вздохнул.

— Мне бы хотелось ее услышать.

— Ну, прежде всего я хотел учиться в нормальной кулинарной школе, не такой, как здешние школы классической французской кухни. Они скучные, в них не осталось ничего живого. Мне очень нравилась кухня Северной Калифорнии, особенно в Напе и Сономе. Там все решают свежие ингредиенты, стиль и личность повара. Блюда под вино. — Он засмеялся. — Во всяком случае, так мне казалось. Я хотел делать именно такие блюда. Я поехал в Америку и учился там четыре года, потом работал в кухнях Калифорнии, Нью-Йорка и вернулся сюда, когда заболела моя мать.

— О, я сочувствую тебе.

Он кивнул.

— Рак груди. Но она поправилась.

Я прижала ладонь к груди.

— После этого я долго метался. И в конце концов снова улетел в Калифорнию.

— И кто же заставил тебя вернуться в Америку на этот раз?

— Необыкновенная женщина, — ответил он, и его глаза блеснули. Я поняла, что он был когда-то очарован ею, а может, очарован и до сих пор.

— Как вы встретились? — Почему-то мне хотелось все знать про ту особу, которая пленила сердце Виктора.

— Вообще-то, совершенно случайно, — ответил он и мечтательно посмотрел куда-то вдаль. — Она только что окончила колледж и приехала в Париж летом вместе с подружками. Она подошла ко мне и спросила дорогу на Монмартр. — Он улыбнулся. — И с того момента я стал... — Он замолчал, подыскивая слова. — Как это говорят американцы? О да, я стал игрушкой в ее руках.

— И вы долго были вместе?

— Да, несколько лет. — Его лицо посветлело от воспоминаний. — Я никогда не встречал такую, как она. Как только она входила в комнату, все озарялось светом. А ее смех... — он помолчал и засмеялся, — был просто волшебным.

Я ощутила острый укол ревности, и мне это не понравилось. Конечно, утраченная любовь Виктора наверняка высокая и красивая, с густыми темными волосами и нормальной памятью. Вероятно, она носит шикарные наряды, и у нее важная работа, например, она редактор журнала в Нью-Йорке или нейрохирург.

— Что же случилось потом?

Лицо Виктора неожиданно изменилось.

— Жизнь внесла свои поправки. Думаю, можно сказать так.

— Но раз ты так ее любил, значит, ты мог бы как-то уладить ваши... разногласия?

Он покачал головой.

— Увы, только не с ней. Как ни печально, но некоторые вещи нельзя исправить. — Он кашлянул. — И вообще, мне жаль, что я рассказал тебе об этом. К тому же мы уже и пришли. — Он показал на довольно крутую лестницу и с озорной улыбкой отвесил мне поклон. — Наверху этого холма, мадам, я подарю вам... Монмартр.

Я усмехнулась и поправила сумку на плече.

— Кто первый добежит до верха? — Не дожидаясь его ответа, я сорвалась с места.

— Эй! — крикнул он, догоняя меня. — Так нечестно!

Я бежала впереди него, хохоча, и достигла верха из последних сил, но Виктор так и не обогнал меня.

— Эй, ведь я еще и корзинку тащил, — усмехнулся он, тоже с трудом переводя дыхание. Поставив корзину возле ног, он взял меня за плечи и повернул лицом к бескрайнему пространству города.

— Ты когда-нибудь видела что-нибудь красивее?

Я покачала головой.

— Я много путешествовал, побывал в разных странах, но это... это вершина всего. И это мой дом. — Он снова поднял корзинку. — Пошли. Я знаю замечательное место, где мы можем расстелить одеяло и поесть.

Мы прошли, как мне показалось, через маленькую деревню мимо магазинчиков, кафе и художественных галерей, а потом еще чуть дальше за нее. Виктор показал на железные ворота.

— Вот сюда, — сообщил он, открывая щеколду.

— Что это? — спросила я. На парк не похоже. Может, чья-то резиденция?

— Сейчас увидишь, — ответил он и, взмахнув рукой, пригласил меня пройти в калитку.

Пригнувшись, мы прошли под цветущей лозой, которая густо оплела жардиньерку. Мне пощекотал щеку красный цветок, когда я нырнула под него.

Выпрямившись, я увидела перед собой зрелище из волшебной сказки или, по крайней мере, из сказки, которую я бы хотела прочесть: у наших ног расстилался коврик шерстистого тимьяна, такого мягкого, что он казался зеленой подушкой. Вокруг него росли другие цветы: розы, гортензии, соцветия декоративного лука величиной с тарелку. Цветы были повсюду. Я снова посмотрела на Париж с этого волшебного клочка земли, и у меня захватило дух от красоты.

— Ох! — изумленно воскликнула я.

— Впечатляет, правда? — Виктор расстелил одеяло на ложе из тимьяна и сел, прижав колени к груди. Я села рядом.

— Да. Как ты нашел это место?

— Долго рассказывать. — Он подмигнул мне. — Но хочу тебе сказать, что я не привожу сюда почти никого.

— Что ж, я вижу в этом комплимент.

Он откупорил вино, бургундское, налил в наши бокалы, потом выложил ассорти из сыра и мяса, маринованные овощи, помидоры черри и салат орзо с греческими оливками. Все было божественно красиво.

Мы пили вино, ели вкусные вещи, а осеннее солнце медленно плыло над Парижем. Я рассказывала Виктору об арт-студии, на которую случайно набрела. Потом достала из сумки блокнот и показала мой рисунок гортензии.

— Это... действительно хорошо! — воскликнул он. — Я бы сказал, профессионально. Эй, может, мы разгадали загадку твоей личности. Может, ты известная художница.

Я покачала головой.

— Сомневаюсь.

— Что ж, если даже и нет, — сказал он, показав пальцем на раскрытый блокнот, — это все равно подсказка.

— Возможно. — Я вздохнула. — Вообще-то, я пытаюсь понять, кто я, но должна признаться, что мне чуточку боязно узнать ответ. Странно, правда?

— Ничуть не странно, — успокоил он меня. — Ты прошла через страшное испытание. Любой испытывал бы то же самое на твоем месте.

— Я знаю, что могу сделать много вещей и наконец узнать, кто я такая. Я могу пойти в посольство, узнать, откуда я приехала, потом полететь в родной город и поговорить с тамошними жителями. Но, честно говоря, Виктор, я не хочу этого делать.

— Почему?

Я посмотрела вдаль и нахмурила брови.

— Я ничего не знаю о моей жизни, и это жутковато, это меня пугает, я чувствую себя одинокой. Но что, если альтернатива будет... еще хуже?

Виктор подлил мне вина.

— Что, если я возненавижу мою жизнь, когда ко мне вернется память, или, хуже того, возненавижу себя? Насколько я могу судить, я была несчастной. И я не хочу снова становиться той женщиной.

Виктор приложил палец к моим губам и покачал головой.

— И не надо. Будь самой собой. Тебе и не нужно возвращаться назад.

Я снова посмотрела на горизонт, обдумывая его слова.

— Знаешь, что я думаю? — сказал он, поворачиваясь ко мне. — Как бы мы ни пытались построить наши жизни, все равно мы не можем держать все под контролем. Да, мы можем прилежно учиться и работать, быть добрыми друзьями, любовниками, гражданами, родителями. Но случается то, что случается. Нам остается лишь поверить, что все уже определили звезды.

— Это... красивая версия, — сказала я.

Он кивнул и наклонился ко мне ближе.

— Как и сегодняшний день, этот момент. Нам было суждено пережить его. Звезды уже знали, что это случится.

— В этом точно есть какое-то освобождение, — согласилась я.

— И это так, — заключил он. Потом взял меня за руку, пристально посмотрел на мои пальцы, словно видел их в первый раз, и вдруг поднес ее к губам и поцеловал. По моей руке пробежал ток и растекся по всему телу. — Может, твой несчастный случай вовсе и не был трагедией, — продолжал он, глядя мне в глаза. — Может, это был *подарок*.

Растерявшись от его неожиданных слов, я чуточку прижалась к нему, ища какую-то опору. Солнце уже клонилось к закату, и на город легли синие тени.

Возвращаться назад пешком было уже поздно, и мы взяли такси до моего дома. По дороге я размышляла, пригласить его ко мне или нет, но решила не приглашать. День и так получился замечательный.

— Сегодня мне было очень хорошо, — сказал он.

— Мне тоже. Спасибо.

Я помахала ему на прощание, когда такси тронулось, и вошла в подъезд. Господин де Гофф даже не поднял головы от газеты, когда я шла к лифту, а я велела себе не обращать внимания на старого ворчуна и не портить чудесный день.

— Подождите, — вдруг сказал он, когда я шагнула в лифт. Я придержала створки ладонью. — Сегодня к вам приходили.

— Да? Кто?

— Мужчина.

— Вы знаете его фамилию?

— Нет, он не оставил мне никакой информации.

Он вручил мне мою почту, и я поехала наверх. В квартире было душно; я открыла балконную дверь и впустила в комнаты свежий воздух, а сама стала разбирать почту. В основном это были счета, но тут я увидела надписанный от руки конверт. Я тут же открыла его.

Дорогая миссис Уильямс,

простите мою настойчивость, ведь вы уже отказали мне, однако, учитывая важность моего проекта, я все же хотела бы встретиться с вами. Пожалуйста, уделите мне немного времени. Хотя бы 15 минут.

С величайшей признательностью за ваше понимание,

Эстель Оливье

Я посмотрела на контактную информацию под ее фамилией. Номер телефона, электронный адрес сообщили мне, что она студентка из Сорбонны. Что ей нужно и почему я отказала ей?

Тут я заметила, что мой телефон мигал, и нажала на кнопку голосовой почты. Это была доктор Леруа, она приглашала меня на консультацию. Вместо этого я решила позвонить студентке колледжа.

— Здравствуйте, это Каролина Уильямс. Я получила ваше письмо и решила...

— Да, мадам Уильямс! — Студентка буквально запищала от радости. — Я так рада вашему звонку. — Судя по ее голосу, это была юная девушка.

— Чем же я могу вам помочь?

Она кашлянула.

— Я изучаю журналистику и историю. Для моего диплома я выбрала тему «Париж в годы оккупации». Меня интересуют истории тех лет, о которых еще не писали, а особенно одна из них.

— Но почему вам нужна именно моя помощь? — удивилась я.

— Мне важно посмотреть на старые квартиры на улице Клер, в том числе и на вашу. Надеюсь, вы не возражаете, если я зайду к вам и сделаю несколько снимков для моего проекта. Обещаю, что я не отниму у вас много времени.

— Конечно, — согласилась я. — Как насчет... сегодняшнего вечера? В семь часов?

— Да, спасибо.

— Прекрасно.

Взяв блокнот и цветные карандаши, я вышла на балкон и стала набрасывать вид на улицу Клер сверху. Я рисовала толпы людей на мощенных булыжником улицах. Велосипедистов, лавирующих между ними. Красочные товары на лотках, соблазняющие прохожих. Строгие каменные стены старинных домов.

Через мгновение я снова, как и раньше, услышала звон ветряных колокольчиков и шорох пальм под ветром. На этот раз я стою на пляже. Я слышу грохот волн, бьющихся о берег, а потом вижу, как они обрушиваются на песок, разлетаются на миллион капель и отступают. Завороженная, я подхожу босиком к кромке воды, и новая волна обхватывает мои щиколотки и плещет на голени. Я смеюсь, а в это время набегает большая волна и окатывает меня всю.

— Мамочка! — раздается за моей спиной голос маленькой девочки.

Я оглядываюсь и вижу вдалеке маленькую фигурку. Светлые волосики, завязанные в хвост. Розовый с белым купальник. Маленькие, загорелые ножки. Девочка бежит ко мне, держа за руку мужчину, того самого, который обнял меня на кухне.

— Мамочка, догони нас! — кричит она мне. — Папочка говорит, что ты нас не догонишь.

Я не вижу их лиц, только спины.

— Беги, Алма, беги! — говорит мужчина, но его голос еле слышен из-за шума прибоя.

*Алма*. Ее зовут *Алма*.

Я знаю их, этих двух призраков, бегущих по пляжу впереди меня, и все-таки... не знаю. Но все равно они притягивают меня магнитом, я хочу быть вместе с ними.

— Я иду! — кричу я, убегая от новой волны. Мои ноги проваливаются в песок, но я бегу, бегу за девочкой и мужчиной. Но чем быстрее я бегу, тем больше они удаляются от меня. Слезы жгут мне глаза. — Подождите меня! Я иду!..

Тут мои глаза открылись, и та сцена пропала. Ни пляжа. Ни волн. Ни песка. Только Париж.

— Я приду к тебе, Алма, — пробормотала я. — Я приду к тебе.

Чуть позже в тот вечер раздался звонок в дверь. Опустошенная эмоционально, я пожалела, что согласилась встретиться со студенткой из Сорбонны, но отказывать ей сейчас было бы невежливо.

Кое-как поправив растрепанные волосы, я подошла к двери. В коридоре стояла высокая и красивая девушка с каштановыми волосами, подстриженными коротким каре.

— Вы, должно быть, мадам Уильямс, — сказала она, протягивая мне руку. — Я Эстель. Так приятно, что я наконец встретилась с вами.

— Заходите, пожалуйста.

— Вау, — пробормотала она, прижав руку к губам. — Я так и представляла себе эти старые квартиры. Как... импозантно.

Она медленно обошла комнату, восхищаясь всем, от потолка до пола.

— Может, присядете?

— Благодарю. Я не хочу отнимать у вас слишком много времени, но, мадам Уильямс, можно я расскажу, что привело меня сюда?

Я кивнула, чуточку смущаясь.

— Зовите меня Каролина. Расскажите мне о вашем проекте.

— Вот. — Она достала из рюкзачка старую книжку и протянула мне. — Вот это я нашла в университетских архивах. Это дневник французской сиделки, которая участвовала в Сопротивлении в годы оккупации Парижа. Она жила рядом и написала об одной квартире в этом доме.

— О *моей* квартире? — Я вытаращила глаза.

— Ну, возможно. Я как раз пытаюсь разобраться. Насколько я могу судить, в этом доме жил немецкий офицер высокого ранга. Ужасный человек, обвинявшийся потом в отвратительных преступлениях против человечности. — Она открыла дневник. — Как видите, страницы выцвели и сильно пострадали. Вместе с выпускником научного университета мы пытаемся прочесть текст под ультрафиолетовыми лучами. Не знаю, получится у нас или нет, но попытаться нужно. Пока я разобрала только несколько слов. И имя. — Она ткнула пальцем в испорченную водой страницу. — Селина.

— Постойте! — воскликнула я. — *Селина?*

— Я понимаю, может, вам покажется странным, — продолжала Эстель, — но я не успокоюсь, пока не узнаю, что пыталась сказать Эстер. Я должна узнать, что там случилось.

Я посмотрела на дверь моей спальни.

— Подождите секунду. У меня есть одна вещь... может, вам будет интересно взглянуть. — Через минуту я вернулась с ящиком для сигар.

— Что это?

Я открыла ящик.

— Письма Селины мужчине, которого она любила.

— Где вы их нашли? — ахнула Эстель.

По моей спине поползли мурашки, а на руках выступила гусиная кожа.

— В шкафу гостевой спальни. Ящичек был спрятан за стенкой. Я не знаю, кто и почему положил его туда. Я прочла несколько писем. От них болит сердце. Я собиралась прочесть все, но сейчас у меня слишком много проблем в собственной жизни. Вот, возьмите. — Я отдала письма девушке. — Возьмите их. Может, они помогут вам в вашем проекте.

— Вау! — воскликнула она. — Это... удивительно.

Я улыбнулась. Как приятно помочь кому-то раскрыть загадку, даже если она не твоя.

— Может, это и бесполезно, — сказала она, закрыв ящичек и пряча его в рюкзак, — выяснять правду об этой истории, когда прошло столько лет, а много других историй так и канули в небытие. Селина одна из тысяч, но меня почему-то она притягивает к себе. — Эстель вздохнула. — Моя соседка по комнате Лизель не понимает, почему меня так интересует оккупированный Париж. «Другого Гитлера уже не будет, — говорит она, — так что зачем тебе это?» Но я гляжу на это иначе.

— Может, она и права, — согласилась я. — Но если даже мы уверены, что подобное больше не повторится, мы все равно не знаем, так ли это. Кроме того, я согласна с вами и считаю, что надо учиться на примере прошлого.

— Спасибо, — поблагодарила Эстель, вставая. — Я ухожу. Как бы мне ни хотелось взглянуть на ту гостевую спальню, о которой вы сказали, уже поздно, и мне пора идти. Я хочу еще поработать сегодня. Вы не возражаете, если мы встретимся еще раз?

— Конечно, нет.

— Спасибо.

Дверь закрылась, а я невольно продолжала думать о Селине. В этом странном изгибе судьбы моя жизнь неожиданно переплелась с жизнью той женщины, чья реальность была такой же беспокойной и печальной, как и моя собственная.

# Глава 10

## СЕЛИНА

Начались телефонные звонки, сначала медленной струйкой, а потом хлынули непрерывным потоком. Первой позвонила мадам Лоран.

— Извините, что беспокою вас дома, но ваша лавка закрыта, и я вынуждена отменить мой заказ на субботний вечер. Знаете, ничего личного. Просто я даю очень важный обед и заказала цветы в другом месте.

— Конечно, мадам, — ответил ей папа без малейшего намека на разочарование. — Мы абсолютно вас понимаем.

Потом позвонила мадам Клеман, которая пять лет назад прислала к нам больше пятнадцати человек из своего круга богатых и влиятельных друзей.

— Дорогой мой, к сожалению, я вынуждена сообщить, что решила больше не украшать цветами мой воскресный завтрак.

— Да, мадам Клеман, — сказал папа и покорно положил трубку.

Следующей была мадам Фонтэн; она всегда была такой любезной и каждый год дарила Кози подарки ко дню рождения.

— Я решила, что нехорошо тратить в военное время деньги на цветы, раз я могу поделиться ими с нуждающимися. Конечно, вы меня понимаете.

— Да, мадам Фонтэн, — ответил папа.

Почувствовав папино отчаяние, я после этого стала сама отвечать на звонки. По крайней мере, на дюжину звонков.

— Да, мадам.

— Конечно, мадам.

— Если вы передумаете, мы будем на месте.

— Вы правы, мадам.

— Да, мы понимаем.

Клиенты покидали нас массово, но разве мы могли их осуждать? Общаться с евреями было рискованно, и все это знали. Да, мы евреи. Те самые евреи, у которых они покупали самые красивые цветочные композиции в самые важные моменты жизни: на свадьбу, крестины, рождение детей, похороны близких, помолвки. Если они доверяли нам тогда, почему не доверяют теперь? Мы не изменились, изменился Париж. И теперь с нашим бизнесом покончено.

У папы были кое-какие сбережения — небольшие, но достаточные, чтобы продержаться несколько месяцев, пока я не найду работу. Возможно, Ник поможет мне устроиться в пекарню. Буду продавать пирожные или обслуживать столики, может, даже в... «Бистро Жанти»! Мадам Жанти хоть и не любит меня, но ради сына она наверняка возьмет меня в официантки до возвращения Люка.

Папа встал со стула и гордо вскинул голову.

— Меня не вышвырнут просто так из бизнеса.

— Не можем же мы держать двери лавки открытыми, если у нас не будет клиентов.

— Просто это они сейчас испугались, — сказал он. — Потом вернутся.

Я покачала головой.

— Мы не можем рассчитывать на это. Ты не хуже меня знаешь наши расходы. Без заказов мы будем выбрасывать деньги на ветер, а нам сейчас нужно... выжить.

Папа глядел в угол гостиной. В его глазах я увидела решительность и отстраненность и догадалась, что он думал о жизни в Нормандии до Гитлера, до маминой смерти. Я тоже вспоминала те времена, и мне хотелось их вернуть. Но сейчас мы жили в Париже и должны жить дальше. Папа понимал это, и я видела, что он боролся со своей гордостью.

Тут я вспомнила про конверт от Люка и побежала в спальню, где он лежал в моей сумке. Мне даже не верилось, что я забыла про него, но я была слишком потрясена папиными травмами и инцидентом в лавке.

— Подожди, папа, — сказала я, показав ему конверт, перевязанный бечевкой. — Люк оставил для нас вот это.

Папа с удивлением смотрел на меня, ничего не понимая.

— В маленьком шкафчике в «Бистро Жанти», — пояснила я, но он все равно не понял. — Ладно, не важно. Смотри. — Я сняла бечевку и вскрыла конверт. В нем оказалась толстая пачка немецких марок. Я развернула их веером и быстро пересчитала. — Их не меньше пятисот, может, больше. А еще — гляди. — Я вытащила сложенные бумаги. — Ой, папа, это документы. Официальные документы. Наши фамилии изменены — твоя, моя и Кози. Гляди, они другие. Мы теперь семья Леблан. Папа, ты понимаешь, что это значит?

Застыв, он глядел перед собой, словно никак не мог осмыслить эту информацию.

— Папа, это означает, что мы можем уехать отсюда! Мы сядем на поезд, идущий на юг, или в Швейцарию, или, еще лучше, купим билет на пароход до Америки.

— Америка? Швейцария? — Он упрямо тряхнул головой. — Я никогда не брошу мой дом.

По коридору проскакала Кози, прижимая к груди месье Дюбуа.

— Мы поедем в Америку? Правда? Я слышала, что там хорошо.

Я улыбнулась моей чудесной дочке.

— Мы поговорим об этом позже, моя птичка. А сейчас беги и доделай пазл, который ты начала утром, а мы с дедушкой поговорим.

— Окей, мамочка, — согласилась она, посмотрела через плечо и побежала по коридору. — Надеюсь, мы поедем в Калифорнию. Там растут пальмы.

— Да, доченька.

— Папа, послушай, — сказала я, садясь рядом с ним на софу. — Мы не можем тут оставаться. Таких... как мы, могут арестовать на любом углу. Мужчины просто пропадают. Женщин и детей... — Произнести это вслух было ужасно. — Люк пытается нас защитить. Нам надо придумать план.

Папа посмотрел мне в глаза.

— Я знаю, моя дорогая. Я знаю. Ты борец, как и твоя мать. Просто... — Он замолк и на мгновение закрыл свои усталые глаза. — Не знаю, есть ли у меня силы на борьбу.

Через месяц папе исполнится семьдесят, и за эти дни он сильно постарел.

Я встала перед ним на колени.

— Тогда позволь мне бороться за тебя! За нас троих!

— Селина, я не могу просить тебя об этом. — Он похлопал меня по руке. — Вы с Кози поезжайте. Люк вас найдет.

— Папа, я ничего не понимаю. Что ты говоришь?

Он тяжело вздохнул.

— Я останусь. Я не брошу мой дом.

В этот момент я поняла, что никакие доводы и мольбы не заставят его переменить решение.

— Я не брошу тебя.

— Ты должна это сделать, — сказал он. — Возьми документы и сделай так, как советует Люк.

Я тряхнула головой.

— Нет, я не оставлю тебя одного. Я никогда не смогу так поступить... Значит, решено. Мы остаемся здесь. Деньги Люка помогут нам продержаться, и я найду работу. Пожалуй, я начну ее искать с сегодняшнего дня.

Положив голову на папино плечо, я взглянула в окно.

— Гляди, папа! Снег пошел.

— Рано в этом году, — заметил папа, и его улыбка согрела меня. — И город даже показался мне... — голос папы оборвался.

— Таким, каким был всегда? — договорила я вместо него.

Папа кивнул, и я сжала его руку.

Завтра город будет посыпан сахарной пудрой, Кози завизжит от радости, а я порадуюсь, что мы пережили еще один день.

Я поцеловала папу и устроилась рядом с дочкой, которая быстро уснула, потом повернулась к столику и взяла ручку и бумагу. При лунном свете я стала писать письмо Люку. Я не знала, где он, прочтет ли он когда-нибудь мои строки, но меня это успокаивало, утешало.

Я сунула письмо в конверт и положила к другим моим письмам, которые я писала ему. Когда мы встретимся, я отдам ему все сразу, и они станут моим отчетом о днях разлуки и памятью о том дне, когда он вернулся ко мне.

## Глава 11

# КАРОЛИНА

После недавней травмы я стала видеть странные сны. Хотя, честно говоря, я, возможно, видела их всегда, только забывала наутро. Но теперь каждую ночь мой мозг был наполнен самыми причудливыми сюжетами, а утром, открыв глаза, я мучительно пыталась понять их смысл.

Я снова думала о Селине. Она появилась в моем сне, вернее, не она, а воображенная мной Селина. Она стояла на балконе в холодную ночь, кутаясь в шаль, над Парижем плыла полная луна и освещала ее печальное лицо. Мне припомнилось последнее из ее писем, которое я прочитала перед тем, как отдала всю пачку Эстель, и мне почудилось, что я услышала голос Селины.

«Дорогой Люк,
спасибо тебе за то, что ты дал нам возможность уехать из города. Я понимаю, что нам надо уехать как можно скорее. Каждый прожитый день кажется мне подарком, потому что таких, как мы, хватают день и ночь. Мне отчаянно хочется уехать, но папа решительно отказывается. Он не хочет покидать дом, а я не могу его бросить. Ох, Люк, как жалко, что тебя нет рядом. Мне так нужен твой совет. Я в ужасной растерянности. Но твоя любовь поддерживает меня. Я постоянно ее чувствую, и в эту минуту тоже.
Я ужасно скучаю по тебе.

Твоя Селина».

*Увиделись ли они когда-нибудь? Была ли судьба милостива к ним?* Я вздохнула, с неохотой выбралась из постели и выбросила из головы прошлое. Пора заняться нынешними делами.

Я быстро оделась и вышла из квартиры. В вестибюле господин де Гофф беседовал с шестидесятилетней женщиной с короткими седыми волосами и приятной улыбкой, тоже американкой, судя по ее акценту, которая тоже снимала квартиру в этом доме. Взглянув на меня, он отвернулся и продолжал любезничать. Потом женщина вышла следом за мной на улицу.

— Извините, — сказала она. Я повернулась к ней и снова увидела ее улыбку. — Я тут недавно, и мы, кажется, еще не встречались. Я Анна.

— Каролина. — Я подала ей руку.

— Интересно, дело лишь во мне? — продолжала она. — Или наш консьерж не любит всех американцев?

— Я рада услышать, что он презирает не только меня, — усмехнулась я.

— Знаете, — сказала она, поправляя на шее шелковый шарфик «Гермес», — возможно, мы несправедливы к нему. — Она наклонилась ко мне ближе. — Я тут познакомилась с парой со второго этажа, и они сообщили мне, что у него была довольно тяжелая жизнь.

— О, правда?

— Кажется, он жил на улице Клер еще ребенком. — Она взмахнула рукой. — Я не знаю всей истории, но мне сказали, что он был пятилетним ребенком, когда немцы арестовали его семью и забрали все. — Она вздохнула. — Я никогда не смогу понять такое зло.

— Я и не подозревала...

— Может, мы простим его в следующий раз, когда он начнет ворчать на нас.

— Да.

С тяжелым сердцем я шла к «Жанти». Подумать только! Вокруг меня столько свидетелей того безобразного периода в истории Парижа — письма Селины, господин де Гофф. Моя амнезия бледнеет по сравнению с этим. По сути, для людей, перенесших травмы, таких, как господин де Гофф, амнезия может стать даже подарком.

— Привет, — поздоровалась я с Виктором. У меня покраснели щеки, когда я вспомнила, как он вчера поцеловал мне руку.

— Привет, — тепло поздоровался он.

— У меня в десять часов художественная студия, так что времени мало, но мне хотелось зайти к тебе и поздороваться. — Накануне вечером мне позвонила Инес и уговорила меня прийти на занятия; я согласилась после некоторых колебаний.

— Художественная студия? Это замечательно!

Мы зашли в кабинку с левой стороны ресторана, и Виктор позвал официанта, чтобы тот принял мой заказ.

— Сегодня только эспрессо, — сказала я. Виктор попросил принести кофе и ему.

— Как ты себя чувствуешь? — поинтересовался он.

— Вроде окей, ничего.

Он пристально рассматривал мое лицо, словно карту с острова сокровищ.

— Какие-то новые...

— Воспоминания? — Я покачала головой. — Ну, только новые видения, или вспышки памяти, или как там их называют.

Он насторожился, готовый выслушать меня.

— Я в Калифорнии или на каком-то таком же тепном и солнечном побережье. Там маленькая девочка. Ее зовут... Алма. — Я произнесла это имя вслух и почувствовала одновременно облегчение и боль, как это бывает при акупунктуре, когда твою кожу пронзает игла.

Виктор смерил меня долгим взглядом.

— Вау, — сказал он. — Я... не знаю, что и сказать.

Я заглянула ему в глаза.

— Что, если я...

— Алма, — сказал он. — Какое приятное имя. — Он почесал в затылке. — Я могу ошибаться, но кажется, в Мехико, нет, в Тулуме есть отель, который называется «Алма-Инн» или что-то подобное. Я бывал там в тот период моей жизни, когда я много странствовал. Ну, я рассказывал тебе об этом. А ты бывала когда-нибудь в Тулуме?

— Нет — во всяком случае, я не помню, — ответила я.

— Слушай, — продолжал он, и его лицо смягчилось. — Вот эти твои видения... не позволяй им слишком сильно действовать на тебя. Разве твоя докторша не говорила, что память восстанавливается рывками? Некоторые из этих эпизодов могут быть воспоминаниями. Но вдруг другие окажутся лишь творением твоей фантазии или даже сценами из фильмов?

— Возможно, ты прав, — согласилась я. — Но что-то в этом кажется мне... таким реальным.

— Да, возможно, — сказал он. — Но разве ты знаешь, что реально *на самом деле*?

Я глядела в его карие глаза и была благодарна ему за его дружбу и доброту.

— Важнее всего то, что здесь и сейчас, — продолжал он. — Можно потратить всю жизнь, гоняясь за прошлым, вновь и вновь жалея о чем-то, прокручивая болезненные воспоминания, жалея, что мы не сделали то или это по-другому, удивляясь, почему кто-то подвел нас или почему мы подвели кого-то и могли ли мы как-то это предотвратить. — Он вздохнул. — Я тоже жил прошлым. Но больше не живу. Я живу настоящим. И советую тебе последовать моему примеру, Каролина.

Моргнув, я прогнала слезы.

— Обещай мне, что ты хотя бы попробуешь это сделать?

— Да, — сказала я, улыбнувшись через силу. — Попробую. Но... один вопрос.

— Окей.

— Как ты думаешь, она была прелестной? — спросила я дрогнувшим голосом. — Моя дочка? Если она была у меня?

Виктор отвернулся от меня и посмотрел на кухню, и я испугалась, что отняла у него слишком много времени или проявила чрезмерную назойливость.

— Прости, — сказала я, вставая, и сделала большой глоток кофе, о котором забыла. — Мне надо идти. Скоро начнутся занятия.

— Не может быть сомнений, — сказал Виктор, снова поворачиваясь ко мне.

— Насчет чего?

— Что любой твой ребенок был бы феноменальным человеком.

— Спасибо, — поблагодарила я.

— Теперь иди и напиши шедевр.

— Подожди. — Я остановилась в дверях и повернулась к Виктору. — Возможно, это чепуха, но когда я вернулась вчера домой, то господин де Гофф, наш консьерж, сообщил, что меня спрашивал какой-то мужчина. Насколько я знаю, у меня нет никаких друзей-мужчин.

— Он сообщил свое имя?

Я покачала головой.

— Что, если это тот мистер Тропическая Рубашка?

Виктор улыбнулся, но я заметила, что он озадачен.

— Вероятно, мне нечего волноваться, но мне любопытно, тем более что... не знаю, говорила ли я тебе... В ту ночь, когда тот профессор провожал меня домой, у меня было странное ощущение, что за мной кто-то следил.

— Ну, это не проблема, — отмахнулся Виктор. — Сегодня вечером я приду к тебе, чтобы убедиться, что тот болван не причинит тебе зла.

— Я буду рада.

— Как насчет семи часов?

— Отлично.

Я повернулась к двери, но вдруг вспомнила о маленьком букетике фрезии, который купила этим утром во время прогулки. Я не устояла против чудесного аромата этих цветов. Но я не скоро вернусь домой, и они просто завянут и пропадут. Я достала букетик из сумки и вручила его Марго. Она выглядела еще более усталой, чем всегда.

— Вот, возьмите. Я хочу чуточку украсить ваш день, — сказала я ей.

Удивленная, она поднесла цветы к носу, потом раскрыла рот, хотела что-то сказать, но не издала ни звука.

— До завтра, — сказала я, взявшись за дверную ручку.

— Спасибо, — дрогнувшим голосом поблагодарила меня Марго.

— Симпатично, — одобрила Инесс, глядя через мое плечо, когда я нанесла последние штрихи на картину, которую начала этим утром. — Обещай мне, что ты примешь участие в нашем арт-шоу, которое состоится в следующем месяце.

— Я не знаю, — ответила я, опуская кисть.

— Тебе нужно написать три или четыре работы, а с твоей быстротой у тебя будет полно времени. — Она улыбнулась мне. — К тому же я думаю, что для тебя это станет хорошей целью.

— Возможно, — согласилась я с осторожной улыбкой, промывая кисти и палитру. Поблагодарив Инесс, я пошла в угловой магазин и купила багет, несколько клиньев сыра и бутылку вина на вечер, когда ко мне придет Виктор.

Когда я возвращалась домой, поднялся ветер и пригнал полчище темных туч. Я почувствовала на щеке дождевую каплю и ускорила шаг. После солнечных дней парижане, и я в том числе, испытывали аллергию к тучам. Владельцы лавок выглядывали на улицу и озабоченно смотрели на небо. Прохожие застегивали куртки и кутались в шарфы.

Я перешла через улицу, хотела пойти домой, но резко свернула вправо, почувствовав, что кто-то шел за мной. Конечно, там никого подозрительного не оказалось. Только старик с багетом, свернувший за угол. Я отругала себя за паранойю и все же, приближаясь к дому, перешла на легкую рысь. В вестибюле я поставила сумки на пол, с облегчением увидев господина де Гоффа на его посту.

— Простите, — сказала я, отдышавшись. — Мне... кое-что почудилось.

Кажется, я впервые увидела озабоченность на его лице.

— Конечно, это все ерунда. — Я пошла к лифту.

— Мадемуазель, — сказал он, заставив меня оглянуться. — Тот мужчина, который приходил к вам вчера, сегодня снова вернулся. Но, как и тогда, он не назвал своего имени.

Я вздрогнула.

Он полез в карман, вынул полоску бумаги и протянул мне.

— Что это?

— Фамилия и телефон тех супругов, которые переделали вашу квартиру. Кажется, вы заинтересовались этим, вот я и... На случай, если вы захотите поговорить с ними.

— Спасибо вам большое. — Меня тронула его забота. — Господин де Гофф, я хочу сказать, что мне жаль, если я когда-нибудь была невежливой или...

— У всех нас есть на то свои причины, — буркнул он.

Я кивнула и повернулась к лифту.

— Мадемуазель, — снова заговорил он. — Будьте осторожнее.

— Хорошо, — ответила я и через силу улыбнулась.

Я велела себе не беспокоиться, когда лифт поплыл кверху. Оглядевшись по сторонам, я отперла дверь квартиры. Все будет нормально. Но все равно, когда я зашла внутрь, мои руки поскорее закрыли замок на предохранитель.

# Глава 12

## СЕЛИНА

— Я отлучусь на часок, не больше, — сказала я папе на следующее утро, застегивая пуговицы пальто. За окном валил снег, небо покрыли серые тучи. Ясно, что снегопад так скоро не закончится.

— Не думаю, что тебе вообще надо выходить из дома в такую погоду, — проворчал папа.

— Нам нечем будет ужинать, если я никуда не пойду, к тому же рынок вообще может закрыться из-за непогоды. Я быстро. Не беспокойся.

— Иди переулками, — посоветовал папа, сдавшись, и поцеловал меня в щеку. Я кивнула.

— Передай Кози, что я быстро вернусь.

Париж нарядился в белое. Я вдохнула свежий, холодный воздух и набросила на голову капюшон. Под ногами хрустел свежий снег, напоминая о тех днях, когда я училась в школе и возвращалась домой вместе с Сюзеттой, а Люк шел позади нас. Люк. Ох, если бы он был сейчас здесь!

На рынке, обычно многолюдном в эти часы, было тихо. Какой-то одинокий старик наклонился над ящиком с пятнистой картошкой и перебирал клубень за клубнем, пытаясь найти хорошие. Молодая женщина удрученно разглядывала гниловатый лук и, не найдя ничего годного, повернулась к моркови. Ее маленький сынишка весело бегал тут же по свежему снегу. Я улыбнулась ему. Он напомнил мне того еврейского малыша, с которым я еще недавно любила играть, когда видела на руках у матери на рынке. Потом его семью вышвырнули из квартиры, а его медвежонок валялся на улице. Вздохнув, я выбрала парочку сносных цукини, немного зелени для салата и томаты черри для папы, вероятно, последние в этом сезоне, раз пошел снег. Еще я обрадовалась, что в продаже были молоко и яйца, и немедленно их купила. А еще базилик, кусок сыра и патиссон, который поджарю для дочки. Заплатила за овощи месье Дювалю (у бедняги покраснели от холода руки), зашла в соседнюю булочную и купила два багета и три сладкие булочки на завтрак.

Повесив сумку на плечо, я решила зайти в «Бистро Жанти» и поговорить с матерью Люка, не возьмет ли она меня к себе официанткой. Конечно, папе я не сказала об этом, чтобы не огорчать его. Он стал бы сразу утверждать, что мадам Жанти никогда не сделает для нас ничего хорошего, но он, по-моему, ошибался. Несмотря на неприязнь ко мне, она любила своего сына. Я обращусь к ней как к матери и как к женщине. Конечно, я устроилась бы к ней временно. Люк скоро вернется, Франция будет освобождена, и нынешние дни забудутся как страшный сон.

Тут я подумала о Сюзетте и ее немце. Вчера она позвонила мне в слезах, но рядом со мной на кухне сидела дочка, и я не хотела ее пугать. Через час я перезвонила, но мне никто не ответил.

Я надеялась, что ее слезы были просто результатом глупой ссоры влюбленных, а не что-либо серьезное. Я молила небо, чтобы я ошиблась насчет ее красавца и что он на самом деле «хороший», как она и утверждала.

Вдалеке я с облегчением увидела огни «Бистро Жанти», а когда подошла к двери, то сняла капюшон, отряхнулась от снега и поправила волосы. Мне в лицо ударил теплый воздух; я придирчиво взглянула на свое отражение в зеркале. Мне надо было предстать перед матерью Люка в лучшем виде, потому что она всегда выглядела безупречно, даже в снегопад.

Ресторан пустовал, только какой-то мальчишка протирал стаканы на барной стойке. Я не узнала его, но не удивилась новому лицу. Мадам Жанти меняла своих сотрудников быстрее, чем Кози съедала плитку шоколада.

Кивнув мальчишке, я прошла через зал. Из кухни слышался голос мадам Жанти, и я обрадовалась, что застала ее там. Обычно она появлялась позже, в часы обеда, но от Люка знала, что раз в неделю она приходит раньше, чтобы принять партию вина. Я решила подождать возле двойной двери, когда она выйдет. Тогда я обниму ее и скажу, что она чудесно выглядит, в каком бы платье она ни была. Мы поговорим о Люке, о том, что мы обе надеемся на его скорое возвращение, потом я расскажу ей о наших проблемах с цветочным бизнесом. Причину я, конечно, не назову, хотя она наверняка ее уже знает. Мадам Жанти знает все. Но это и не важно. Меня любит ее сын. Она не откажет мне. Я спрошу, может ли она найти для меня работу официантки или даже помощницы старшей официантки. Немцы, посещающие ресторан, не станут ко мне приставать из уважения к мадам Жанти. Я буду в безопасности.

Цепочка моих размышлений прервалась, когда из кухни послышался мужской голос (я немедленно уловила сильный немецкий акцент), а следом за ним смех мадам Жанти. Я не раз видела, как она дружески беседовала с немцами, но никогда не думала, что она готова позвать их в самые сокровенные места ресторана. *С кем она разговаривала?* Я подошла чуточку ближе и стала слушать.

— Я не знаю, в каких ужасных вещах участвует там мой сын. Можешь ты вернуть его домой раз и навсегда, как ты обещал?

— Скоро, скоро.

— Но уже прошло много времени, больше, чем ты говорил.

— Ты хотела удалить его из города, чтобы мы могли разобраться с этой женщиной.

— Да, — подтвердила мадам Жанти, — но я не думала, что это будет так долго. Я хочу видеть моего сына дома.

— Уверяю тебя, мы работаем над этим. Нам нужно нанести визит домой и арестовать отца. В следующую акцию мы отправим его в трудовой лагерь.

— Когда это случится?

— Максимум через несколько дней.

— Хорошо, — сказала мадам Жанти. — А маленькая девчонка?

Я охнула.

— Решай сама, — ответил мужчина.

— Люк не должен заботиться о ребенке от другого мужчины. У него должны быть свои дети. Если она останется, он захочет взять ее к себе. Мне это совсем не нужно.

— Понял.

— Я никогда не понимала, что он в ней нашел, — продолжала мать Люка. — Я еще понимаю, если бы она была красавица, а то так, не на что посмотреть. И в ее лице проступает что-то еврейское. Я не хочу, чтобы мой сын женился на ней, он заслуживает лучшего. Сейчас он этого не понимает, но со временем поймет.

— Иди ко мне, дай я тебя обниму, — сказал мужчина.

— Ой, Герхард, ты баловник. Только не на кухне!

— Почему? Тут мы еще никогда не пробовали, — возразил он.

Внезапно наступило молчание, потом раздался смех, на пол с громким стуком упала кастрюля или сковородка. Я повернулась к двери и выбежала на заснеженную улицу в распахнутом пальто.

Со всех ног я бежала домой, минуя места, где могла бы задержаться в прежние, счастливые времена. Бутик мадам Карон, лавка пирожных, которые любит дочка. А вот любимая кондитерская Люка. Пробегая мимо нее, я услышала сердитый голос мужчины, и тут же на улицу выскочила женщина и упала в снег, словно ее толкнули. За ее спиной захлопнулась дверь.

Я подбежала к ней, присела на корточки и стала отряхивать снег с ее волос и шеи.

— Все в порядке?

Женщина подняла голову. Это была Сюзетта.

— Селина! — воскликнула она, вставая.

— Что ты здесь делаешь?

— Сегодня мамин день рождения, и я хотела купить ей торт. Но... — она помолчала и жестом показала на кондитерскую, — кажется, нашу семью тут не принимают.

— Почему ты так...

У нее задрожала нижняя губа.

— Он сказал, что не обслуживает семью с... инвалидом. — Она вздохнула. — Я ничего не понимаю. Раньше мы часто приходили сюда с Элианом, и не возникало никаких проблем. — Она отряхнула снег с пальто. — Что творится в этом мире?

— Я сочувствую тебе, — сказала я и взяла ее под руку. — Я скучала по тебе.

— Я тоже.

— Давай пройдемся?

Она кивнула, и мы пошли по заснеженным улицам. На какой-то момент мы снова превратились в школьниц, какими были когда-то, когда, хихикая, обсуждали мальчишек и цвет бантиков в волосах одноклассниц. Но мир переменился, и мы в нем тоже.

— Мне страшно, — прошептала Сюзетта.

— Мне тоже, — призналась я.

— Селина, что будет с нами? Что будет с Парижем?

Я не спрашивала ее про того немца и про Элиана, не рассказывала и о своих проблемах. Вместо этого я почему-то вспомнила Антуанетту, жену ювелира с улицы Клер, в лавке которого мой покойный муж купил мне золотую цепочку с бриллиантом.

Недавно я встретила ее на рынке и узнала, что их бизнес недавно рухнул, а лавку разграбили нацисты. Я поделилась с подругой историей Антуанетты. Она осиротела в детстве и росла в приюте. Ее жизнь была несчастной до восемнадцати лет, а тогда она познакомилась с Менделем, сыном ювелира, и попала в большую, дружную еврейскую семью. Все было прекрасно, пока немцы не оккупировали Париж. Они арестовали ее мужа, его братьев и отца, разграбили лавку, а всю семью отправили в трудовой лагерь. Даже мать и сестру с новорожденным младенцем.

Сюзетта прижала руку к груди.

— Ужас! Немыслимо!

Я рассказала ей, что Антуанетта засучила рукав и показала на правой руке выше запястья зажившую, покрытую коркой рану — грубо вырезанную звезду Давида, такую, какая была нарисована на витрине нашей лавки.

Никогда не забуду, как Антуанетта закрыла глаза и сказала мне, как она жалеет, что немцы не забрали и ее. Потому что ее наказали еще хуже — разлучили с семьей, которую она любила, и теперь она снова осиротела.

Сюзетта вздохнула.

— А я сказала ей, чтобы она не теряла надежды, — продолжала я. — Что она еще увидит ее любимого Менделя, в этой жизни или в следующей.

Мы свернула в переулок. Я остановилась и посмотрела Сюзетте в глаза.

— Это относится и к нам с тобой, Сюзетта. Знаешь, почему Антуанетта уцелела и почему мы с тобой тоже уцелеем?

— Почему? — удивилась она.

— Потому что она лотос, и мы с тобой тоже.

— Лотос?

Я улыбнулась, вспомнив историю, которую давным-давно рассказал мне папа.

— Такой цветок. Ты когда-нибудь видела лотос?

Она покачала головой.

— Они роскошные, — сказала я. — Но дело даже не в их красоте. Цветы лотоса проделывают долгий, мучительный путь. Их семена прорастают в мутной болотной воде среди ила, гниющих обломков древесины и растений. Чтобы расцвести, лотос должен пробиться через этот жуткий мрак, где его могут съесть рыбы и насекомые, расти и расти кверху, зная или хотя бы надеясь, что где-то там, над поверхностью воды, светит солнце, что ему надо собрать все силы и пробиться туда. А пробившись на свет, он с триумфом расцветает. — Я положила руки на плечи подруги. — Сюзетта, ты тоже лотос.

Она жалко улыбнулась.

— Сейчас ты, может, находишься глубоко под водой, среди ила и грязи. Но ты расцветешь.

— Селина, я завидую твоей уверенности в жизни. А я боюсь, все время боюсь всего.

— Мы все боимся, — прошептала я.

Впереди показался мой дом, и на следующем углу мы попрощались. Я повернула направо, она налево, и каждая из нас пошла своей дорогой, но с одинаковой целью: вынырнуть из мутной воды и расцвести при свете дня.

Из оставшейся картошки я сварила нехитрый суп, аккуратно перелила его в бело-голубую фарфоровую супницу, которую так любила моя мама, и позвала папу и Кози к столу. У нас не было ни лука-порея, ни крем-фреш, но все равно вышло неплохо.

— Как у тебя дела в школе? — спросила я у дочки.

Мы с папой решили, что ей надо пока ходить в школу, несмотря на наши неприятности и опасения. Школа была на другой стороне площади, и Кози уже знала, что ей нельзя останавливаться по дороге или как-нибудь еще привлекать к себе внимание. Кроме того, она любила школу, и разлука с подругами огорчит ее.

Всегда веселая, Кози молча уставилась в свою тарелку.

— Что-то случилось, доченька?

Она кивнула и подняла на меня глаза. Они были полны слез.

— Алина сказала, что мы больше не можем дружить.

— Ох, милая! — Я взяла ее за руку, вспомнив наших соседей со второго этажа.

— Это все из-за той желтой звезды, — продолжала она, прижав к груди коленки. — Я ненавижу желтую звезду.

Мы с папой встревоженно переглянулись.

— Я тоже ее ненавижу, доченька, — сказала я, пытаясь ее утешить.

Ее глаза смотрели мне в лицо, ища на нем ответ или хотя бы надежду, что все будет хорошо.

— Мама, — снова заговорила она со слезами, — вдруг никто не захочет дружить со мной? Что тогда?

Я выпрямила спину.

— Тогда они глупые девочки, и тебе будет лучше без них. К тому же у тебя есть я, есть дедушка и месье Дюбуа. Мы всегда будем твоими друзьями.

Дочка кивнула, слабо улыбнулась и снова принялась есть суп. Потом я разрешила ей пойти в гостиную, и она устроилась с книжкой на софе, укрывшись одеялом.

— Как ты прогулялась? — спросил шепотом папа.

— Увы, я ничего хорошего сказать не могу.

Папа широко раскрыл глаза, когда я пересказала ему услышанное в «Жанти». Я видела, что он тоже упал духом. Каждый день приносил неприятные новости. С каждым часом наш страх увеличивался. Я застывала каждый раз, слыша шаги в коридоре или скрип ступенек на лестнице. Неужели это пришли за нами?

Нам нужно было разработать план бегства, и как можно скорее. Но при одном упоминании об этом папа вздохнул и ретировался на софу, словно его лучшим механизмом защиты было делать вид, что все хорошо. Он сел рядом с Кози: два силуэта в полумраке перед потрескивавшим огнем. Если бы я могла остановить навсегда это мгновение!

Пока я убиралась на кухне и все готовила к завтрашнему завтраку, папа и Кози задремали на софе: он — в очках на носу и с раскрытой книгой на коленях, она — с любимым журналом, который выпал из ее рук на пол. Я улыбнулась, глядя на них, и похлопала папу по плечу. Он встрепенулся, еще не очнувшись от сна, и положил очки на стол.

— Спокойной ночи, — прошептал он и ушел в спальню, а я взяла Кози на руки и отнесла в постель, захватив и месье Дюбуа. Она уткнулась в медвежонка, свернулась калачиком и мирно посапывала во сне.

Я стала наводить порядок в гостиной, и тут зазвонил телефон. «Странно, — подумала я. — Кто может звонить в такой час?» И поскорее сняла трубку, чтобы не разбудить мою спящую семью.

— Селина? — звонила Сюзетта, и я услышала, что она плакала.

— Сюзетта? Что с тобой? Все нормально?

— Нет, — всхлипнула она. — Селина, ты была права во всем. — В ее голосе послышалась истерика. — Франц меня обманул. Селина, он обманул меня. — Она так рыдала, что я с трудом разбирала ее слова. — Сегодня я вернулась домой... — У нее уже началась истерика. — Они... Элиана. Селина, Элиана!

— Постой, — сказала я. — Не торопись. Что случилось? — Мое сердце сжалось в тревоге.

— Они забрали его, — сообщила она. — Они пришли к нам домой. Селина, они *арестовали* его.

У меня задрожали колени, и я рухнула на стул, не зная, что и сказать. Я могла лишь рыдать. Элиан родился с больным телом, но с большим и добрым сердцем. У меня перед глазами встало его лицо, когда он улыбался мне со своего кресла и пытался произнести мое имя — у него всегда получалось «Шеллена». Их мать Клодин страстно любила его, и мне страшно было подумать, как она переживет этот день. Вот теперь его забрали — по вине Сюзетты. Говорить было нечего, мы сидели на наших кухнях в Париже и рыдали, рыдали.

# Глава 13

## КАРОЛИНА

Перед приходом Виктора я, нервничая, померила три платья, но остановилась на джинсах и белой блузке, чуточку закрывавшей плечи. Потом выставила угощение — сыр, хлеб и вино, надеясь, что ему понравится мой выбор.

— Приятная квартира, — сказал он, оглядываясь по сторонам. Я улыбнулась.

— Не понимаю, почему я выбрала такую большую. По-моему, как-то глупо.

— Глупо или потрясающе, — возразил Виктор. — Чего стоит один лишь потолок. — Он запрокинул голову и с восхищением посмотрел на затейливый деревянный карниз. — За свою жизнь я видел много роскошных парижских квартир, но эта... сама по себе классная. При таком небольшом выборе хороших квартир тебе повезло, что ты подписала договор об аренде.

— Возможно, — согласилась я, нервно сунув руки в карманы джинсов. — Но господин де Гофф, наш консьерж, считает, что эта квартира проклятая. — Я рассказала Виктору о том, что знала, и он пожал плечами.

— Кто знает, — заметил он. — Может, он просто пытался напугать вас, чтобы ты уехала, и тогда он сам поселится здесь.

Я покачала головой.

— Нет, сомневаюсь. Не думаю, что у него есть планы на такую квартиру. И вообще, хочешь вина? Я купила его сегодня на рынке. Извиняюсь заранее, если выбрала неудачно. Честно говоря, я мало что понимаю в вине.

Он посмотрел на этикетку.

— О, «Шато Марго» 2005 года? Я бы сказал, что вы сделали прекрасный выбор, мадемуазель Незнайка.

У меня запылали щеки.

— Ну, я просто попросила продавца направить меня в нужную сторону.

— Ты позволишь? — спросил он, протягивая руку к штопору.

Я кивнула и наблюдала, как его сильные руки умело откупорили бутылку.

— У тебя, случайно, нет декантера?

— Ой, — сказала я. — Честно говоря... я не знаю.

— Давай посмотрим на кухне?

— Конечно. — Я провела его по коридору мимо столовой.

— Какая кухня! — изумленно воскликнул он. — Тут поместится весь наш ресторан.

— Можешь пошарить в шкафчиках. Я понятия не имею, что в них есть.

Сначала он осмотрел кладовку.

— Как я вижу, ты тут ничего себе не готовила.

— Думаю, что нет.

— Что ж, тогда держись за меня, детка. — Он усмехнулся и проверил сначала несколько верхних шкафчиков, потом сел на корточки, выдвинул ящик под островком и извлек из него нечто вроде цилиндрической вазы с узким горлышком. — *Вуаля*!

— Итак, у меня нет нормального набора бокалов для воды, но зато есть декантер для вина, — сказала я, качая головой.

— Женщина имеет право на свои приоритеты, — пошутил Виктор.

Вернувшись в гостиную, он налил вино в декантер. Через полчаса мы решили, что больше не можем ждать. Он взял бокалы, которые я выставила заранее, и налил нам понемножку вина.

— Просто... восхитительно, — похвалил он, сделав первый глоток.

— Да, — согласилась я.

— Вино во Франции всегда вкуснее, — сказал он.

— Да неужели? — игриво спросила я.

— Конечно, ты думаешь, что я сноб, но поверь мне. Я работал в разных местах Соединенных Штатов и немножко в Канаде, когда проходил обучение. Но ничего не попишешь. Все равно во Франции вино вкуснее.

Я лукаво улыбнулась.

— Значит, ты утверждаешь, что эта же самая бутылка, если ее открыть, скажем, в Лос-Анджелесе, покажется другой на вкус?

— Угу, — подтвердил он, крутя вино в бокале.

Мы посмеялись над этим и над многими другими вещами, и, когда бутылка опустела, я чувствовала себя легче и менее скованно.

Виктор поставил свой бокал на кофейный столик. За окнами мерцали городские огни.

— Пожалуй, безумно странно, когда ты лишаешься своих воспоминаний.

— Да.

— Ты можешь назвать самую странную вещь, которую ты узнала про себя, выйдя из больницы?

— Самую странную? — Я задумалась. — Ой, не знаю. Ты имеешь в виду, кроме того факта, что я, кажется, жила практически как отшельница?

Он рассмеялся.

— Ну, у меня есть родимое пятно в форме сердца. Вон там. — Я показала на нижнюю часть спины.

— Ты говоришь, что у тебя сердце на попе.

Я захохотала.

— Нет. Ну, да, пожалуй. — Я пожала плечами. — Много странных открытий. Но я хотя бы не барахольщица и не скряга. И не набиваю дом всякой ерундой.

— Ну а что-нибудь еще? — спросил он.

— Ну, я уже рассказывала тебе про мужскую рубашку в моем шкафу. Хочешь взглянуть на нее?

Он кивнул, и я отвела его в спальню и выдвинула верхний ящик.

— Вот она, во всей красе. — Я вытащила рубашку и показала ему. — Твои предположения?

— Я могу предположить два варианта. В твоей жизни был когда-то мужчина с очень плохим вкусом. И ты, возможно, до сих пор его любишь.

Я с недоумением подняла брови.

— Я бы так не сказала.

Виктор взял в руки рубашку и внимательно рассмотрел пуговицы, карман.

— Я готов поспорить, что ты любила его, — сказал он наконец. — И что скучаешь по нему, каким бы он ни был.

— Тогда кто он такой? И где он сейчас? — Я замолчала, потому что мне в голову пришла мысль, что я, возможно, и сейчас замужняя женщина.

Он ехидно ухмыльнулся.

— Станет ли для тебя облегчением, что у твоего возлюбленного такое безупречное чувство стиля?

Я рассмеялась.

— Знаешь, что я думаю сейчас? Как бы мне убедить Каролину, чтобы она не жадничала и отдала мне эту стильную рубашку.

— Ладно, Джорджо Армани, — усмехнулась я, выхватила из его рук рубашку, быстро свернула и сунула в ящик.

— Какой шикарный вид открывается из твоей спальни! — восхитился он, глядя на крыши домов, омытые лунным светом.

— Чудесно, правда? — Я прилегла на кровать и положила голову на подушку. — Если лечь вот так, то можно видеть и луну.

Он устроился рядом.

— Эге, и правда. — Мы почти не знали друг друга, но мне было с ним легко и просто, а его присутствие почему-то казалось естественным. Возможно, пока он был всего лишь эскизом — черно-белым, лишь передний план, без заднего фона, — но я уже представляла себе будущую картину, и она мне, пожалуй, нравилась.

— Тот сад на Монмартре, — неожиданно спросила я, — ты водил ее туда, твою подружку, о которой ты рассказывал?

Он долго молчал и, наконец, ответил утвердительно.

— Ты очень любил ее.

— Да.

— И любишь до сих пор?

— Эй, постой-ка! — Он повернулся на бок и оперся на локоть. — Почему ты спрашиваешь об этом? —

Он усмехнулся. — Разве мне нельзя было жить до твоего появления более-менее нормальной жизнью?

До моего появления... Мне понравилось, что он считает меня вехой в своей жизни. Я улыбнулась.

— Извини. Просто... я, вероятно, пытаюсь лучше тебя узнать.

— Это было очень давно, — сказал он.

— Она была в чем-то похожа на меня?

Он тяжело вздохнул.

— В чем-то да, а в чем-то нет. — Его рука нащупала мою руку, и, когда наши пальцы переплелись, поток энергии захлестнул мое тело. — Ты только запомни, что для меня нет большего счастья, чем быть тут рядом с тобой. — Наши глаза встретились. Он наклонился и нежно поцеловал меня. Это показалось мне таким естественным и приятным. Я ощущала запах его кожи, а его губы целовали мою шею. Мне так не хотелось его останавливать, но что-то внутри меня велело это сделать, хотя и непонятно почему.

— Прости, — сказала я, отодвигаясь от него. — Я не знаю... готова ли я.

Его глаза светились нежностью.

— Не извиняйся. Пожалуйста. — Он поцеловал меня в лоб и снова положил голову на подушку рядом со мной. — Этого достаточно. — И он снова взял меня за руку.

Я улыбнулась.

— Двигайся ближе. Дай я тебя обниму.

Я положила голову ему на грудь и слушала, как бьется его сердце.

— У моего приятеля есть дом на юге, — сказал он. — Там редко кто-то бывает. Вот я и подумал, что, может, мы съездим как-нибудь туда на выходные.

— Правда?

— Тот дом принадлежит его семье. Красивый, старинный каменный дом, полностью перестроенный внутри. Там большие комнаты, много воздуха. Вокруг дома растут лаванда и розмарин. Еще есть бассейн. Мы можем поехать туда на этой неделе, если... ты не против.

— Заманчивое предложение, — ответила я. — Мне оно нравится.

Я закрыла глаза, и он прижал меня к себе. На какой-то миг мне стало хорошо. Даже очень хорошо.

# Глава 14

## СЕЛИНА

На следующее утро я накрыла стол к завтраку. Кофе для нас с папой, молоко для Кози. Выпечку для всех нас. На улице блестел на солнце свежий снег. Конечно, дочка захочет одеться потеплее, надеть варежки и лепить с подружками снежных ангелов. Пока еще я не сказала ей, что решила не выпускать ее из дома. Я всегда надеялась, что до этого не дойдет, но теперь у меня появился страх, что слишком опасно ходить даже в школу. Она заплачет, затопает ногами, будет ненавидеть меня все утро или даже весь день, и я сама ненавидела себя за это. Но все равно больше не могла отпускать ее из квартиры. Уже не могла. Я горестно вздохнула, вспомнив про Элиана, и решила не говорить об этом папе. Незачем расстраивать его из-за вещей, которые он не в силах исправить.

Я проглотила первую чашку кофе и налила вторую. Я не спала всю ночь, да и как тут заснуть? Разговор, который я подслушала в «Бистро Жанти», выбил из-под моих ног почву, все изменил и уничтожил ту крошечную надежду, за которую я цеплялась. Оставалось слишком мало времени, от силы два дня. Надо уезжать всем нам, иначе будет слишком поздно.

Я решила обсудить это с папой после завтрака. Конечно, когда он услышит мой рассказ, он поймет, что оставаться в Париже не только глупо, но и смертельно опасно. И послушается меня.

Да, сегодня надо собраться с силами и набросать план. Завтра мы уедем.

После завтрака я убирала со стола, а Кози объявила, что хочет погулять перед занятиями возле школы. Я не разрешила ей и сказала, что сегодня она не пойдет в школу и посидит дома. Конечно, как и ожидалось, она топнула ногой, зарыдала, крикнула, что ненавидит меня, и убежала к себе.

Я ненавидела мир, в котором мы жили, за то, что он не был милосерден к моей любимой дочке.

— Мне ужасно ее жалко, — сказала я папе, когда Кози с грохотом захлопнула дверь спальни. — Но у меня нет другого выхода.

Папа согласился со мной.

— Пожалуйста, послушай меня. — Я взяла его за руку и заглянула ему в глаза. — Нам надо уезжать отсюда. Тут слишком опасно, и ты это знаешь, папа. Днем на юг идет поезд. Если повезет, мы поужинаем завтра вечером где-нибудь далеко отсюда в маленьком кафе под защитой наших новых фамилий. Мы останемся там до конца войны или уедем в Швейцарию.

Папа молча глядел куда-то в стену.

— Пожалуйста, — взмолилась я и стерла слезу, ползшую по щеке.

— Ты уезжай, милая моя, — ответил он наконец и похлопал меня по руке, как когда-то, когда мне было столько же, сколько сейчас Кози, и я говорила какую-нибудь глупость — например, что хочу полететь на Луну или открыть кондитерскую лавку. — Дорогое дитя, это мой дом. Я никуда не поеду.

Мое сердце разрывалось пополам. Как я могла выбирать между папой и Кози? Разве я смогу принять когда-нибудь такое невозможное решение?

Мы не успели продолжить разговор, как в комнату вбежала дочка и прыгнула мне на колени.

— Мамочка, прости меня за такие слова, — сказала она и положила голову мне на плечо. — Я люблю тебя. Просто... мне грустно.

— Я простила тебя, моя озорная, маленькая птичка.

— Ведь ты заботишься о моей безопасности, — продолжала она. — Я понимаю. Просто... — она повернулась ко мне, сверкнув большими зелеными глазами, — я так люблю снег!

Я улыбнулась. Ее энтузиазм был заразнее, чем грипп.

— Я тоже люблю.

Дочка играла с медвежонком, качала его на коленях, но внезапно застыла от ужаса.

— Мама! Мама! — закричала она.

— Что такое, доченька?

— Ой, нет, нет, нет!

— Что с тобой, милая? Скажи мне.

Она спрыгнула на пол.

— Какой ужас! Это просто ужас! — Она показала на месье Дюбуа. — Его цепочка. Ее нет!

Я с облегчением перевела дух. Причина ее ужаса могла быть гораздо серьезнее: камень, брошенный в наше окно, угрозы детей, сочувствующих немцам, или что-нибудь еще страшнее.

Но я знала, как она дорожила той цепочкой. На ней висел медальон с выгравированной буквой «К», такой же, как тот, который она сама носила на шее последние три года. Папа подарил ей этот маленький набор, когда ей стукнуло пять лет. По цепочке с медальоном для нее и для месье Дюбуа. Ее радости не было пределов.

— Мы найдем ее, — пообещала я. — Она наверняка где-нибудь здесь.

— Нет, — возразила она, огорченно покачав головой. — Я знаю, где потеряла ее.

— Где?

— В цветочной лавке, — ответила она. — Я сняла ее, когда вы разговаривали с дедушкой. Я хотела положить в медальон семечку подсолнуха. Месье Дюбуа любит семечки. Но потом вы сказали, что надо уходить. — В ее глазах застыло отчаяние. — Я положила ее на прилавок и наклонилась, чтобы завязать шнурок, и — мамочка, — оставила ее там! — Она вытерла слезы. — Как ты думаешь... ее могли украсть?

— Конечно, нет, доченька. Лавка заперта.

— Вдруг кто-нибудь разобьет окно?

Я не стала говорить ей, что вряд ли кому-то понадобится красть цепочку с шеи медвежонка. Не сказала я ей и то, что в данный момент мне меньше всего хотелось заниматься этим, когда ради нашей безопасности нужно сделать миллион важных дел. Но все-таки моя малышка была ужасно огорчена, и уж эту-то неприятность я могла без труда устранить.

— Ладно, — пообещала я после долгого молчания. — Я схожу за ней в лавку.

Ее лицо просияло, и она обняла меня за шею.

— Ты лучшая мамочка в целом мире!

Папа направил на меня тревожный взгляд, но я сделала вид, что не заметила его. Я читала его мысли — конечно, он не хотел, чтобы я уходила из дома. На его месте я бы тоже не хотела, но тут речь шла о пятнадцати минутах. Я сбегаю в лавку, вернусь с драгоценной цепочкой и порадую сердечко моей Кози. И я протянула руку за пальто.

Светило солнце, вчерашний снег быстро таял, но кое-где еще оставались ледяные полосы, и я осторожно шла по булыжнику, стараясь не поскользнуться.

Впереди уже виднелась наша лавка. Маленькая зеленая вывеска покачивалась на утреннем ветерке, и у меня больно сжалось сердце. Наша цветочная лавка была для нас не только средством заработка; она была почти как родное существо. В ее стенах я находила красоту и покой. Папа тоже. Я с содроганием увидела на стекле витрины кривую желтую звезду, нарисованную злой рукой. После нашего ухода кто-то бросил камень в правое окно, и по нему разбежались трещины, похожие на неровную паутину.

Я вставила в замок старый латунный ключ и шагнула в лавку, вдыхая знакомый запах цветов, коричневой бумаги, бечевки, веточек гипсофилы и папиного лосьона после бритья. Думаю, что я никогда не забуду этот запах. Запах дома.

Папа придет в ужас, когда узнает, что белые розы пожелтели, а все цветы высохли без полива. Я машинально пошла было к раковине, готовая взяться за дело и вдохнуть жизнь в нашу маленькую витрину, но остановилась. Ведь я пришла за цепочкой Кози, и у меня не было времени ни на что другое. А цепочку я, к своему облегчению, обнаружила на прилавке, как дочка и сказала. Я сунула ее в карман пальто, и только тогда заметила в дверях... высокую мужскую фигуру.

Это был *он*. Рейнхард. Я никогда не забуду это имя и это лицо.

— Что ж, привет, — сказал он.

Мое сердце бешено забилось в груди, когда он направился ко мне.

— Селина? Не так ли?

Я открыла рот, чтобы что-то ответить, но у меня пропал голос.

— Да, точно, Селина. — Он улыбнулся. — Знаешь, после нашей встречи я не мог тебя забыть. — Он подходил ко мне, а я пятилась от него, пока не уперлась спиной в прилавок.

Он взглянул на часы.

— Как я вижу, бизнес закрылся? — Он на несколько мгновений избавил меня от своего тяжелого взгляда, подошел к вазе с гвоздикой, взял цветок, поднес его к носу и вернул его в вазу. — К счастью для тебя, — продолжал он, снова повернувшись ко мне, — человек я великодушный и пришел, чтобы помочь тебе. — Он подошел ближе. — Мне нужна новая экономка, чтобы убирать мою квартиру, приводить в порядок вещи. Мне было трудно найти подходящую... женщину. — Он подошел ко мне совсем близко и обдал своим зловонным дыханием. — Я живу на улице Клер в доме восемнадцать. Ты приступишь к работе ровно в восемь утра. — Он направился к двери и оглянулся в последний раз. — И Селина, — добавил он, пристально глядя мне в лицо. Я крепко сжала в кармане цепочку Кози. — Будет очень неприятно, особенно для твоего отца, если ты разочаруешь меня. — Он дотронулся пальцами до фуражки. — Будь здорова.

Чуть дыша от страха, я добралась до дома. По дороге я поскользнулась на льду и ударилась коленкой, но не стала останавливаться и теперь чувствовала, как по моей ноге текла кровь.

Я вздрогнула, когда кто-то дотронулся до моего плеча.

— Извините, — сказала Эстер с озабоченным лицом. — Я не хотела вас пугать.

— Ой, это вы! — Я с облегчением перевела дух.

— Все в порядке?

Я могла бы рассказать ей о своей встрече в лавке, или о том, что я подслушала в «Бистро Жанти», или о моей тревоге за Кози и папу. Я могла бы рассказать ей о терзавших меня сомнениях. Только зачем? У нее свои проблемы. Они есть у всех, и я не стану взваливать на нее еще и мои.

— Более-менее, — ответила я и заставила себя слабо улыбнуться.

— А ваш отец? Надеюсь, его рана благополучно заживает?

— Да, еще раз большое спасибо.

— Вот и хорошо, — сказала она. — Пришлите его ко мне дней через десять, и я сниму швы.

— Пришлю. — Помахав ей на прощание рукой, я поднялась по лестнице к себе на этаж, с трудом делая каждый шаг.

В тот вечер, когда Кози уснула, мы с папой сидели у огня. Я рассказала ему, что случилось в лавке, и папа закрыл лицо руками.

— Я не позволю тебе идти к нему, — заявил он.

— А какая альтернатива? — возразила я. — Мне даже страшно представить, что случится, если я не пойду. — Я тяжело вздохнула. — Слушай, может, все не так плохо, как мы думаем. Если он будет доволен моей работой, мы выиграем время.

— Нет, Селина, — ответил папа. — Я не отправлю тебя к этому монстру. Мы выйдем из дома на рассвете и сядем на первый поезд, идущий на юг. Мы уедем, и он не успеет опомниться.

Я еле сдерживала слезы.

— Папа, я очень люблю тебя.

— Я тоже тебя люблю, моя драгоценная доченька.

— Но ведь ты не хотел бросать дом...

— Нет, — поправил он меня. — Я колебался какое-то время, а потом все понял. Дом — убежище от мира, безопасное место. У нас этого больше нет. — Он сцепил пальцы. — Значит, мы найдем новый дом.

— Да, — подтвердила я дрогнувшим голосом. — Да, найдем.

Я разбудила Кози в половине шестого. Она зевнула и перевернулась на другой бок.

— Доченька, — прошептала я. — Мне нужно, чтобы ты встала.

— Зачем, мама? — спросила она. — Ведь на улице еще темно.

— Мы отправляемся в интересное путешествие. На поезде.

Ее глаза сразу широко раскрылись.

— Правда?

— Да. — Я помогла ей снять ночную рубашку и надеть платье и кардиган, приготовленные накануне.

— Мы поедем в Калифорнию?

— Возможно, — усмехнулась я. — Только не сразу.

Я сунула письма, которые писала Люку, во внутренний карман пальто вместе с документами и конвертами.

— А завтрак? — спросила Кози.

— Мы поедим в поезде.

Она почесала голову.

— Мы не будем брать чемодан?

— Не беспокойся, дочка. Мы с папой все продумали. — Я не стала ей говорить, что чемодан привлечет внимание и что мы потом купим все, что нужно.

— Вообще-то, мне нужен только месье Дюбуа, — весело сказала она, прижав к себе медведя. — И мой дневник. — Она сунула свою драгоценную тетрадь в карман пальто. Я с радостью увидела, что она там поместилась.

Папа в последний раз обвел глазами квартиру. Мы понимали, что, скорее всего, больше не увидим эти стены. Он остановился у книжной полки и взял фотографию мамы.

— У тебя найдется место в сумочке?

— Да, — ответила я, вынимая фото из рамки.

— Мы никогда не вернемся сюда, правда, мама? — спросила Кози с мудростью, необычной для восьмилетней девочки.

Я встала на колени рядом с ней.

— Может, вернемся когда-нибудь, — ответила я. — Через много лет.

Она кивнула и повернулась к двери.

— Я готова.

— Можно я поеду у тебя на спине? — попросила Кози папу, когда мы вышли на улицу. До отправления поезда было около часа, достаточно времени, чтобы купить на вокзале билеты, два кофе и перекус для Кози, и все-таки мне хотелось как можно скорее прийти туда.

— Нет, доченька, — ответила я. — Тогда мы не сможем идти быстро, а к тому же ты знаешь, что у дедушки болит спина. У тебя крепкие ножки, и ты можешь идти сама.

Но папа ничего этого не слышал. Он нагнулся, и Кози, весело хихикая, залезла к нему на спину.

— Ладно, тогда пошли, — сказала я.

Париж казался необычайно тихим. Как будто спал весь город, кроме нас. До вокзала было пятнадцать минут ходьбы. Мы пошли по улице, но не успели повернуть за угол, как нас остановил яркий луч света и громкий, пронзительный свист. Навстречу нам шла группа немецких солдат, шесть или семь человек, и когда я увидела среди них Рейнхарда, мое сердце упало.

— Ну и ну, — проговорил он, подходя к нам. — Решили немного прогуляться?

Папа раскрыл было рот и хотел что-то возразить, но Рейнхард опередил его:

— Побереги свою дыхалку, старик. Она еще пригодится тебе там, куда тебя отправят.

— Пожалуйста, — взмолилась я, чтобы выиграть чуточку времени. Хоть несколько секунд. — Мы просто вышли на утреннюю прогулку.

Он подставил ладонь и поймал падающий снег.

— При такой погоде? — Он повернулся к своим спутникам. — Самая подходящая погода для семейной прогулки, не так ли. — Немцы заготали. — Когда я приказал тебе явиться ко мне сегодня в восемь утра, это был тест. И ты его провалила.

— Но ведь еще нет шести, — сказала я и поглядела на Кози, крепко прижавшуюся к папе. — Я собиралась прийти. Я... собираюсь.

Но что-либо говорить было бесполезно. Мы были мышками, а перед нами стояли огромные коты. С оружием.

— Селина, — продолжал Рейнхард, — я предупреждал тебя, что ужасно не люблю разочаровываться. — Он перевел взгляд на Кози.

— Пожалуйста, — взмолилась я и упала на колени. Правое еще болело после вчерашнего падения и теперь снова ударилось о булыжник.

Рейнхард улыбнулся.

— Мне нравится, когда ты умоляешь меня. — Он дотронулся до моей шеи и сорвал с меня золотую цепочку, подарок Пьера. Кози закричала от ужаса. Я в слезах посмотрела на нее. — И я не люблю, когда на шее болтается всякая дрянь. — Он дернул меня за руку, заставив встать. Когда он это сделал, моя сумочка упала на тротуар, и из нее вылетела мамина фотография. Рейнхард повернулся к стоявшим рядом с ним парням и кивнул. — Уведите их.

— Ты удивляешься, как я поймал вас? — спросил он у меня. — Конечно, все это благодаря моему чутью, но я бы не застиг вас в нужный момент, если бы не помощь месье Тулуз.

У меня запылали щеки. Значит, нас выдали соседи со второго этажа.

— Маленький совет, — продолжал он. — Если вы живете в таком старом доме, как ваш, не обсуждайте ваши секретные планы рядом с вентиляционной шахтой. — Он захохотал. — Звук разносится далеко. Вас могут услышать посторонние.

Папа быстро снял Кози со своей шеи, закинул ее на плечо и побежал по улице, напрягая изо всех сил свои старые ноги. Месье Дюбуа подпрыгивал на папиной спине. Попытка была обречена, но я еще сильнее полюбила за это папу.

— Папа! — крикнула я.
— Мамочка! — кричала Кози. — Мамочка, нет! Нет!

Напрасно я вырывалась из крепкой хватки Рейнхарда, извивалась, звала Кози вновь и вновь.

Не успели солдаты догнать папу, как у него подогнулись ноги. Он выпустил Кози из рук, но она тут же вскочила на ноги и бросилась бежать, прижимая к себе медведя. Ее тут же догнал солдат и схватил. Она бешено брыкалась и кричала. Двое других немцев подняли на ноги папу, и тут прибыл грузовик. Я рыдала, снова упала на колени, а солдаты затолкали в машину папу и Кози.

Я с ужасом смотрела, как грузовик уезжал прочь под заревом рассвета, уводя неизвестно куда обе половинки моего сердца.

## Глава 15

### КАРОЛИНА

В выходные мы с Виктором поехали на вокзал и по дороге заглянули в «Жанти». Я заметила, что Виктор слегка нервничал, оставляя свой ресторан, совсем как молодая мать перед грядущей разлукой с младенцем. Хотя у него работали надежные сотрудники — на кухне всем заправлял невероятно талантливый Жюльен; Рауль вместе с Марго отвечал за переднюю часть зала. Впрочем, в это утро Марго выглядела хуже обычного, я разглядела небольшой синяк под левым глазом, который она безуспешно пыталась замазать тональным кремом.

Виктор ушел на кухню поговорить с Жюльеном, а я осталась с Марго.

— Пожалуйста, — тихонько сказала я. — Тебе нужна помощь? Что я могу для тебя сделать?

Она взглянула на меня заплаканными глазами и отвернулась, скрывая слезы, но потом взяла себя в руки и повернула ко мне лицо.

— Он хороший человек, правда, хороший, — сказала она, поправляя платье. — Но когда он пьет... — Она покачала головой и опять отвернулась. — Я беспокоюсь за своего маленького сына.

Я взяла ее за руку.

— У тебя есть безопасное место, куда ты можешь уйти из дома?

Она не ответила. Я полезла в сумочку, достала ключи от моей квартиры.

— Поживи у меня, хотя бы недолго, пока ситуация не наладится. У меня много места, а моя квартира расположена совсем близко от ресторана. Ты немного придешь в себя. — Я протянула ей цепочку с ключами.

Она посмотрела на них и вернула мне.

— Я не хочу тебя беспокоить.

— Где сейчас твой сын?

— У сестры моего гражданского мужа, за городом. Там у нее дневной детский центр. Она присматривает за моим ребенком, когда я работаю. Я могла бы остаться там, но мой парень точно найдет меня там.

— Значит, решено, — сказала я. — Ты поживешь с ребенком у меня. Никаких проблем. —

Я улыбнулась. — К тому же квартира слишком велика для меня одной. — Я заставила ее взять ключи. — Вы составите мне компанию. Как зовут твоего сына?

— Элиан, — ответила она.

— Итак, решено — вы с Элианом будете моими гостями. Мой адрес — улица Клер, дом восемнадцать. Консьерж — господин де Гофф. Он чуточку колючий, но я уверена, что под его колючками прячется плюшевый медвежонок. Передай ему, что это я прислала вас.

Виктор донес мою сумку до поезда вместе со своим рюкзаком, сунул их в отделение для багажа, и мы прошли на наши места.

— Как приятно выбраться ненадолго из моей карусели, — сказал он. — Я работал без выходных с того дня, как купил этот ресторан. — Он взял меня за руку. — Я надеюсь, что тебе понравится наш юг. Там так мирно и спокойно.

— Мне не терпится взглянуть на него, — ответила я, садясь рядом с ним.

— Когда я был подростком, мы всей семьей раз в несколько месяцев ездили на поезде в Лион к моей бабке.

— Расскажи мне о них, о твоих близких.

— Мою мать зовут Бабетта. Она росла в богатой семье, и для нее стало тяжелым ударом, когда ее отец потерял почти все свои деньги из-за неудачной финансовой операции. Тогда ей было шестнадцать лет. Семье пришлось перебраться из шикарной квартиры в менее престижное место. Можно было бы предположить, что после такой травмы, лишившись почти безграничной возможности тратить папочкины деньги, она станет искать себе богатого мужа. Ничего подобного, она выбрала Шарля, моего отца, профессора колледжа. На каждые сто слов, которые говорит моя мать, он роняет всего три.

Я усмехнулась.

— Она легкомысленная, он основательный, солидный. Она любит полуночничать, он встает в пять утра. Можно было бы предположить, что после стольких лет они разведутся, но знаешь что? Я думаю, что они превосходно дополняют друг друга.

— Ах, мне это нравится, — заметила я.

Я грустно глядела в окно, жалея, что не в силах заставить мой мозг поделиться воспоминаниями о моей собственной семье, какими бы они ни оказались. А мозг упрямо отказывался это сделать.

Виктор заглянул мне в глаза.

— Ой, я чуть не забыл рассказать тебе о Хуго.

— Хуго?

— Моем потрясающем брате. Он моложе меня на четыре года, чертовски красив, любимец женщин.

Я рассмеялась.

— В последний раз, когда я слышал о нем, он находился в Португалии на яхте какой-то богатой наследницы.

— И что, Бабетта просила тебя поехать и присмотреть за ним?

Он усмехнулся.

— Очень хорошо, ты схватываешь все на лету.

— Мне бы хотелось познакомиться со всеми, — заметила я, но внезапно пожалела о своих словах. У меня запылали щеки. Абсолютно смешно желать встречи с его семьей, если мы встречаемся с Виктором совсем недавно и лишь как хорошие друзья, не более того. — Я имела в виду... когда-нибудь, если они придут в твой ресторан... или что-то в этом роде. — Мне хотелось залезть в нору и сидеть там тысячу лет.

— Тебе они понравятся, — сказал он, глядя в окно и не заметив моего смущения. — Гляди! — Он показал пальцем куда-то вдаль. — За́мок.

Там действительно был замок, но ужасно ветхий. Вся левая стена обрушилась, вокруг росла высокая трава. Возле замка виднелись старые легковые машины.

— Забавно, что люди могут владеть старыми зданиями и жить в них, — удивилась я.

— Да, — согласился он. — В этих местах замки видны всюду. Вон еще один. Гляди.

Этот замок выглядел немного лучше, чем предыдущий, но все равно очень бедно, с ржавыми детскими качелями и пластиковой горкой.

— Мы с кузинами, когда ездили куда-нибудь на поезде, придумали игру под названием «Замки и овцы».

— «Замки и овцы»?

— Игра простая и увлекательная. Вообще-то, мне следовало ее запатентовать, — засмеялся он. — Как я вижу, тебе очень хочется узнать ее правила — не бойся, сейчас я расскажу. — Он посмотрел в окно. — Как ты уже наверняка заметила еще в начале поездки, в моей замечательной стране много замков и много овец.

Я решила подыграть ему и показала в окно на мою первую овцу.

— Вон там овца!

— Хорошо, — продолжал Виктор. — Так вот, овцы дают тебе два очка, а замки пять. Они всегда попадаются вместе. Выигрывает тот, кто наберет к концу поездки больше очков. Без жульничества.

— Замок! — крикнула я, когда мы проезжали старинный каменный дом со шпилем.

— Овца! — Виктор показал пальцем слева от поезда.

Через пятнадцать минут, вдоволь насмеявшись, мы сбились со счета и бросили игру. Вместо этого мы решили пойти в вагон-ресторан. Там мы купили бутылку вина и какие-то вкусные мелочи и вернулись с ними на наши места.

Виктор откупорил вино и налил нам. Я сделала глоток и повернулась к нему.

— Что, если ко мне вернется память и... все изменится?

Он с нежностью смотрел на меня и ждал продолжения.

— Просто... — Я замолчала, посмотрела в окно и снова на Виктора. — Мне все нравится. Нравится моя жизнь, вот такая, как сейчас. Понимаешь?

Он кивнул и не торопился ничего говорить.

— Я привыкаю к неизвестному. — Я вздохнула и взяла его за руку. — Привыкаю к *этому*. Я не хочу ничего менять.

Он смотрел на меня так, словно тоже не хотел ничего менять. Но не сказал этого. Вместо этого он чмокнул меня в левую щеку и прошептал мне на ухо:

— Ты не беспокойся. Все образуется. — Он усмехнулся. — Я лишь надеюсь, что ты не была замужем за мужчиной-моделью, который надолго уехал в Милан на фотосессию для нового каталога.

Я засмеялась, потом повернулась к окну и, глубоко задумавшись, смотрела на проносившиеся мимо нас зеленые холмы.

Еще замок. Еще овца.

— Ах, Виктор, как тут красиво! — воскликнула я, когда мы на арендованном автомобиле подъезжали к дому по посыпанной гравием дороге. Дом оказался точно таким, как я и думала: каменный фасад, створки окон, белые занавески. Вокруг дома лаванда и розмарин. Я схватила бумажный пакет, появившийся у нас после краткой остановки на рынке, а Виктор потащил к двери наши сумки.

В доме преобладали спокойные, нейтральные тона: белые чехлы на диванах, деревянный стол со стульями пепельного цвета и такой же кофейный столик.

— Решено, — заявила я. — Я поселюсь тут навсегда.

— Тут замечательно, правда? — Он протянул руку и убрал свисавшую с потолка паутину. — Как жалко, что дом пустует. Мой друг уже полгода работает в Испании.

— Гляди, какая кухня! — воскликнула я.

— О, я намерен потрудиться тут вечером и приготовить тебе какое-нибудь истинно прованское кушанье.

— Ой, бассейн! — Я распахнула французские двери и выбежала в патио и сад, который по периметру обрамляли кипарисы. Сняла чехол с шезлонга, стоявшего возле большого прямоугольного бассейна, и с блаженным вздохом устроилась в нем. — Если меня кто-нибудь спросит, ищите меня тут.

— Может, переоденешься в купальник? — предложил Виктор. — А я приготовлю для нас коктейль.

Я нашла, как мне показалось, хозяйскую спальню и вкатила в нее мою сумку, думая о том, как приятно было бы жить с Виктором в таком доме, как этот. Я вообразила красивую сцену: как мы с ним дышим воздухом, насыщенным солнцем и травами, едим восхитительные обеды, занимаемся искусством и — мои щеки порозовели — любовью. Я надела черное бикини и скромно обернула вокруг талии полотенце, которое нашла в ванной.

— Я буду в патио, — сообщила я в гостиной Виктору. Он протянул мне коктейль с цветами лаванды. Я попробовала глоточек.

— Дай-ка посмотреть на тебя, — сказал Виктор, подойдя ближе. Я нервно застыла, а он снял с моей талии полотенце, и оно упало на пол, а Виктор улыбнулся, заметив мою робость.

— Ты не сказала мне, что была моделью и участвовала в рекламе купальников.

— Ой, перестань, — возразила я, покраснев, и снова обвязалась полотенцем. — По-моему, я выгляжу... не знаю...

Его лицо моментально сделалось строгим, и он обнял меня.

— Я хочу, чтобы ты поняла, какая ты красивая. Чтобы ты знала... — Он замолчал и погладил пальцами мои волосы.

Казались ли мне странными его слова? Всерьез говорил он их или нет? Или он просто жалел меня, девушку, потерявшую память?

— Пойдем купаться, — предложил он с вернувшейся на лицо улыбкой. — Сейчас я поищу мои транки.

Через несколько минут он вернулся без рубашки и в темных очках. Хотя он не производил впечатление человека, который проводит много времени в спортзале, у него были накачанные мышцы.

— Скажи мне, — с шутливой насмешкой спросила я, — откуда у повара такой мощный брюшной пресс?

Он потер свой живот.

— Во-первых, он совсем не мощный. Но благодарю за комплимент. — Он усмехнулся. — Такое тело пригодится мне, когда на следующей неделе материализуется твой супруг-супермодель. Придется мне вступить с ним в бой, и этот бой будет серьезный.

— Нет, серьезно, — рассмеялась я. — Как ты ухитряешься есть с таким аппетитом и сохранять спортивную фигуру? Или ты просыпаешься на рассвете и бегаешь вверх и вниз по ступенькам Монмартра?

Он снял чехол с другого шезлонга.

— Нет, я слишком ленивый.

— Тогда в чем секрет? Хорошие гены? Если я начну есть крем-брюле так же часто, как ты, я стану вдвое толще, чем сейчас.

Он лег в шезлонг рядом со мной и усмехнулся.

— Возможно, меня выручает мой ленточный червь.

— Ленточный червь? — Я засмеялась.

— Да, мне повезло, и я его где-то подцепил.

— Ты большой шутник! Тебе это известно?

— Я рад, что рассмешил тебя, — сказал он. — Не все понимают мой юмор. — Его улыбка погасла на миг, потом вернулась. — Эй, как насчет музыки? Послушаем?

— Да, пожалуйста, — ответила я.

Он достал из кармана мобильный телефон.

— Сейчас посмотрим, смогу ли я включить здешнюю аудиосистему «Сонос». Тебе нравится джаз? — спросил он, когда из уличных колонок зазвучал мягкий звук саксофона.

— «Голубые небеса»? — Я пригубила коктейль и закрыла глаза, медленно покачиваясь под эту мелодию. Может, я и страдала от амнезии, но даже теперь знала, что джаз у меня в крови. — Стэн Гетц.

— Молодец. Я тоже его люблю. Знаешь, что я всегда говорил?

— Что?

— Любовь к джазу обязательна.

— Что ты имеешь в виду?

— Помнишь фильм «Любовь к собакам обязательна?»

Я кивнула.

— У меня серьезные отношения возможны лишь с той женщиной, которая любит джаз.

— Кажется, я прохожу по этому параметру.

— Что ж, посмотрим, как ты выдержишь Чета Бейкера.

— «Мой забавный Валентин»? — спросила я и, снова глотнув коктейль, задумалась. Какая абсурдная жизнь! Я помню песню Чета Бейкера и ни черта не могу сказать о себе самой.

— Солнце, дом, бассейн, покой — для меня это рай земной, — сказал Виктор. — Когда через несколько лет ресторан окупится и я возмещу мои затраты, я мечтаю купить вот такой дом и проводить в нем лето и даже длинные осенние выходные и Рождество.

— Хорошая мечта, — одобрила я.

Он внезапно встал.

— Что, давай искупаемся?

— Ты первый, — заявила я.

Я смотрела, как он нырнул в бассейн, вынырнул через мгновение и откинул волосы набок. Его жест показался мне каким-то знакомым. Как... у кого-то еще, кого я когда-то знала. Воспоминание всплыло с какой-то почти болезненной интенсивностью.

— Что с тобой? — спросил он.

— Ты сейчас только что тряхнул головой, и это напомнило мне о... — Я опять сделала глоток. — Нет, ничего.

Он отвел взгляд.

— Ты беспокоишься? — осторожно спросила я, подойдя ближе. Я села на край бассейна и свесила ноги.

— Ты о чем?

— Беспокоишься, что... в моей жизни может быть кто-то еще, и его присутствие может поставить под угрозу то, что мы обрели? — Мне вспомнилась та рубашка с тропическим принтом в моем ящике. *Кто он такой? Люблю ли я его до сих пор?*

Виктор напряженно улыбнулся.

— Конечно, я не могу отрицать, что это заставляет меня нервничать. Но, как я уже сказал в ресторане, прошлое уже ушло в прошлое. Мы ничего не можем сделать, чтобы его изменить, так что будем жить настоящим, нынешней жизнью.

— Да, ты прав, — согласилась я и соскользнула в бассейн. Сначала вода показалась ужасно холодной, но я быстро привыкла к ней.

Виктор подплыл ко мне и обнял меня за талию.

— Но я вот что скажу: если появится другой парень и заявит на тебя права, я не уступлю тебя и буду драться.

Я усмехнулась и обвила его ногами, а он нежно целовал меня.

Тут в доме зазвонил телефон. Виктор сначала колебался, но все-таки выскочил из бассейна и побежал в дом.

— Лучше я отвечу. Это может быть человек, присматривающий за домом. Мой друг предупредил, что он может позвонить.

Я тоже вышла из воды и вернулась в шезлонг, допила коктейль, взяла мою сумку и достала из нее блокнот и карандаши. Когда я начала делать наброски дома и сада, я услышала, как Виктор, понизив голос, говорил на кухне по телефону. Я могла разобрать лишь отдельные фразы.

— Я говорил тебе...
— ...у нее все нормально...
— Нет, нет... нет... подожди еще немного.
— Хорошо.
— Я скоро узнаю.
— Кто звонил? — спросила я, когда он вернулся.

— О, из ресторана, — ответил он. — Я думал, что они оставят меня в покое хоть на день, но нет. — Он вздохнул.

Я кивнула, вернулась к моему блокноту, но когда ветер зашелестел кроной пальмы в углу сада, я не услышала ветряных колокольчиков и не увидела картинок из прошлого. Я твердо оставалась в нынешнем времени.

На ужин Виктор приготовил жареных цыплят, картошку и простой, но элегантный маш-салат из продуктов, купленных на рынке.

— Цыпленок превосходный, — сказала я, попробовав кусочек.

— Только морская соль, оливковое масло, чеснок и чуточку розмарина, — сообщил он. — Вот все, что нужно. Люди слишком мудрят над блюдами из курятины.

Потом, помыв и убрав посуду, мы вышли на улицу с бокалами вина и устроились на одном из уличных диванов. Виктор включил газовый камин. Пламя завораживало, но звезды над головой завораживали еще сильнее.

— Я готов поспорить, что нигде в мире нет таких звезд, как здесь, — сказал Виктор, показывая на небо. — Тут до них так близко, что хоть трогай их рукой.

— Тогда я бы взяла себе Юпитер, — сказала я.

— Вообще-то, это планета, но я выполню любое ваше желание, миледи. — Он протянул руку и сделал такой жест, словно что-то сорвал, потом положил воображаемую планету мне на ладонь.

— О, благодарю вас, сэр.

Он усмехнулся и опять посмотрел на небо.

— Знаешь, что тебе нужно на самом деле?

— Какая-нибудь звезда?

— Полярная звезда.

Я хихикнула.

— Она поможет тебе найти правильную дорогу, станет тебе компасом. — Он кашлянул и встал. — Ну-ка, ее не так уж легко достать, но нет... вот... сейчас. — Он привстал на цыпочки. — Почти достал. Почти! Вот она! — И он с гордостью положил Полярную звезду мне на ладонь.

— Думаю, еще ни один мужчина не дарил мне звезду. — Я усмехнулась. — И я еще никогда не встречала такого, как ты.

Он церемонно кивнул.

— Виктор Ламон. Мастер хороших блюд и плохих шуток с 1969 года.

— Ты на восемь лет старше меня.

— Да, верно. — Он переплел свои пальцы с моими. — Ты считаешь, что я слишком старый?

Я сжала его руку.

— Нет, думаю, что в самый раз. — Я долго смотрела ему в лицо. — Как я могу... нравиться тебе, если ты не *знаешь* меня?

Он заглянул мне в глаза.

— Ты ошибаешься, — ответил он. — Я знаю тебя. — Он показал пальцем поочередно на оба моих глаза. — Вон там, глубоко, я вижу тебя.

— Неужели?

— Абсолютно точно. Я знаю, что ты добрая и отзывчивая, веселая и талантливая. Еще я знаю, что ты совершенно пленила мое сердце.

Он коснулся губами моих губ, и меня захлестнула теплая волна эмоций. Его поцелуи, поначалу нежные, наполнились страстью. Он взял меня на руки и понес в спальню, наполненную звездным светом, положил на кровать, расстегнул свою рубашку, снова поцеловал меня и стащил с меня через голову платье, уронив его на пол. Его рука гладила мои ноги, груди, и я нежилась под его прикосновениями, потом ахнула, когда он прижал меня к себе. У него участилось дыхание, он поцеловал мою шею, заглянул мне в глаза.

— Доверься мне, — прошептал он, раздвигая мои ноги. — Обещаю, что не сделаю тебе больно.

— Но что, если...

Он положил палец мне на губы, покачал головой и снова поцеловал меня.

— Никаких «что если».

Я ощущала его желание — жаркий огонь, безудержно пылавший в его теле. Но я не боялась его. Я была в безопасности. Я закрыла глаза, нашла его губы своими, покорилась ему, и наши тела соединились.

Я открыла глаза, услышав звонок телефона, доносившийся из гостиной. Было еще темно, вероятно, часов пять утра. Виктор еще спал; простыня накрывала нижнюю половину его нагого тела. Он не пошевелился, и я решила его не будить. Вместо этого я слезла с кровати и пошла на цыпочках к двери, чуть не споткнувшись о мою сумку.

— Алло? — прошептала я в трубку. Слышимость была никудышная, сплошной треск, и я еле слышала звонившего. — Алло? — повторила я.

— Вик? — спросил женский голос. — Вик, это ты? Звонит Эмма.

У меня встали дыбом волосы на загривке, а из пальцев выпала трубка и повисла на шнуре. Я схватила ее и положила на аппарат.

Кто такая Эмма? Виктор никогда не упоминал о женщине с таким именем. И почему она позвонила ему сюда, да еще в такой ранний час? Я тихонько легла в постель рядом с Виктором, радуясь, что телефон больше не звонил. Он повернулся на бок и обнял меня. Через минуту мы снова занимались любовью, и я забыла про звонок.

— Как мне не хочется уезжать, — сказал утром Виктор, собирая свой чемодан. Он проснулся раньше меня и приготовил для нас завтрак; я уловила вкусные запахи, едва открыла глаза. Я закуталась в халат, пришла на кухню и обнаружила на стойке роскошный омлет, только что из духовки. Через минуту я заметила, что Виктор ходил с палкой в руке по краю бассейна и пытался спасти из воды бабочку. Он осторожно опустил палку в воду, и крошечное существо уцепилось за нее. Через несколько мгновений желтые крылышки замелькали в воздухе, и бабочка улетела, подхваченная утренним бризом.

— Образцовая спасательная операция, — сказала я, выходя в патио. Он выпрямился, слегка смущенный.

— О, доброе утро. Я не знал, что ты встала.
— Только что.

Он оглянулся на бассейн, а когда бабочка опустилась на кипарис, показал рукой на кухню.

— Вот и хорошо, завтрак готов.
— Жалко, что мы не можем остаться еще на день, — вздохнула я, в последний раз взглянув на спальню.

— Мне тоже, — сказал Виктор. — Но я должен вернуться в ресторан.

— Я понимаю, — согласилась я.

Мы убрались в доме, сложили вещи в машину и поехали на станцию. В Париж мы приедем в час дня, и Виктор успеет вернуться в «Жанти» к обеденному наплыву посетителей.

В поезде Виктор дремал, а я смотрела в окно и вспоминала, как чудесно чувствовала себя в его объятьях; кажется, они были для меня даже целебными. Так почему мне показалось, что он был утром каким-то отрешенным? Или я неправильно воспринимала вещи? Потом мои веки отяжелели, я вдруг снова услышала ветер в кронах пальм и ветряные колокольчики. На этот раз я находилась в какой-то художественной студии. В углах комнаты сложены мольберты и холсты. Мои джинсы забрызганы краской всевозможных оттенков. На стене передо мной висит картина из моей парижской квартиры — дворик в Калифорнии. Жарко, я убираю влажную прядь волос со лба, беру чистый холст и ставлю его на мольберт. Берусь за кисть, покачиваясь под тихую мелодию фортепиано, которая звучит то ли рядом, то ли где-то далеко.

Мужской голос произнес мое имя.

— Каролина. Каролина.

Я открыла глаза. Виктор сидел рядом со мной и улыбался.

— Просыпайся, соня. Мы приехали.

Я потерла глаза.

— Ого, оказывается, я заснула.

— Ты проспала целый час, — сообщил Виктор.

Мы вышли в город. Виктор поцеловал меня и стал заказывать такси.

— Мне надо заглянуть к себе, положить вещи и переодеться, потом ехать в ресторан. Ты сможешь сама добраться отсюда?

Я вспомнила, что его квартира была в другой стороне города и нам будет неудобно ехать в одном такси.

— Все нормально, — заверила я его.

Колеблясь, он взглянул на часы.

— Мне надо было бы сначала отвезти тебя домой.

Я покачала головой.

— Не надо. Я знаю, что ты хочешь поскорее вернуться в ресторан. Я доеду сама.

— Окей, — согласился он и снова поцеловал меня.

Мимо прошла темноволосая женщина, и меня пронзило ощущение, что я знаю ее каким-то образом, но прежде чем я успела ее разглядеть, она исчезла за углом.

— Сегодня я освобожусь поздно, но позвоню тебе, когда вернусь домой, если ты еще не будешь спать, — сообщил Виктор, когда подъехало его такси.

— Хорошо, — улыбнулась я. — Было бы хорошо.

Он послал мне из окна воздушный поцелуй, и такси унесло его прочь.

— Марго? — крикнула я, зайдя в квартиру и поставив сумку, но ответа не получила.

Я разгрузила сумку, перекусила на кухне и разобралась с почтой, горкой лежавшей в гостиной. Цветы на столике у входной двери завяли, и дюжина лепестков упала на пол.

Я наклонилась, чтобы их убрать, но замерла, внезапно пораженная неожиданной красотой этого, казалось бы, мусора, который убирают с помощью веника и совка. Я схватила блокнот и карандаши и принялась рисовать сцену такой, как видела ее, — этот красивый беспорядок.

— Что ты скажешь? — спросила я в тот день Инес на занятиях в студии. Она надела свои очки в темной оправе и посмотрела на мою картину, над которой я работала в последние дни. Сегодня Инес выглядела особенно привлекательно, а ее волосы были убраны в пучок, похожий на маленький остров. Блузку она сменила на свитер, сандалии на ботинки, а джинсы, всегда деликатно-небрежные, были завернуты чуть выше щиколоток. Для меня она была воплощением женщины, полностью контролирующей свою жизнь. Как бы мне хотелось сказать это и о себе.

— По-моему, это... великолепно, — сказала она, наклонившись ближе, потом шагнула назад для более широкого обзора. — Лотос просто хорош. — Она показала на холст. — Гляди, как ты запечатлела лепестки, какая светотень. Можешь гордиться своей картиной.

Вероятно, я давно не испытывала такой радости от чьей-то похвалы.

— Спасибо.

— Ну как, ты будешь участвовать в арт-шоу? Теперь, с этим лотосом, у тебя уже есть три картины. За оставшееся время ты напишешь и новые.

— Не знаю, — ответила я, пряча глаза.

— Пожалуйста, — настаивала Инес. — Думаю, тебе это пойдет на пользу.

— Она будет гламурной? Мне придется что-то говорить?

— В Париже все гламурное, — усмехнулась она, — но говорить тебе не придется. Подыщешь себе платье, и все.

— Разве не нужно быть настоящим художником для участия в арт-шоу?

— Но ведь ты настоящая художница, — возразила Инес. — И я думаю, что с прирожденным талантом. — Она сняла очки. — Нам, женщинам, важно быть личностью и иметь свою историю.

— Для меня это легче сказать, чем сделать, — вздохнула я.

— Я знаю, — продолжала она, зная о моем несчастном случае и потере памяти. — Но когда ты получаешь фрагментики и обрывки информации о себе, как вот эту картину, ты должна им радоваться.

Я долго смотрела на картину в надежде, что холст даст мне подсказку о моей жизни, какое-то воспоминание из прошлого, хотя бы его осколок, застрявший в лобной части коры моего головного мозга, и я тогда внезапно вспомню все и скажу: «Ага, вот кто я такая!» Я щурила глаза, искала что-то в моей картине. И все же я видела только... лотос.

— Но я не понимаю, чему тут радоваться, — растерянно возразила я.

— Вот чему, — ответила Инес, показывая на холст. — Осознанно или нет, но это прекрасное растение создала ты. Его придумал твой мозг. Подумай, может, в твоем прошлом тебя поразила красота лотоса, когда ты была на Бали или в каком-то другом экзотическом месте. Или, может, в твоем детстве мать выращивала их в саду, и ты смотрела, как их освещало вечернее солнце. Или, может, — она замолчала и взглянула на меня, — ты сама этот лотос.

Я покачала головой.

— Ничего не понимаю.

— Ты подумай над этим, — улыбнулась она.

— Инес, можно я скажу тебе одну вещь?

— Конечно. — Она подвинула табуретку и села рядом со мной.

— У меня бывают такие... озарения, — сказала я. — Во всяком случае, я могу их описать именно так.

Моменты, когда я словно переношусь в другие времена моей жизни. Думаю, что в мое прошлое. — Я тяжело вздохнула. — Ну, сегодня в поезде у меня оно было снова. Будто бы я находилась в художественной студии. Моей студии, насколько я могла судить.

— Я ничуть не удивлена, — с широкой улыбкой сказала Инес. — Я поняла, что ты одаренная художница, в тот момент, когда ты взяла в руку кисть.

Я с трудом сглотнула.

— Ты говорила, что когда-то пережила трагедию. Могу я спросить... какая была у тебя травма?

Инес положила руки на колени и нахмурилась.

— Я вышла замуж по любви за парня, с которым дружила еще в школе. Его звали Эван. Мы поженились сразу после колледжа и прожили два счастливых года. Потом у него нашли рак легких. Он умер через четыре месяца после диагноза. Никогда не курил в своей жизни.

Я прижала руку к сердцу.

— Ох, как жалко!

— Я думала, что никогда не приду в себя. Горе сломило меня. Но произошла любопытная вещь. То горе, то ужасное горе раскрыло меня.

— Раскрыло?..

— Да, — сказала она. — Я и не подозревала, какой была до этого закрытой, как мало ценила вещи, действительно важные в нашей жизни. Горе помогло мне измениться. Искусство помогло исцелиться. — Она улыбнулась. — Вот почему я открыла эту студию, и вот почему я уверена, что ты тоже найдешь свой путь, как нашла его я. Если бы мне сказали, что я, потеряв Эвана, буду сидеть сегодня здесь с тобой, замужняя женщина, любящая мать... — она надолго замолчала, — я бы долго не верила этому, много лет. Мы все носим в себе боль. У кого-то она еще хуже моей, у других легче. Давным-давно я поняла, что купаться в ней бессмысленно. Все раны заживают, даже самые глубокие. Вот и я решила однажды, что у меня есть выбор: либо я останусь и дальше наедине с моим горем, и это позволит раку унести две жизни вместо одной, или я пойду вперед и выберу жизнь. — Она улыбнулась. — Угадай, что я выбрала.

— Это прекрасно, — сказала я.

— Благодарю, — ответила она, отвернувшись от моей картины. — Ты права. — У нее загорелись глаза. — Эй, я забыла спросить... это тебя я видела сегодня на вокзале с очень красивым мужчиной?

— О! Да. Мне показалось, что я узнала тебя, но я была без очков.

— Он подарил тебе цветы?

Я с недоумением пожала плечами.

— Не понимаю, какие цветы?

— Твой бойфренд, — продолжала она, — которого я видела с тобой.

— Не понимаю.

— Я видела его в цветочной лавке возле «Жанти». Он покупал огромный букет. Две дюжины роз, не меньше. — Она прижала пальцы к губам. — Ой, надеюсь, я не испортила сюрприз.

Я покачала головой.

— Но... я не получила никаких цветов. — Я помолчала. — Может, они предназначались для больной тетки, или для его матери, или...

— Сомневаюсь, — перебила она меня. — Никто не дарит красные розы *матери*. — Она уверенно кивнула. — Они куплены для тебя, *mon ami*.

Я озадаченно глядела на нее.

— Мы не договаривались сегодня о встрече.

Она нервно потерла руку.

— Послушай, зря я сказала тебе об этом. Если это был сюрприз, я испортила его.

Сюрприз или... *откровение*? Мне вспомнился тот звонок в Провансе от женщины по имени Эмма.

— Все будет нормально, — сказала Инес. Зазвенели дверные колокольчики. В студию вошли двое: мужчина лет сорока и маленькая девочка с косичками.

— Мама! — воскликнула она и подбежала к Инес, а та подхватила ее на руки и закружила в маленьком торнадо нежной любви. Я вспомнила слова Инес о том, что она выбрала *жизнь*.

— Миленькая моя, — воскликнула она, показав пальцем на рот дочки. — Что это? У тебя выпал зуб!

Я глядела на драгоценное общение мамы с дочкой, и у меня заболело что-то глубоко внутри меня, словно это был приступ фантомной боли от давно ампутированной руки или ноги.

Я улыбнулась, попрощалась и пошла к двери.

На улице было холодно, и я плотнее запахнула свитер. В сумочке зазвонил телефон.

— Алло, — сказала я.

— Каролина, это доктор Леруа.

— О, здравствуйте, — сказала я.

— Вы не ответили на сообщение, которое я оставила в вашей квартире, вот я и решила позвонить на сотовый.

— Извините, я была... за городом.

— И как вы себя чувствуете?

Как я себя *чувствую*? В моем сознании перемешалась какофония слов: ошеломленно, испуганно, неуверенно, встревоженно, разочарованно, незащищенно. Я и не знала, какое выбрать.

— Как себя чувствую? — Мой голос дрогнул, а на глаза навернулись слезы. — Не знаю. Пожалуй, потерянно.

— Мне очень жаль, — вздохнула она. — В медицинском плане мы сделали для вас все, что могли, но я думаю, что вам будет полезно с кем-нибудь поговорить. Я знаю терапевта, который специализируется на потере памяти. Его зовут Луи Маршан. Его офис недалеко от вас — в нескольких кварталах от улицы Клер, если я не ошибаюсь. Я вышлю вам номер его телефона. Почему бы вам не позвонить ему?

— Не знаю, — ответила я.

— Обещаю, что он вас не укусит, — настаивала она.

Я вздохнула, вспомнив слова Инес.

— Окей, я позвоню ему.

— Вот и хорошо, — сказала она. — Ой, Каролина, я тут подумала, а вы... — Она замолчала.

— Что?

Она помолчала еще немного.

— Ой, ничего. — Она кашлянула. — Берегите себя, моя дорогая.

Я шла по улице и думала о словах Виктора. Он сказал, что надо жить не в прошлом, а здесь и сейчас. Просил доверять ему. Могла ли я доверять?

Солнце садилось, озарив город оранжевым светом. Казалось, у всех было свое место в жизни, были близкие люди. Мать с маленьким сыном торопливо шли через улицу к булочной. Собака с ее хозяином поднимались по ступенькам к их дому. Велосипедистка тренькала звонком, проезжая мимо; вероятно, ей не терпелось встретиться с бойфрендом или мужем где-нибудь в спокойном бистро.

Ну а я? Где мое место? Я свернула направо к моему дому. В моей квартире, возможно, я увижу Марго. Мы выпьем с ней по чашке чая. Но тут я услышала где-то вдалеке церковные колокола и застыла. Мне внезапно захотелось их увидеть. Я огляделась, отыскивая взглядом шпиль, колокольню, вообще что-нибудь похожее на церковь. И тут заметила в конце квартала старинное здание с колоколом наверху. На паперти стояла маленькая старушка и приветствовала заходивших в храм людей.

Я робко подошла ближе, но остановилась возле ступенек.

— Что? — сказала мне старушка через минуту. — Вы еще не приняли решение?

Я оглянулась, подумав, что она обратилась к кому-то еще, но позади меня никого не было.

— Извините, — смутилась я. — Какое решение?

— О том, пойдете вы на вечернюю службу или нет. Знаете, мы не кусаемся.

Я улыбнулась и шагнула на ступеньку, на вторую...

— Вот и молодец, — сказала она, когда я поднялась на паперть. — Садитесь в храме, где вам нравится.

Я кивнула и села на самую дальнюю скамью. Все пели гимн под номером сорок семь, и я взяла лежавшую передо мной книжицу, отыскала нужную страницу и присоединилась к хору. Потом все встали на колени, и я тоже. Когда они начали молиться, и я тоже. Я закрыла глаза и... услышала шорох пальм...

Мне восемь лет или около того, на мне нарядное голубое платьице и белые туфельки с пряжкой. У меня две косички, и я держу за руку маму. Она красавица, очень стройная, в золотистом платье, со светлыми волнистыми волосами, которые разделены на прямой пробор и обрамляют каскадом ее лицо.

— Мама, почему мы пришли сюда? — Я смотрю на огромный дом с колоколом на самом верху.

— Это церковь, доченька, — говорит она мне.

Я недоверчиво щурю глаза.

— И что там делают?

Мама садится на корточки, и ее глаза оказываются на одном уровне с моими.

— Ты узнаешь там о Боге, милая, будешь молиться и петь.

Я киваю, словно что-то поняла, хотя это не так.

— Когда я была маленькая, — продолжает она, — моя мама привела меня в церковь, вот как я тебя сейчас. И я узнала важный урок.

— Какой урок?

— Что нет никаких проблем, какие Иисус не мог бы решить.

Даже в свои восемь лет я знаю, какая «проблема» у моей мамы, и беру ее за руку.

— Мама, а Бог может вернуть папочку?

Она не отвечает на мой вопрос, вернее, не отвечает прямо. Вместо этого обнимает меня, тяжело вздохнув.

— Готова?

Я киваю, и мы вместе поднимаемся по ступенькам к входу. В храме все поют, и я не разбираю слов. Потом все наклоняют голову и молятся. Мама крепко зажмуривает глаза и складывает руки в молитве. Я тоже молюсь, чтобы мама оказалась права. Чтобы не было таких проблем, какие Бог не мог бы решить.

...Я открыла глаза и обнаружила, что церковь опустела. Я стояла на коленях, сложив в молитве руки. У алтаря подросток гасил свечи. Смутившись, я взяла сумочку и направилась к двери.

У входа меня ждала старушка.

— Я молилась за тебя сегодня, — сообщила она. — Чтобы ты нашла свою дорогу.

— *Merci*, — поблагодарила ее я со слезами на глазах. На улице я достала свой сотовый, нашла в сообщении доктора Леруа телефон терапевта и позвонила ему.

## Глава 16

### СЕЛИНА

— Встань! — рявкнул Рейнхард и дернул меня за руку, заставив встать с коленей. — Ты сказала, что сегодня приятно гулять, вот мы и прогуляемся.

— Куда вы их увезли? — закричала я, повернувшись спиной к улице, по которой грузовик увозил папу и Кози. — Что вы сделаете с ними?

Мое волнение его не тронуло.

— Не забивай свою красивую головку такими пустяками. Мы пристойно относимся к нашим узникам.

— Узникам? — с ужасом воскликнула я.

— Ну да, они наши узники.

— Но они не сделали ничего дурного. Отпустите их, я прошу вас.

— Боюсь, что ты ошибаешься, — сказал он со зловещей улыбкой. — Они неправильно *родились*. И ты тоже.

— Пожалуйста, — продолжала я. — Пощадите их. Я сделаю все что угодно.

— Все что угодно? — с насмешкой спросил он. — Придется это учесть.

Мы прошли несколько кварталов. Что подумают наши соседи? Поможет ли нам кто-нибудь? Я заметила, что кто-то смотрел на нас из окна на втором этаже. Женщина. Но как только наши глаза встретились, она задернула занавески. Как мне хотелось вернуться в комфорт нашей квартиры и оказаться там вместе с Кози и папой, как этим утром, как раньше.

— Мы почти пришли, — сказал он и еще крепче сжал мою руку.

Я дрожала, когда он вел меня назад на улицу Клер, но не в мой дом. Высокий дом напротив нашего был в Париже одним из самых шикарных. Там жили двое наших клиентов. Иногда я сама приносила им цветы, если Ник болел, и заглядывала в квартиру, когда экономка или служанка расписывались на бланке заказа.

Прежде чем зайти в вестибюль, Рейнхард жестом показал на величественное сооружение на верхнем этаже.

— Это самый шикарный пентхаус в Париже, — похвастался он. — Но я считаю, что ему нужно чуть больше... декора. Ты поможешь мне в этом. — Мои ноги двигались, когда мы вошли в здание и направились к лифту, но я не чувствовала их под собой, совсем не чувствовала. Я просто плыла.

Он нажал на кнопку и вызвал лифт.

— Готов поспорить, что ты никогда не жила в доме с такой штукой.

Я не ответила и глядела в одну точку, а он наклонился ко мне и положил свою огромную ручищу мне на талию. У него участилось дыхание, и он прижал меня к себе.

Я ничего не чувствовала. Я онемела.

Внезапно внимание Рейнхарда переключилось с меня на улицу, и его глаза наполнились яростью. Там молодая мать несла маленького ребенка, а тот капризничал и ревел. Звякнул звонок лифта, и дверь открылась.

— Держи лифт, — сказал он, вернулся к двери и заорал на женщину: — Ты знаешь, сколько времени? Заткни своего щенка, или я сделаю это за тебя!

В это мгновение я подумала о побеге. Но только куда мне бежать? Я понуро стояла возле лифта, как было велено, а Рейнхард продолжал ругать бедную женщину. Тут я увидела, как маленькая фигурка проскользнула в вестибюль в крошечном пространстве за спиной Рейнхарда. Между ударами моего тревожно бившегося сердца я увидела черные волосы и почувствовала холодную ручонку на моей ноге под юбкой. Я ахнула и мгновенно поняла, что это Кози. Каком-то чудесным образом моя дочка добралась до меня.

— Кози! — прошептала я.

— Мама, я сбежала! — тихонько сообщила она. — Дедушка открыл дверцу грузовика, я выпрыгнула и пошла за вами.

Меня захлестнула волна адреналина. Моя доченька тут, со мной, но как мне защитить ее? Рейнхард возился с ключом возле входной двери.

— Миленькая, тебе надо уйти, — торопливо сказала я.

Она помотала головой.

— Я хочу остаться с тобой.

Я не знала, что хуже: отправить ее прочь, чтобы она как-то выжила и приспособилась одна в городе, хотя на каждом углу были немцы, или найти возможность и спрятать ее в квартире.

Мне было невыносимо расстаться с ней опять, и я выбрала второе, показав на лестничный колодец в углу вестибюля.

— Беги на верхний этаж, — сказала я. — Быстрее, и жди меня наверху лестницы. Я как-нибудь отвлеку его, чтобы ты зашла в квартиру. Беги!

Она метнулась к лестнице, и в этот момент Рейнхард вошел в вестибюль.

— Ну вот, надеюсь, она запомнит этот урок, — негодующе буркнул он. — Презираю мамаш, которые не могут контролировать своих отпрысков. Пошли. — Он зашел следом за мной в лифт и впился в меня глазами, когда мы поехали наверх. Я молила небеса, чтобы Кози успела добежать до этажа. Но вдруг ее увидит Рейнхард? Сумею ли я найти место, чтобы спрятать ее? *Беги, маленькая птичка, беги.*

Когда лифт привез нас на четвертый этаж, дочка была уже там, ее личико выглянуло из двери, которая вела на лестницу. Хорошо, что Рейнхард ее не заметил. Он сосредоточился на своих ключах и на трех замках, врезанных в дверь. Его квартира была настоящей тюрьмой. Рейнхард отпер последний замок и первым вошел в квартиру; Кози подбежала ко мне и спряталась за моей спиной, когда мы заходили. Но когда Рейнхард направил взгляд на столик возле входа, она побежала по коридору.

— Ну, что скажешь? — спросил он с гордой улыбкой, словно собственными руками построил эту квартиру. — Тебе нравится?

Я лишь молча глядела перед собой.

Он нахмурился и слегка коснулся моей руки.

— Невежливо не отвечать на мой вопрос.

Я кивнула.

— А, значит, тебе нравится. — Он усмехнулся. — Я так и знал, что тебе тут понравится. Сейчас я устрою тебе экскурсию.

Но тут в одной из комнат зазвонил телефон, и он скрылся за дверью.

— Кози, — прошептала я.

Она подбежала ко мне, и я показала пальцем на одежный шкаф.

— Жди там, пока я не позову.

— Я боюсь темноты, мама! — воскликнула она, сжимая в руке месье Дюбуа.

— Ты будешь там не одна, — успокоила я и погладила медвежонка по голове.

По квартире разносился голос Рейнхарда, и у меня бежали мурашки по телу. Он говорил понемецки и злился из-за чего-то.

Я захлопнула дверцу шкафа, когда послышались его тяжелые шаги.

— К сожалению, мне надо идти. Неотложные дела. — Он подошел ко мне и провел пальцем по моим губам. — Вечером я вернусь, и тогда мы познакомимся с тобой поближе.

Я поморщилась от его прикосновения, но старалась изо всех сил не терять присутствия духа.

— Твоя спальня — третья дверь справа. Устраивайся как дома. И не вздумай сбежать. Моя экономка, мадам Гюэ, находится здесь круглые сутки. Сейчас она спит, но она и спит с открытыми глазами — понятно? — Он усмехнулся. — Она знает о твоем появлении и будет следить за тобой. Из квартиры есть только два выхода. Эта дверь, которую я запираю снаружи на три замка, как ты уже видела, и... — Он молча показал на широкий балкон за гостиной. Почему-то это здание было гораздо выше нашего. Мы стояли на четвертом этаже, а мне казалось, будто мы парим под облаками. — Ты ведь не захочешь сделать это с собой, не так ли?

Он захлопнул за собой дверь, тщательно запер наружные замки, каждый из которых зловеще скрежетал. Когда его шаги затихли, я бросилась к шкафу и схватила дочку за руку.

— Выходи, — прошептала я. — Пойдем в мою спальню. Быстрее. В этой квартире живет еще экономка. Нельзя, чтобы она тебя увидела.

Мы побежали по коридору. Квартира была гораздо больше нашей. Я растерянно глядела на множество дверей. Что он сказал? Вторая дверь справа или третья? Или, может, слева? Вспомнить я никак не могла, но решила открыть третью дверь. Да, третью.

Старые петли заскрипели; это походило на пронзительный крик. Комната оказалась маленькая и скромная — двуспальная кровать, шкаф, маленький стол, а у окна кресло, обитое потертым твидом. Я потянула за шнур и раздвинула шторы. В комнату хлынул свет. Стены, казалось, ужасно давно не видели солнца и изголодались по нему.

— Мы будем тут жить? — тихо спросила Кози, потрогав ладошкой голубые обои, отслоившиеся по краю.

— Думаю, что тут, — ответила я, встала на колени, лицом к лицу с моей дочкой. — Но пока мы не придумаем, как выбраться отсюда, тебе надо прятаться. Никто не должен знать, что ты здесь. Понятно?

— Да, мама, — ответила она своим милым голосочком.

Я открыла шкаф и покачала головой. Прятаться в нем удобно, но небезопасно. Что, если сюда зайдет экономка и обнаружит ее? Нет. Я показала на кровать и велела Кози залезть под нее, пока я не найду другое место.

— Не беспокойся, мамочка, — прошептала она из-под кровати. — Я хорошо умею прятаться.

— Я знаю, моя хорошая, — ответила я дрогнувшим голосом и легла на кровать. Я устала, но должна быть сильной ради нее. И я буду сильной. Мы выберемся из этой переделки. Вместе.

Вскоре я услышала шаги в коридоре.

— Тсс, — шепнула я Кози, вскочив на ноги. — Кажется, кто-то идет.

Через мгновение дверь открыла строгая женщина, высокая, на десяток сантиметров выше моих метра шестидесяти. Лет шестидесяти, может, старше, в накрахмаленном синем платье и белом фартуке. Волосы убраны в строгий пучок под белым чепцом. На лице женщины появились хмурые морщины, а рот ощерился, когда ее глаза встретились с моими. Это была экономка, про которую сказал мне Рейнхард.

— Я мадам Гюэ, — сообщила она, оглядев меня с ног до головы; так смотрят на кусок свинины для жаркого в мясной лавке, когда забракуют его, найдя кусок получше. — Ты не такая, как та, что была до тебя. Она не выдерживала моего взгляда. — Экономка снова направила на меня долгий взгляд, потом резко повернулась. — Обед в пять. Не опаздывай.

Дверь закрылась, а шаги удалились.

— Можешь вылезать, доченька, — прошептала я. Кози осторожно выглянула из-под кровати.

— Я не могу решить, мама, — сказала она, очевидно размышляя над чем-то.

— Что решить?

— Вот эта тетя... Я не поняла, то ли она плохая, то ли просто... грустная.

Я любила в моей малышке ее прирожденную склонность искать хорошее в людях, даже в этой суровой экономке с ее каменным сердцем.

Дочка посадила на колени месье Дюбуа.

— Дедушка говорит, что некоторые люди кажутся плохими, но на самом деле они просто грустные.

Слезы жгли мне глаза, но я моргнула и прогнала их. Я думала о моем бедном отце, сидевшем, сгорбившись, в кузове немецкого грузовика. Мне было невыносимо больно за него...

— Да, — подтвердила я, взяв себя в руки. — Наш дорогой дедушка прав. Но насчет этой мадам Гюэ я ничего не могу сказать. Может, она грустная, а может, просто... плохая, очень плохая. Все равно нам надо быть осторожными. — Кози кивнула.

— Тот *плохой дядька* вернется?
— Да, и, возможно, скоро.

Дочка покачал головой.

— Вот в нем совсем нет добра. Ни капельки.
— Боюсь, ты права, доченька. Поэтому никак нельзя, чтобы он нашел тебя.
— Мама, — прошептала она. — Мне надо в туалет.

Меня захлестнула паника. *Как нам быть с этим? Удастся ли мне прятать дочку в этой крошечной комнате.*

Я медленно открыла дверь, чтобы петли скрипели как можно тише, вышла на цыпочках в коридор и с облегчением обнаружила, что ванная комната была напротив нашей. Кози нырнула в нее, и я заперла за нами дверь.

— Быстрее, — велела я.

Она кивнула, изо всех сил стараясь быстро сделать свои дела, и дернула за цепочку слива. Возле раковины я заметила керамический кувшин, налила в него воды, и мы тихонько вернулись в спальню. Я поставила кувшин на пол между кроватью и окном.

— Мы будем держать тут воду на случай, если я уйду из комнаты на... некоторое время.

Кози кивнула.

— А когда ты выпьешь воду, в кувшин можно...

Она хихикнула.

— Мама! Так неприлично!

— Ну, в чрезвычайной ситуации дозволено все, — улыбнулась я.

Она подбежала к окну.

— Мама, гляди! Отсюда видно все! И рынок, и мою школу тоже! Интересно, какой там сейчас урок, арифметика или музыка? Я кажусь себе птицей, мама! — Она в шутку замахала руками. — Я могу... улететь отсюда.

Я не сразу сообразила, что Кози могут заметить с улицы.

— Ой, доченька! Отойди от окна. Вдруг тебя кто-нибудь увидит?

Она отскочила от окна и мрачно кивнула.

— Да, тогда они скажут про меня *плохому дядьке*.

— Да, — подтвердила я. — Нам нельзя рисковать.

Дочка села на кровать рядом со мной и положила голову мне на грудь.

— Я так беспокоюсь за дедушку.

— Знаю. — Я вздохнула. — Я тоже беспокоюсь. Но знаешь что?

— Что?

— Он едва ли хочет, чтобы мы беспокоились за него. Он наверняка хочет, чтобы мы перехитрили немцев и придумали, как выбраться отсюда.

Она кивнула.

— Как секретные агенты?

— Да, как секретные агенты. Ему наверняка хочется, чтобы мы направили все наши силы на это.

Она снова кивнула.

— Знаешь, что делала бы моя мама, твоя бабушка, если бы оказалась тут?

— Что? — Кози посмотрела на меня своими большими, зелеными, любопытными глазами.

— Она всегда умела находить хорошее даже в плохих ситуациях. Знаешь что? Ты очень похожа на нее.

— Правда?

— Да, очень. Жалко, что ты не знала ее. Она была... как солнышко, даже в самый дождливый день. Вокруг нее все делалось чудесным.

— Совсем как ты, — сказала Кози, сжав мою руку. Я улыбнулась.

— Мама умела находить удовольствие даже в самых скучных делах — стирке, мытье посуды. Она превращала все в игру, даже когда чистила картошку. Это было настоящее волшебство. — Как приятно было вспомнить прошлое, возвращаться в те времена, когда жизнь не была пронизана страхом, вспомнить, как озарялось радостью мамино лицо, когда я вбегала в комнату. — Знаешь, что мы сделаем? Мы превратим все это в приключение. Знаешь как?

— Как?

— Мы будем фантазировать.

Кози радостно улыбнулась.

— Я буду принцесса, а это мой замок. А ты королева.

— Точно, — подтвердила я.

— Наши рыцари воюют с варварами, но мы в безопасности в нашем замке, — прошептала она. — Скоро вернется король, мой отец и твой муж, и привезет мне сто новых платьев и... щенка!

— А мы будем терпеливо ждать его, заплетать косы и есть пирожные. — Я протянула ей воображаемое блюдо, и она протянула руку и взяла лакомство.

— Как вкусно!

Я знала, что она голодная. Я тоже. Но у нас был наш воображаемый маленький мир с пирожными, и это было лучшее, чего я могла желать.

Весь день я ждала, что в любой момент вернется Рейнхард. Полная недобрых предчувствий, я ходила взад-вперед по маленькой комнатке и готовилась к худшему. Он откроет входную дверь и позовет меня. Я не могу допустить, чтобы он пришел в эту комнату. Он может увидеть Кози, или, хуже того, дочке придется слушать, что он будет делать со мной. Это станет для нее страшной травмой. Нет, этого нельзя допустить. Я скажу Кози, чтобы она сидела под кроватью, спущу до пола покрывало, а сама выйду из комнаты и встречусь с ним где-нибудь еще.

Но он не возвращался, и, когда стрелки на маленьком будильнике, стоявшем на столе, сообщили мне, что уже пять часов, я вспомнила строгое предупреждение мадам Гюэ, чтобы я не опаздывала к обеду.

— Я уйду ненадолго, — прошептала я дочке, когда она залезла под кровать.

— Хорошо, мама. — Она до этого нашла в ящике стола авторучку и обрадовалась так, будто это был драгоценный камень. Она любила свой маленький дневник, и я с восторгом смотрела, как на его страницах появлялись новые прелестные рисунки и истории. Особенно пригодился он теперь, когда не осталось ничего, кроме ее воображения.

Я приподняла край покрывала и заглянула к ней.

— Ты не успеешь и соскучиться, как я вернусь.

— Да, мамочка, — ответила она. — Ты идешь на очень важный бал. Там будут танцы, музыка и вкусные угощения. Все ждут тебя и встретят поклонами и реверансами, когда ты будешь спускаться по роскошной лестнице. Иди скорее — не заставляй их ждать.

Мои глаза наполнились слезами. Да. Вот так мы с Кози выживем. Вот так.

— Хорошо, моя милая принцесса.

Я вышла из комнаты и обнаружила, что мадам Гюэ стояла в коридоре так близко, что она словно материализовалась там.

— Ты опоздала, — заявила она, уперев руки в бока.

— Я, я... простите, — испуганно залепетала я. *Сколько времени она так стояла? Неужели она слышала, как мы разговаривали с Кози?*

— Больше чтобы этого не было, — заявила она и пошла впереди. Я прошла за ней на другую половину квартиры. Столовая была отделана панелями из красного дерева, и в ней стоял большой стол с дюжиной стульев. По-видимому, тут обедали немецкие офицеры высокого ранга.

— Садись, — сказала экономка и показала на стул в конце стола.

Я села, а она исчезла за дверью, потом вернулась с подносом и поставила его передо мной. Я ничего не ела целый день и сейчас могла съесть что угодно, но такой роскоши я даже не ожидала. Мое обоняние дразнили соблазнительные ароматы: жареная картошка, морковка, стейк в какой-то необыкновенной панировке, какую я никогда не видела. Выглядело все божественно.

— Спасибо, — поблагодарила я, взяла вилку и съела кусочек.

Она смотрела на меня из дверей кухни.

— Все... очень вкусно, — сказала я.

Экономка нахмурилась.

— Лестью ты меня не купишь.

Мне надо было придумать, как принести еду для Кози. Завернуть стейк в салфетку? Слишком испачкаюсь. Я посмотрела на корзинку с булочками, а когда мадам Гюэ отлучилась на кухню, сунула две штуки за лиф моего платья. Последний кусок стейка я сунула в рот и встала, чтобы поскорее вернуться в спальню.

— Вижу, ты закончила? — спросила экономка. Я не поняла, довольна она или раздражена видом моей пустой тарелки.

Я кивнула, вернулась в свою комнату и закрыла дверь. Вытащила изо рта кусок мяса и вздохнула.

— Кози, — прошептала я.

Из-под кровати показалась ее милая головка.

— Гляди, что я принесла тебе с бала. — Я протянула ей кусок мяса и булочки. — Жалко, что так мало. Дело в том, что у... графа Люксембургского огромный аппетит.

Она улыбнулась и с жадностью, без жалоб съела мое скудное угощение, потом попила немного воды из кувшина. Я пожалела, что больше ничего не могла ей дать. Завтра я попробую что-нибудь придумать, может, зайду на кухню, пока спит мадам Гюэ.

Шел час за часом, Кози задремала на кровати рядом со мной. Я позволила ей так поспать как можно дольше, прислушиваясь ко всем звукам за дверью, потом велела ей лезть под кровать. Мне тяжело было думать, что она проведет ночь на холодном, твердом полу, но другого выхода не было. В любую минуту мог вернуться Рейнхард.

Как только маленькая стрелка будильника подошла к цифре одиннадцать, я услышала, как стукнула входная дверь и в коридоре затопали тяжелые шаги.

## *Глава 17*

## КАРОЛИНА

— Доброе утро! — поздоровалась со мной Марго на следующее утро. В переноске-кенгуру сидел двухлетний малыш с милыми, пухлыми щечками и каштановыми волосами.

Я улыбнулась. Они спали, когда я вернулась домой прошлым вечером.

— Я так рада, что вы здесь. Ты нашла все, что нужно?

Она кивнула.

— Какая потрясающая квартира.

— Да, в самом деле, — согласилась я. — Хотя смешно жить мне тут одной. Поэтому я рада поделиться с вами.

Из кухни доносились восхитительные запахи.

— Я готовлю завтрак, — сказала Марго. — Не такой шикарный, как в «Жанти», уверяю тебя, но... если ты голодная...

— Чудесное предложение, спасибо. — Я улыбнулась.

Мы позавтракали на балконе вкуснейшим хэшем из яиц с овощами, потом перешли в гостиную и пили кофе, пока Элиан играл с пластиковыми мерными стаканчиками, которые я принесла из кухни. Он смеялся, хлопал в ладоши, стучал стаканчиками друг о друга, бросал их.

— Элиан. Какое хорошее имя. Раньше я не слышала его. Почему ты назвала его так? — спросила я, попивая кофе.

— Девочкой я увидела его на монументе в память о Второй мировой войне, — объяснила Марго. — На нем были имена парижан, пострадавших от нацистов в годы оккупации. Почему-то мне запомнилось именно это имя. Оно поразило меня.

— Это судьба, — согласилась я.

— Вот я и решила, что если у меня когда-нибудь родится сын, то я дам ему это имя. — Она опустила глаза на свою кружку. — Но Жаку оно никогда не нравилось. Он говорит, что оно... — Она немного помолчала, и на ее лице неожиданно появилась тревога. — Нет, не важно.

Я дотронулась до ее руки.

— Ты сейчас здесь. В безопасности.

Она кивнула.

— Вообще-то, мне хотелось отдать дань уважения прошлому, а еще оживить это имя, придать ему новый смысл. — Она посмотрела на довольного карапуза, игравшего на полу. — Только я не уверена, что поступила правильно. — Синяк под ее левым глазом был все еще заметен.

— Почему ты так говоришь? Ты все сделала правильно, не сомневайся!

Ее глаза наполнились слезами.

— Мне так хотелось дать моему сыну все. — Она горестно вздохнула. — Но вместо этого что у него сейчас есть? Отец-алкоголик и сломленная мать.

— Ты вовсе не сломленная, — заявила я. — Ты чудесная мать и очень сильная, хотя, возможно, сама не сознаешь это. Когда-нибудь Элиан поймет, что ты боролась за него. Теперь все будет хорошо.

— Ты так думаешь?

— Я знаю.

Она улыбнулась.

— Мне ужасно неловко в этом признаться, но долгое время ты мне не очень нравилась.

— Это нормально, — сказала я.

— Я помню, как ты года три назад стала приходить в ресторан. Ты казалась... такой грустной. Несколько раз я пыталась поговорить с тобой, развеселить. Но ты была... не знаю... до тебя было просто невозможно достучаться. Вот как бродячая кошка, которая нуждается в лечении, но царапает любого, кто к ней подойдет. А потом Вик купил «Жанти». Он влюбился в тебя, а ты едва его замечала.

Я вздохнула.

— Ох, я даже не знаю, почему я была такой. Мое прошлое остается для меня черной дырой.

— Потом, после того несчастного случая, ты снова пришла к нам, и я с удивлением увидела, что ты... ну, ты изменилась. Я поняла это не сразу. Я и не предполагала, что ты можешь быть...

— Нормальной? — подсказала я.

— Нет, я имею в виду другое. Я не предполагала, что в тебе столько тепла и доброты под теми защитными оболочками.

Я присела на корточки возле Элиана и постучала стаканчиком о стаканчик. Малыш радостно замахал ручонками.

— Вероятно, иногда должно произойти что-то плохое, чтобы высветить в нас хорошее.

— Знаешь, ты хорошо влияешь на Виктора, — добавила Марго.

— Ты так считаешь? — Тут мне вспомнился Прованс, странные телефонные звонки. Эмма. Букет роз, купленный не для меня. После нашего возвращения от него не было никаких вестей, даже ни одной эсэмэски.

— Да, — ответила она. — Но я... — Она помолчала и заговорила снова. — Просто я думаю, не... — Ее голос оборвался.

— Что-что?

Элиан побежал к балкону, и Марго вскочила и бросилась за ним.

— Тебе пора спать, дружочек, — сказала она, чмокнув его в щечку. — Пожалуй, я посплю вместе с ним. Этой ночью я почти не спала и устала.

— Конечно, после всего, что ты пережила, тебе необходим отдых.

Она пошла по коридору к дальней спальне, а я вспомнила про ящичек с письмами, который нашла в этой квартире. Раздался звонок в дверь. С трепещущим сердцем я побежала открывать, надеясь, что это Виктор. Однако, открыв дверь, я увидела Эстель.

— Здравствуйте, — сказала она. — Я не помешала?

— Нет-нет, все в порядке. — Я совершенно забыла, что разрешила ей снова побывать у меня. — Пожалуйста, заходи.

Она села на софу и выложила на кофейный столик письма Селины.

— Эти письма оказались невероятно ценными, — сообщила она, удивленно качая головой.

— Я рада это слышать.

— Из осторожности Селина не сообщала в письмах много подробностей, но письма, по-моему, связывают ее с этой квартирой. Еще они говорят об ее отчаянии. Она попала в беду, это очевидно. Весь вопрос в том, пришел ли к ней на помощь Люк, ее возлюбленный.

Я вздохнула.

— Что еще ты узнала?

— Мне повезло, и я прочитала в ультрафиолетовом свете страницы из мемуаров Эстер, я говорила вам о них. Хотя некоторые места пострадали слишком сильно, но общая картина все же прояснилась. Селина — вдова с маленькой дочкой — и ее отец владели цветочной лавкой прямо тут, на улице Клер. Когда ее отца избил немецкий офицер, они обратились к Эстер за медицинской помощью. Остальное пока в тумане, но, судя по тому, что я смогла прочесть, эта семья внезапно исчезла. По словам Эстер, она надеялась, что они убежали, но, судя по тому, что я смогла понять, этого не случилось.

Я с тревогой посмотрела на нее.

— Тогда что же с ними стало?

— Я полагаю, — ответила Эстель, — что Селину держал у себя немецкий офицер, и возможно, вместе с ее маленькой дочкой.

Я с ужасом прижала пальцы к губам.

— Я все еще просматриваю базы данных и пытаюсь отыскать ее отца в каком-нибудь из трудовых лагерей, но пока безрезультатно. Как бы историки ни старались выявить всех жертв холокоста, по их оценкам, тысячи людей остались безымянными, а их истории безвестными.

— Понятно, что прошло много лет, — сказала я, потирая лоб. — Но все же тут по соседству еще могут жить люди, которые были в те годы молодыми и могли что-то запомнить.

— Если вы знаете кого-то, мне хотелось бы с ними поговорить.

— Постой-ка, — сказала я, вспомнив про месье Баллара. — Приходи завтра в бистро «Жанти» на ланч. В это время туда приходит посетитель, который может тебе чем-то помочь. Он просто кладезь информации. Возможно, он кажется полезным для твоего проекта.

Эстель радостно улыбнулась.

— Хорошо бы! — Она посмотрела в ту сторону, где находились спальни. — Вы не возражаете, если я еще раз посмотрю вашу квартиру?

— Конечно, нет, — ответила я. — Но сейчас у меня гости, и я боюсь, что они сейчас спят.

— Ничего, — сказала она. — Тогда я посмотрю в другой раз.

— Конечно, — подтвердила я и встала. — Извини, мне скоро надо уйти, но мы увидимся завтра в «Жанти».

— Да, — ответила Эстель, убирая в рюкзачок письма. — Спасибо, Каролина. Вы мне очень помогли.

Собираясь на улицу, я думала о том, что Селину, возможно, держал заложницей в этой самой квартире нацистский монстр, возможно даже, с ее маленькой дочкой. Неудивительно, что господин де Гофф ненавидит эти стены. Никакая краска не в состоянии скрыть темное пятно зла. Но тут проглянуло сквозь тучи солнце, на полу протянулись игривые тени, и я вспомнила про силу света. Как мне хотелось, чтобы Селина тоже нашла ее.

Я поднялась на лифте на третий этаж в приемную доктора Луи Маршана. Секретарша предложила мне чашку чая и сообщила, что терапевт скоро меня примет. Хотя доктор Леруа рекомендовала его, я была настроена скептически. Как мог незнакомый человек, пусть даже обладающий научной степенью, добраться до сокровенных дорожек в моем мозгу?

— В Париже он лучше всех, — обещала доктор Леруа. — Так что вам стоит хотя бы попытаться.

Вот я и сделала попытку.

Меня проводили в кабинет в конце коридора, и я села на бархатную софу вишневого цвета. Рядом со мной на столике стояла коробка «Клинекса» и книга о Тоскане. Кипарисы на ее обложке напоминали мне о чем-то, но, конечно, я не могла понять, о чем.

— Здравствуйте, — поздоровался мужчина, входя в комнату. — Вы, конечно, Каролина.

— Да, — подтвердила я, немного нервничая.

— Я доктор Маршан, но, пожалуйста, называйте меня Луи.

— Луи. — Я послушно кивнула. Ему было под шестьдесят, а то и больше. Добрые глаза и приятная улыбка. Я представила себе, сколько тысяч человек проливали слезы на этой софе.

— Расскажите мне о себе, — предложил он, протягивая руку за блокнотом и ручкой, которые лежали на столике рядом с ним.

— Это непросто для меня, — ответила я.

— Ах да, — спохватился он. — Доктор Леруа прислала вашу историю болезни.

— Ну, я даже не знаю, с чего и начать. — Я пожала плечами.

— Начните с того, что знаете.

— Окей, — нерешительно согласилась я, окинула взглядом кабинет, пожала плечами и вздохнула. — Меня зовут Каролина, я живу на улице Клер в доме восемнадцать. Больше я ничего не знаю.

— А-а. — Он улыбнулся мне, словно я ужасно позабавила его. — Каролина, я терпеть не могу умничать, но вы знаете.

— Правда? — Я покачала головой. — Что я знаю?

— Знаете все остальное... про себя.

Я выпрямила спину и сжала лежавшую рядом со мной подушку.

— Месье, то есть доктор Маршан, то есть Луи, вероятно, вы не поняли. Я угодила в аварию. Я потеряла память.

— Да, я знаю. И вам очень повезло.

— Вы называете везением потерю памяти? — Я стала рассказывать ему о моем нынешнем состоянии, Викторе, квартире, Марго, о лоскутках и фрагментах жизни, которые я сшивала воедино, словно квадратики лоскутного одеяла.

— Я понимаю, что вы разочарованы, — продолжал он. — Но если вы сделаете выводы из нашей беседы, я хочу, чтобы они звучали так: возможно, вы потеряли память, но не себя, не свою личность.

Я заморгала, обдумывая его слова.

— Вы — это вы, по-прежнему, — сказал он. — Даже без энциклопедии из вашего прошлого. Вы по-прежнему аутентичны себе. — Он наклонился ближе ко мне. — И, честно говоря, знать себя такой, как вы сейчас, без лишней шелухи и без багажа из прошлого — это само по себе настоящий подарок. Странный, необычный, но хороший.

Мы проговорили еще полчаса, и он дал мне несколько дыхательных и когнитивных упражнений, которые должны были помочь мне разблокировать мой мозг.

— Запомните, — сказал он на прощание, — возможно, вам кажется, будто вы потеряли все, но это не так. — Он показал на свою голову. — Все по-прежнему там.

На кухне Марго поинтересовалась, как прошел мой день, и дала Элиану в руки чашку-непроливайку, а он протянул ее своему плюшевому кролику.

— Хорошо, — ответила я. — Разговор с терапевтом получился... интересным.

— А ты ощущаешь какой-нибудь прогресс?

Я пожала плечами.

— Не очень, но у меня, кажется, было несколько вспышек воспоминаний.

— Значит, дело движется, — сказала она, потом неожиданно улыбнулась. — Виктор звонил несколько раз.

— О! — Я широко раскрыла глаза.

— Он спрашивал, придешь ли ты сегодня вечером в ресторан. — Ее глаза сверкнули. — Он очень хочет тебя видеть.

— Не знаю, — ответила я. — Может, мне лучше... остаться дома.

Марго тряхнула головой.

— Каролина, я понимаю, как приятно сидеть дома. Вообще-то, до рождения Элиана, когда я жила одна, я ничего так не любила, как спокойные вечера в домашней обстановке. Мне не надо было ничего готовить. Мне хватало яблока и сигареты, и это было божественно.

— Сигарета и яблоко? Мне нравится такое меню. — Я помолчала, обдумывая, что же нравится мне. — А я бы предпочла бокал красного вина и мятный шоколад.

Она весело засмеялась.

— Я совершенно тебя понимаю. Но сегодня, — она покачала головой, — сегодня... важный момент. И он может быть решающим в истории ваших отношений. — Она сжала мою руку. — Поверь мне. Тебе надо пойти.

— Ты правда так считаешь? — уныло спросила я.

— Да, правда.

Марго убедила меня надеть свитер и юбку. Я так ушла в свои раздумья, что не обращала внимания на ветер и на то, что он делал с моими волосами, не замечала, что мои каблуки не раз застревали в щели между булыжниками. И когда вдали показался ресторан, у меня учащенно забилось сердце. Я позавидовала Марго, ее самообладанию. После возвращения из Прованса я вообще чувствовала себя неуверенно. *Вдруг я ошибалась, доверяя Виктору? Вдруг его интерес ко мне был чисто... плотским?* Сейчас мне меньше всего хотелось оказаться с разбитым сердцем.

— Привет, — сказал он, увидев меня.

Он помог мне снять пальто и отвел в дальний угол ресторана, отделенный от зала бархатным занавесом изумрудного цвета и обычно служивший местом для приватных вечеринок. Мы сели за столик, освещенный канделябром со свечами.

— Мне хотелось устроить сегодня для тебя что-нибудь... особенное, — сказал он.

— Все очень красиво, — отозвалась я и покрутила золотое кольцо на правой руке. Я нашла его в ящичке в ванной сегодня утром.

Виктор откупорил итальянское вино и налил нам.

— За новые воспоминания, — сказал он и чокнулся со мной.

— И старые, — добавила я, прежде чем сделать глоток.

Нам приносили блюда — одно лучше другого, — а мы непринужденно болтали, но я не делилась своими опасениями, не смела признаться ему в своих сомнениях, не просила поддержки, в которой так отчаянно нуждалась. Вместо этого я пила вино, ела и пыталась наслаждаться вечером. Возможно, я была слишком осторожной. В конце концов, Виктор был просто очень мил со мной, а меня до смешного задел звонок той женщины, когда мы были на юге, и те глупости, которые Инес сказала про цветы.

Когда Виктор открыл вторую бутылку вина, я решила больше не думать об этом.

— Я принесу чистые бокалы, — сказал он, вставая. — Я отлучусь на минутку. — И он скрылся за шторой.

Я допила вино в моем бокале. Прекрасное, легкое неббиоло с терпким вишневым послевкусием. Я размышляла, нравится ли мне неббиоло или, по крайней мере, нравилось ли раньше. Или я забыла все мои вкусы и предпочтения? Я глядела на пирог с грибами и сыром грюйер и гадала, любила ли я прежняя грибы так, как люблю их сейчас, или это свойство исчезнет, когда ко мне вернется память.

Виктор оставил свой телефон на столике, и он неожиданно зажужжал и замигал. Я невольно увидела на экране имя: Эмма. У меня запылали щеки.

Он вскоре вернулся с двумя чистыми бокалами в руке и налил нам вина из новой бутылки. Когда он заговорил о чем-то, я нахмурилась.

— Что случилось? — спросил он, заметив у меня перемену настроения.

— Ничего, — ответила я, не глядя на него.

— Каролина, пожалуйста, что тебя беспокоит?

Я вздохнула, желая предотвратить то, чего опасалась — взрыва вулканической силы.

— Кто такая... Эмма? Она звонила в Прованс и... — я показала на телефон, — позвонила только что.

Он заморгал. Я поняла, что ему не хотелось говорить об этом, кто бы она ни была.

— Она твоя бывшая? Та, кого ты когда-то любил? Ты о ней рассказывал мне? И ты ей купил вчера цветы?

Виктор покачал головой. Его спокойствие и терпение исчезли, теперь он волновался и даже был слегка раздосадован.

— Я пригласил тебя сюда, потому что хотел устроить для нас особенный вечер. Почему ты думаешь, что у меня могут быть какие-то другие намерения?

— Тогда кто та женщина и почему она все время тебе звонит? — Мне не понравился мой голос. Неуверенный. Как у испуганной школьницы. Но я не могла скрыть свое огорчение.

Он кашлянул.

— Она... никто... Постой, почему ты так?.. Послушай, Каролина... — Он положил на стол салфетку и заглянул мне в глаза. — Я не знаю, что мне сказать, чтобы ты мне доверяла.

Я обвела глазами полутемное пространство и не увидела никаких цветов. Возможно, он уже подарил их Эмме или какой-нибудь другой красивой женщине, с которой провел эту ночь. Я вздохнула и встала.

— Я никогда не обижу тебя, — сказал Виктор, погладив меня по щеке.

— Возможно, это так, — ответила я, вытирая слезинку. — Но сейчас я слишком хрупкая и ранимая, чтобы понять, могу я тебе верить или нет... Извини, но я пойду.

— Пожалуйста, — сказал Виктор. — Каролина, не уходи.

Он хотел взять меня за руку, но я не позволила ему. Вышла в зал, прошла, лавируя, между столиками, нашла свое пальто и выскочила на улицу в расстроенных чувствах и смятении. Но больше всего я была растеряна, ужасно растеряна.

Когда я проснулась на следующее утро, Марго с Элианом уже ушли. Подробности вчерашнего вечера крутились у меня в голове, причиняя мучительную боль, когда я готовила себе кофе. С каждым глотком я вспоминала, что сказала Виктору и как с тяжелым сердцем ушла из ресторана. Я вздыхала, ругала себя; мне уже хотелось, чтобы вечер закончился по-другому. Вот только зачем? Чтобы оказаться обманутой? Чтобы меня заставили поверить, что мужчина, с которым у меня близкие отношения, действительно любит меня, а не просто испытывает сострадание.

Я приняла душ, открыла блокнот для зарисовок и стала придирчиво разглядывать набросок пальмы, сделанный накануне. Зазвонил телефон.

— Как? Встреча в час дня по-прежнему в силе? — Это была Эстель, а я совершенно забыла, что обещала встретиться с ней возле «Жанти».

— Дело в том, что... — начала я.

— Извините, — сказала она. — Я еду в поезде, все страшно грохочет, и я вас почти не слышу. Я просто хотела предупредить, что опоздаю на пять минут, окей?

— Окей, — согласилась я со вздохом.

Эстель ждала меня возле «Жанти». Она шикарно выглядела в темных джинсах «скинни» и бежевом свитерочке. Увидев меня, она улыбнулась и поцеловала в обе щеки.

— Я тысячу раз проходила мимо этого бистро и никогда не заходила в него.

Теплый воздух ударил мне в лицо. Эстель вошла следом за мной.

— Тебе тут понравится, — заверила я, с опаской оглядываясь по сторонам. — *Bonjour*, — сказала я Лоррен, официантке, помогавшей за столиком администратора, пока не вернется Марго. Я робко оглянулась на дверь кухни. — Виктор там?

— Ой, он только что вышел, — ответила она. — Но он скоро вернется. У нас кончилась картошка, и он отправился на рынок.

— Картошка? — переспросила я и помахала рукой господину Баллару, потом дала знак Эстель, чтобы она шла со мной к его столику. — Вот тот человек, с которым я хотела тебя познакомить.

— *Bonjour*, господин Баллар, — сказала я с улыбкой. — Я хочу познакомить вас с моей подругой. Это Эстель Оливье. — Я объяснила старику, в чем заключался ее проект, и он с интересом меня выслушал.

— Пожалуйста, присаживайтесь, вы обе, — пригласил он, отложив в сторону газету. Позвал официантку и попросил принести еще два эспрессо. — Как вы себя чувствуете? — спросил он у меня.

— Нормально, — ответила я.

Он пристально посмотрел на меня.

— Что-то вы не очень продвинулись.

Я вздохнула, покосилась на Эстель и снова посмотрела на Баллара.

— Откуда вы знаете?

— В свое время я научился читать по лицам, и ваше лицо говорит мне, что у вас... душевный конфликт.

— Ну, допустим, что вы правы.

— Знаете, — продолжал он, — если бы я был вправе давать вам советы, я бы сказал вам, что я жалею, что мне никто не дал один полезный совет, когда я был в вашем возрасте.

— Что за полезный совет?

— Перестать беспрестанно тревожиться.

— Вам легко говорить. Но как это сделать?

Он вздохнул и развел руками.

— Дорогая моя, я не могу советовать вам, что надо делать, но могу сказать, что сделал бы я сам на вашем месте.

— Мы слушаем, — отозвалась я, переглянувшись с Эстель, которая удивилась и заинтересовалась.

— Я бы бросил нудную работу и уехал в Италию, в Портофино, как давно мечтал. Я бы целовался с хорошей девушкой, когда у меня появлялась такая возможность. — Он замолчал и отвел глаза. — Я бы проводил больше времени с моими детьми, когда они были маленькими. Я бы плюнул в лицо немецкому офицеру, когда он оскорбил мою мать на улице, даже если бы он разбил мне за это нос. И я бы... — Его голос оборвался, глаза устремились куда-то на маленький шкафчик на дальней стене и, возможно, в давнишние воспоминания.

— Что? — спросила я. — Что вы хотели сказать?

Он кашлянул.

— Теперь это уже неважно. Главное — надо ловить момент. *Ваш* момент.

— Ах, если бы все было так просто, — вздохнула я.

— Милая моя, — ответил он, — все просто, уверяю вас. Просто. Жизнь — это то, что вы делаете. Вы ведь знаете, чего хотите. — Он повернулся к двери, когда в ресторан вошел Виктор. — Тогда идите и берите.

Виктор принес полную корзину картошки и брюссельскую капусту. Увидев меня, он поставил корзину на пол, подошел ко мне и как ни в чем не бывало поцеловал в щеку.

— Вот ты где, — сказал он.

— Извини, — пробормотала я, — за вчерашнее. Мне не нужно было проявлять столько эмоций.

— Ты тоже меня извини, — ответил он. — Глупо все вышло.

Я кивнула и заглянула ему в глаза.

— Знаешь, — продолжал он, — тебе не нужно меня бояться.

— Я понимаю, — улыбнулась я. — Кажется, понимаю.

Он взял мои руки в свои.

— Я не обижу тебя. Обещаю, — сказал он и, помолчав, спросил: — Как твоя память сегодня?

— Все то же самое.

Он вздохнул и сжал мне руку.

— Я скучал.

— Я тоже скучала, — ответила я и подумала, не слишком ли я осторожничаю.

Он наклонился ближе.

— Когда я могу тебя увидеть?

Мне снова вспомнились цветы и мои смутные сомнения, и я решила, что я все-таки слишком осторожная.

— Может, прямо сейчас? — предложила я.

Он усмехнулся.

— Ладно. Прямо сейчас.

— Чем ты хочешь заняться?

— Первым делом хочу тебя поцеловать, — сказал он.

Мои губы сами собой растянулись в улыбке.

— А потом я хочу пойти с тобой в новый ресторан, который открылся в моем округе.

— Окей, — радостно ответила я.

— Я только скажу сотрудникам, что отлучусь на пару часов.

Я попрощалась с господином Балларом и Эстель, у которых завязалась оживленная беседа.

— Я позвоню вам через несколько дней, — сказала Эстель.

— Пожалуйста, звоните в любое время, — великодушно разрешила я, потому что Виктор держал меня за руку, и мне было хорошо.

— До того ресторана не очень близко, — сказал Виктор, глядя на карту в своем смартфоне. — Может, возьмем такси?

— Вообще-то, я люблю ходить, — возразила я. — Сегодня такой приятный день. Но если у тебя мало времени...

— Нет, давай прогуляемся, — решил он, взял меня за руку и через мгновение посмотрел на меня. — Что у тебя на уме?

— Почему ты спрашиваешь?

— Ты над чем-то размышляешь, — ответил он. — Я это вижу.

— Ой, ничего особенного, — ответила я. — В эту пятницу состоится арт-шоу, где я тоже участвую. Иногда я вспоминаю об этом.

— Я с удовольствием приду, — сказал он и помахал рукой какому-то мужчине на другой стороне улицы, но не остановился.

— Тебе всегда трудно бросать ресторан. Так что не приходи, не надо.

— Нет, я приду, — твердо заявил он. — Обещаю.

— Ну, смотри сам. Я не настаиваю.

— Слушай, — сказал он, останавливаясь. — Неужели ты думаешь, что я пропущу бенефис моей подружки?

Я обрадовалась, мне понравилось, что он назвал меня своей подружкой.

Через двадцать минут мы подошли к ресторану «У солнца». Я заглянула в окно: красочный декор, многолюдно, посетители едят поздний ланч, пьют коктейли.

— Там полно посетителей; как ты думаешь, мы найдем столик?

Виктор подмигнул мне.

— Я пущу в ход свои связи.

В ресторане ровесник Виктора приветствовал его дружеским объятьем. У входа стояла очередь из посетителей, но он отвел нас к столику возле окна.

— Я вижу, что владельцы ресторана твои друзья?

Он кивнул.

— У них ресторан в Мехико, там мы и познакомились. Здесь я помог им найти подходящее помещение и наладить все необходимое.

Я изучала меню.

— Все замечательно.

— Подожди, сейчас ты попробуешь рыбные такос под ананасным соусом.

Подошел официант. Виктор поболтал и с ним и заказал для нас несколько разных такос и два коктейля «Маргарита» с мескалем.

— С мескалем?

Виктор тут же пояснил.

— Это дымная текила. Поверь мне, тебе понравится коктейль.

Действительно понравился. Но еще больше мне нравилось, что я была с Виктором. Я радовалась, что не оттолкнула его. Да, у меня шевелились некоторые сомнения, но я их просто задвинула подальше. Господин Баллар прав. Мне пора наполнить мою жизнь планами на будущее, а не страхом. Я заказала вторую «Маргариту».

— Знаешь, я действительно люблю живопись, — сказала я Виктору. — Я уже подумываю о том, чтобы превратить одну из гостевых спален в свою мастерскую.

Он одобрительно кивнул.

— Не знаю, добьюсь ли я когда-нибудь успеха, но, может, когда-нибудь продам несколько картин.

— По-моему, это блестящая идея. — Он поднял бокал. — Выпьем за это.

— Спасибо за сегодняшний день, — сказала я перед рестораном.

Он поцеловал меня в лоб.

— Когда мы снова увидимся?

— Я не знаю, — сказала я, глядя на улицу.

— Постой. Если я еще не надоел тебе, — сказал он с лукавой усмешкой, — почему бы тебе не прийти сегодня вечером в ресторан? Где-то в районе восьми. Тогда Жюльен возьмет на себя вечерний сервис, а я повешу свой фартук на крючок, и мы с тобой поужинаем. Ты и я. Я скажу Лоррен, чтобы она оставила для нас столик в глубине зала.

— Ладно, — согласилась я.

— Я все сделаю классно. — Он подмигнул. — Вот увидишь.

Я радостно улыбалась и глядела ему вслед, когда он шел на кухню и скрылся за двойными дверями.

Я решила совершить для ясности головы длинную прогулку в шикарный универмаг «Галери Лафайет» и поискать платье для арт-шоу. По словам Инес, шоу будет гламурным, а в моем гардеробе не было ничего, что даже отдаленно тянуло бы на гламур. Во время прогулки мне позвонила Эстель.

— Вы были правы, — сообщила она. — Господин Баллар настоящая кладезь информации. Он абсолютно потрясающий.

— Замечательно, я так и думала, что он тебе понравится, — ответила я. — И он сказал тебе что-нибудь полезное для вашего проекта?

— Да, — ответила она. — Оказывается, Селина собиралась выйти замуж за человека, который работал на Сопротивление.

— Правда?

— Его имя было Люк Жанти.

Я вытаращила глаза от удивления.

— Жанти? Он имел какое-то отношение к «Бистро Жанти»?

— Да, — подтвердила она. В трубке послышался шум. — Мне так много надо вам рассказать, но я только что вошла в аудиторию.

— Не проблема, — сказала я. — Позвони мне в другой раз.

— Окей, позвоню. О, Каролина, ваш бойфренд, шеф ресторана, действительно классный.

У меня запылали щеки, и я улыбнулась сама себе.

— Да, правда?

«Галерея Лафайет» поистине впечатляла. Многочисленные ярусы выходили в открытое пространство в центре, которое увенчивал огромный стеклянный купол. Я нигде не видела ничего подобного.

Я думала о женихе Селины и его участии в Сопротивлении, когда бродила на первом этаже по лабиринту столов с косметикой и парфюмерией. Люк Жанти. Интересно, мог ли он представить себе, что Париж, за который он сражался, станет таким великолепным, как сейчас? Наверно, он был бы рад. Но больше всего меня заботило, встретился ли он с теми, кого любил? С Селиной и ее дочкой.

Рядом со мной шикарная женщина в меховом жилете взяла коричневатый флакончик, отделанный горным хрусталем, и брызнула духами на свое левое запястье. Я последовала ее примеру и охнула, когда от интенсивного запаха у меня защипало в носу. Нет, такие пронзительные, мускусные духи не для меня.

Я вернулась к эскалаторам, поднялась на следующий этаж и увидела там на манекене черное платье. Короткое и облегающее фигуру, с кружевной отделкой по лифу и маленькими оборками внизу. Простое, но элегантное.

— Я могу примерить это платье? — спросила я у проходившей мимо продавщицы, показав на манекен.

— Какой у вас размер?

Я посмотрела на себя, потом на нее.

— Вообще-то, я не знаю.

Она улыбнулась.

— Я принесу вам несколько платьев на выбор.

В примерочной кабинке я надела через голову первое платье, натянула его на бедра и разгладила ткань. Платье обтягивало меня, но не чрезмерно. Я улыбнулась моему отражению. Из всех тел, в которых я могла оказаться, очнувшись от комы, мое было неплохое. Я надену на арт-шоу это платье, уберу волосы в высокий пучок и слегка подкрашу щеки румянами. Красная помада, без вопросов. В этом платье я буду выглядеть круто. Интересно, оценит ли это Виктор?

— Я беру это платье, — сообщила я продавщице.

Я пошла за ней к прилавку. За спиной девушки были два манекена в мехах и кожаных штанах с заклепками — не мой стиль — и ТВ-экран с каким-то черно-белым американским фильмом из шестидесятых или, может, начала семидесятых. Я застыла, не в силах оторвать глаза от экрана. Я... знала этот фильм. Но это воспоминание не было пассивным, если пользоваться терминами доктора Леруа; оно было глубоко личным. Я не могла это объяснить, но оно было частью моей личности.

Продавщица шевелила губами, но я не слышала ее голоса. Я вообще ничего не слышала. Меня слишком заворожил экран. Внезапно мир вокруг меня заскрежетал тормозами и остановился, когда лоскутки моей жизни начали складываться воедино. Я чувствовала, как они двигались у меня в мозгу, словно фрагменты затейливого пазла, и создавали ясную картину. Со слезами на глазах я смотрела на экран и тут снова услышала голос продавщицы.

— Мадемуазель? — сказала она. — Вашу карточку, пожалуйста.

— Я... э-э... простите, — пробормотала я, роясь в сумочке. Я протянула ей кредитную карточку и снова взглянула на экран, где гламурная блондинка обнимала красавца-актера на софе эпохи шестидесятых. Они пили мартини. Я знала, что будет потом. Он поставит пластинку. Друзья придут на обед. Она догадается, что у него роман с ее подругой, и разобьет на кухне блюдо с суфле. Я знаю это! Знаю каждую деталь! Но в отличие от различных знаний в моем мозгу — песен, случайных фактов, умения перечислить американские штаты в алфавитном порядке, — это нечто другое. Я знала без тени сомнений, что это воспоминание глубоко и неразрывно связано со мной.

— Мадемуазель? — раздался снова голос продавщицы, выдернув меня из глубин моей памяти, которая казалась мне сейчас запертым склепом, ключ от которого мне дали только сейчас.

— Ваш чек. — Она опять вернулась в торговый зал, где женщина и ее дочка-подросток пытались привлечь ее внимание.

— Подождите, мадам, — сказала я.

Она повернулась ко мне, и я показала на телеэкран.

— Этот фильм и этот актер. Вы, случайно, не знаете, кто он? Я пытаюсь его вспомнить, но... — Я покачала головой. — Не могу.

Она повернулась к экрану и наморщила лоб.

— По-моему, это американский актер... Уэс Уильямс. — Она еще пару мгновений смотрела на экран. — Да, точно он.

Я смотрела на экран, на обаятельную улыбку актера, смотрела, как он закуривал сигарету.

Продавщица смерила меня удивленным взглядом, словно я прилетела с Марса.

— Я думала, что все американцы знают Уэса Уильямса.

Она ушла к другим клиентам, а я все смотрела на экран. Дело в том, что я знала этого актера. Знала всеми клеточками моего тела. Уэс Уильямс — мой... отец.

Я закрыла глаза и снова услышала шорох ветра в кронах пальм и тихий звон ветряных колокольчиков... На этот раз я маленькая, лет семи, не больше.

Я бегу вокруг лужайки возле дома в Калифорнии, в Сан-Диего. Это тот же самый дом, как в моих предыдущих видениях, только на несколько лет раньше.

Возле бассейна лежит в шезлонге красивая женщина и читает журнал. Я подбегаю к ней и устраиваюсь у нее под боком.

— Мамочка, — говорю я, играя золотым браслетом на ее запястье. — Когда папочка приедет домой?

Она снимает большие темные очки, и я вижу, что она недавно плакала.

— Я не знаю, доченька, — отвечает она. — Надеюсь, что скоро.

Скачок во времени. Мне уже десять лет, может, одиннадцать. На мне вельветовые брючки и водолазка. Я стою на лужайке возле дома и лижу попсикл. Из кухни доносятся крики. Мужской голос. Женский плач. Звон разбитой посуды.

— Уэс, остановись! Пожалуйста, остановись!

Я вбегаю в дом и вижу, что мама стоит на коленях и умоляет отца не уходить.

— Я больна, — говорит она. — Ты не должен меня бросать. Я... не знаю, что мне делать. Подумай о Каролине. Уэс, пожалей нас, не уходи!

Внезапно они замечают меня.

— Доченька, — говорит мама, вставая и сдерживая изо всех сил слезы. — Мы с папой просто... немного поспорили.

— Все в порядке, котенок, — говорит папа, подходя ко мне. Он старше мамы лет на пятнадцать. Он хлопает меня по плечу и закуривает сигарету. — Беги на улицу и поиграй.

Я бросаюсь к маме.

— Мама! Ты правда... больная?

— О, у меня все в порядке, доченька, — отвечает она. — Доктор даст мне лекарство, и я поправлюсь.

Я гляжу на отца, потом на мать и понимаю, что моя жизнь уже никогда не будет такой, как была, хотя ее тоже нельзя было назвать нормальной. Меня сотрясают рыдания.

Развод родителей покачнул мой мир, а потом и онкология у мамы. Перед моим мысленным взором проходит печальное слайд-шоу — капельницы, бесконечные пузырьки с таблетками, больничные палаты. И вот я, уже подросток, стою рядом с отцом на маминых похоронах. Справа от нас большая гора земли; два парня опускают гроб в могилу. Я держу красную розу и бросаю ее на гроб.

Мы с отцом долго стоим у свежей могилы.

— Папа, как ты думаешь, мама найдет счастье на небесах?

— Конечно, детка, — отвечает он, закуривая сигарету. — Знаешь, я хотел сообщить тебе, что уеду на несколько недель. У нас съемки в Юте. За тобой присмотрит моя знакомая. Ее зовут Джулия.

*Джулия.* Это имя царапает мой слух.

— Джулия классная, — говорит он, и я вижу искорку в его глазах. — Тебе будет с ней весело. И кто знает, может, она навсегда останется с нами.

Могилу мамы еще не засыпали землей, а отец уже заговорил о другой женщине. Я гляжу в окно его «Порше 1977» и плачу всю дорогу до дома...

— Извините, — пробормотала женщина, нечаянно задев меня, и вернула меня в нынешний день. Я стояла в «Галерее Лафайет» между стойками с женскими платьями, и мне было плохо.

Туман наконец рассеялся, и моя жизнь вернулась в фокус.

Я знала, кто я такая.

Мой мозг обрабатывал так много информации, что я даже не заметила, как вернулась на улицу Клер, вошла в лифт и материализовалась, словно призрак, в моей квартире. У меня болели все кости, веки налились свинцовой тяжестью. Я уронила голову на подушку. Казалось, мое сознание больше не могло справиться с грузом воспоминаний, загруженных с такой скоростью. Я закрыла глаза. Сон стал моим единственным спасением.

Когда я открыла глаза, возможно, прошли часы или только минуты, но из сна меня выдернул зазвонивший на кухне телефон. Еще не придя в себя, я спрыгнула с кровати и побежала по коридору.

— Миссис Уильямс? — Голос был мужской, незнакомый, с американским акцентом.

— Да, — растерянно отозвалась я.

— Пожалуйста, выслушайте меня. Мне нужно поговорить с вами. На крайне важную тему.

— Окей, — опасливо согласилась я.

— Я Эдвард Стерн, — продолжал он. — Я из Лос-Анджелеса, из фирмы, которая ведет финансовые дела вашего покойного отца Уэса Уильямса. Как я понял, вас удалили от него, когда вы были подростком, вот почему вы, вероятно, не в курсе нынешнего положения дел.

— А что там? — спросила я.

— Я перейду к этому, — сказал он. — Итак, когда ваши родители расстались, он передал дом в Сан-Диего вашей матери, а она, умирая, оставила его вам.

— Я ничего не понимаю.

— Потерпите немного. Я перехожу к сути. Когда умер ваш отец, восемь лет назад, в завещании, которое у нас было, ничего не говорилось о том, что у него есть дочь.

— Пожалуй, в этом нет ничего удивительного, — фыркнула я. Мой мозг был полон оживших воспоминаний о моем детстве, в основном грустных. — Отцовская забота не числилась в списке его приоритетов. В отличие от интереса к женщинам.

— Вот именно, — согласился он. — Ввиду отсутствия ближайших наследников большая часть его наследства, после положенных выплат, перешла в доверительное управление, где и остается ныне. Деньги находятся там, и никто не претендует на них. — Он кашлянул. — Ведь вы знали о смерти вашего отца, верно?

— Да, — ответила я, и новые осколки оживших воспоминаний ударили в меня шрапнелью. —

Я увидела сообщение об этом на обложке журнала «Пипл».

— Думаю, вам известно, что ваш отец находился в последние годы жизни в суровой деменции.

У меня встал комок в горле, и я с трудом сглотнула. Так вот, вероятно, почему он никогда не искал меня.

— Вообще-то... я не знала этого.

— Между прочим, надо заметить, что после его смерти множество женщин обращались к нам, утверждая, что им полагается доля от наследства Уильямса. Это был абсолютный цирк. Но одна женщина, Джулия Бенсон, была особенно настойчивой.

*Джулия.*

— О да, я помню ее, — сказала я. — Она появилась в доме после смерти моей матери, чтобы «заботиться обо мне», а в результате выбросила все мамины вещи и убедила отца отправить меня в школу-интернат.

— Так вот, — продолжал он, — миссис Бенсон явилась к нам с копией, казалось бы, законного завещания. Под ним стояла подпись мистера Уильямса, и по нему все наследство отходило к ней.

— Я никогда не ждала ничего от моего отца и не стану, но эта женщина... — Я рассердилась, вспомнив, как она высмеяла одно из маминых платьев, когда освобождала ее гардероб. — Ей нельзя давать ни пенни.

— Вот именно, — согласился он. — Вот она и не получит ничего. То завещание признано недействительным, поскольку не заверено у нотариуса и там нет подписи свидетелей, но оно привело нас к вам.

— Каким образом?

— В фальшивом завещании содержится целый параграф о вас, в частности, там утверждается, что ваш отец хотел исключить вас из числа потенциальных наследников. Но теперь не имеет значения, что именно она сообщала о намерениях вашего отца. Главное, что в ее подделанном документе она открыла нам имя настоящего наследника Уэса Уильямса, и этой персоной являетесь вы.

— Я?

— Знаете, вас было ужасно трудно найти. Вас нет в «Фейсбуке», о вас не написано ничего существенного в интернете. Когда мы в конце концов поняли, что вы в Париже, я нанял частного детектива, чтобы он вас разыскал.

— Теперь мне многое стало понятно, — сказала я. — Знаете, я чувствовала, что за мной кто-то следил.

— Мы не хотели вас пугать, — сказал он. — Мы лишь хотели вас найти. Между прочим, я на этой неделе отправил вам курьерской почтой все бумаги. Надо, чтобы вы их подписали, а когда моя группа в Нью-Йорке сделает окончательную авторизацию, я отдам вам чек. Это займет неделю или, может, немного больше. — Он помолчал. — Ваш отец был очень успешным актером. Он снялся в сорока фильмах, правильно?

— Вы знаете об этом больше, чем я.

— Вы получите в наследство немалую сумму. Не мое дело, но на вашем месте я бы нашел финансового консультанта, которому вы доверяете, и разумно вложил бы куда-нибудь эти деньги. Еще я бы осторожно рассказывал об этом своим знакомым. Есть такой тип мужчин, которые охотятся на богатых женщин.

Я кивнула, почувствовав, как по моей спине пробежал холодок.

— Что ж, — сказал он, — я рад, что нам наконец удалось поговорить. И я определенно не хочу вас расстраивать, но тот частный детектив, которого мы наняли, ну, он... — голос оборвался. — Я знаю, что у вас был несчастный случай, и не знаю, как бы вам это сказать.

— Что?

— Ну, тот мужчина, Виктор, с которым вы встречаетесь...

Я вытаращила глаза.

— Виктор? Что с Виктором?

— Просто вам следует знать, что...

— О чем знать?

— Слушайте, я только хочу сказать, что... Я не думаю, что он именно тот, за кого вы его принимаете.

Я покачала головой.

— Вы хотите сказать, что я не должна ему доверять?

— Я вышел за рамки своей компетенции, — резко заявил он. — Простите. Это ваша жизнь, вы и разбирайтесь в ней. Желаю удачи, миссис Уильямс. С моим почтением.

Я уставилась в кухонное окно. У меня учащенно билось сердце, а в голове крутились всякие мысли. Ничто не казалось мне реальным и все же было им.

— Ты ужасно бледная, — сказала Марго, глядя на мое лицо, когда чуть позже вернулась в квартиру. — Ты не заболела? Я слышала, что вокруг полно больных гриппом.

Я пожала плечами.

— Просто у меня много проблем.

— Пожалуйста, — сказала она, взяв тарелку. — Позволь мне что-нибудь приготовить для тебя. Тебе надо поесть.

— Спасибо, я не голодна, — ответила я.

— Нет, тебе надо поесть, иначе ты...

— Ты можешь оказать мне одну услугу? — спросила я, перебив ее.

— Конечно, что угодно.

— Ты можешь позвонить в ресторан Виктору и сказать, что я сегодня не приду? Он ждет меня на ужин в восемь, а я... Я просто не могу.

— Может, через несколько часов тебе станет лучше? Если ты немного полежишь и отдохнешь? Виктор будет...

— Пожалуйста, позвони ему от моего имени, — сказала я с усталым вздохом. — Я просто не могу. Не могу.

— Окей, — тихо сказала она. — Я позвоню.

Я ушла к себе, закрыла дверь и рухнула на кровать, даже не потрудившись раздеться и почистить зубы. На столике звенел мой телефон, но я не отвечала и не смотрела текст сообщений. Я знала, что это Виктор, но пока не хотела встречаться с ним. В эти минуты я вообще не хотела никого видеть.

# Глава 18

## СЕЛИНА

Он вернулся. Я вскочила на ноги и, взявшись за дверную ручку, медленно, чтобы не разбудить Кози, открыла ее и выскользнула в темный коридор. Немец снимал шинель. Он был не только высоким, но и широкоплечим и мускулистым. А в темноте, при свете луны, светившей в окно, он показался мне еще огромнее и страшнее прежнего.

Я не хотела подходить к нему. Мне не хотелось даже думать, что он сделает со мной. Но я абсолютно не хотела, чтобы это произошло в присутствии дочки. Поэтому я была вынуждена сама шагнуть в волчье логово.

— Привет, — залепетала я. Мои руки дрожали так сильно, что мне пришлось сцепить пальцы.

Казалось, он не слышал меня, и я повторила еще раз, чуть громче.

— Привет.

На этот раз он повернулся. Увидел меня. Я стояла в центре волчьего логова, и он, хищник, направился ко мне, его жертве.

— Ты здесь, тебе так не терпится увидеть меня, — сказал он, проведя тяжелой ручищей по моей щеке, по шее и левой груди, потом схватил меня за талию и прижал к себе. От него воняло сигаретами и алкоголем. — А я собирался разбудить тебя, спящую. Это было бы забавно. Представляю твое удивление, когда я навалился бы на тебя и схватил за...

Я охнула от ужаса, когда он, словно пиявка, впился губами в мою щеку и сунул руку мне между ног.

— Тебе нравится, да? — удивился он, расстегивая пуговицы на моем платье. Но его терпения надолго не хватило, и через несколько секунд он разорвал верх моего платья. Пуговицы разлетелись во все стороны и покатились по деревянному полу. Он разорвал на мне и лифчик, обнажив мои груди, а потом остановился.

— Нет, — сказал он. — Не здесь. Для первого раза мы пойдем ко мне в спальню.

Он подхватил меня на руки, словно зверька, подстреленного на охоте, и потащил к первой двери справа. Там бросил меня на кровать. Я сдержала слезы, закрыла глаза и... перенеслась мыслями далеко отсюда.

Я была уже не в волчьем логове, а пила чай в загородном доме. Кози рвала полевые цветы, а я читала письмо от моего короля. Люк должен был вот-вот вернуться домой. «Передай привет нашей принцессе, — писал он. — Я ужасно скучаю по вам обеим».

Я почти не замечала то, что он делал с моим телом, потому что я вылетела из него и была где-то еще, в безопасном месте, где он не мог меня найти. Когда он кончил, я лежала, застывшая. Он скатился с меня и захрапел, сначала немножко, а потом так громко, что чуть ли не дрожали оконные стекла.

Я потихоньку выбралась из его кровати и, стараясь не шуметь, собрала свою разбросанную одежду. Шагнула к двери, и половица под моей ногой грозно скрипнула. Я это учла и сделала следующий шаг в ритме храпа, заглушавшего скрип. Три шага. Еще два. Но тут он перестал храпеть и прерывисто глотнул воздух. Я стояла голая в темноте, пока он не повернулся на бок и не захрапел снова.

Я сумела открыть и закрыть дверь, не разбудив его, и зашла в ванную. Я с трудом могла смотреть на мое отражение в зеркале. Мое тело болело, на животе и бедрах появились вспухшие рубцы, которые завтра наверняка превратятся в синяки. Я вытерла кровь между ног и влезла в платье. Оно было сильно порвано, придется его чинить, потому что мне больше нечего надеть. Может, у мадам Гюэ найдется нитка с иголкой?

Мне хотелось помыться, смыть с моего тела грязь Рейнхарда, но шум воды мог разбудить мадам Гюэ или, хуже того, проклятого немца, и я на цыпочках вернулась в свою спальню, к Кози. Я отчаянно надеялась, что она не слышала мои крики, что она спала, когда я терпела насилие.

Превозмогая боль, я встала на колени возле кровати и приподняла покрывало, чтобы посмотреть на нее, но, к моему ужасу, она... исчезла.

— Кози? — в ужасе прошептала я, вглядываясь в темноту. Я потрогала постель, огляделась по сторонам. — Кози! — прошептала я снова. Потом села на кровать и уронила голову на руки.

Зачем только я привела ее сюда? Это была моя ошибка, моя самонадеянность. Мне так отчаянно хотелось, чтобы она была рядом, чтобы я могла ее защитить. Но получилось все не так. Я привела ее в волчье логово. Зачем я сделала такую глупость? Может, в городе ей бы повезло. Может, ее взяли бы в хорошую семью, и она была бы в безопасности, а не сидела бы в этой тюрьме.

*Куда она могла уйти?* Я велела ей лежать под кроватью. Она всегда меня слушалась. Потом я предположила, что она не выдержала голода и, возможно, прошмыгнула на кухню за какой-нибудь едой. Надо поискать ее там.

Я встала и пошла к двери, но внезапно остановилась, услышав странный звук — как будто какой-то зверек скребся внутри стены. Наверно, это всего лишь крыса, решила я и взялась за дверную ручку, но тут услышала новый звук, немного другой — тихий стук. Один, потом еще и еще. Я прислушалась и попыталась определить, откуда доносились эти звуки. Оказалось, что... из-под кровати.

— Кози? — прошептала я и снова опустилась на колени. Но ее не было под кроватью. Однако стук продолжался. Я нагнулась и похлопала рукой по доскам. Одна слегка шаталась, и я сунула пальцы в щель, приподняла край и вынула из пола большую квадратную секцию. Потайной люк. Я ахнула, увидев под полом маленькую комнатку. К моей радости, там сидела Кози.

— Доченька! — воскликнула я. — У тебя все в порядке, милая? — Она всю жизнь боялась темноты, но если ей сейчас было страшно, она этого не показывала.

— Да, — прошептала она. — Мама, посмотри, что я нашла! Укрытие!

Я не знала, что нам делать с темным тайником под кроватью. Я слишком устала, чтобы думать об этом. Но я была счастлива, что Кози не попала в беду.

— Это будет моя комнатка, — весело сообщила она. — Я буду в ней жить, пока не закончится война и не вернутся Люк и дедушка.

Я решила, что это неплохая идея. Ведь я не могла все время прятать ее под кроватью. А там ее никто не найдет. Впрочем, может Рейнхард и мадам Гюэ знают об этом тайнике, но это маловероятно.

— Ладно, — сказала я. — А там холодно?

— Чуточку, — ответила Кози, — но это ничего.

— Вот, возьми это одеяло, — сказала я и сунула одеяло в темное пространство под полом. Кози завернула в него свое маленькое тельце. — Если тебе что-нибудь понадобится, постучи, и я помогу тебе открыть люк.

— Хорошо, — сказала она. — Спокойной ночи, мама.

— Спокойной ночи, доченька. *Ne pas s'envoler, mon petit oiseau.*

Не улетай, моя маленькая птичка. Я положила люк на место и легла в постель. Мы пережили первый день в нашем замке на улице Клер.

На следующее утро в окно светило солнце. Я приоткрыла глаза и снова их закрыла. На счастливый миг, в странном месте между сном и пробуждением, я не знала, где я нахожусь. Но потом реальность вползла в меня подобно раку, и я вспомнила все, каждую жуткую подробность. Я села в постели. У меня все болело, особенно ноги.

— Кози, — прошептала я. *Как она там? Все ли у нее в порядке?*

Я встала на колени и открыла люк; из него на меня смотрела моя малышка. Утренний свет проник к ней, и она щурилась, пока ее глаза не привыкли к нему.

— Ты давно не спишь? — спросила я. — Ты стучала?

Она покачала головой.

— Я не знаю, давно или нет. Я не хотела тебя будить.

Я подала ей руку и помогла выбраться.

— Как получилось, что моя дочка — настоящий ангел, посланный мне с небес? — улыбнулась я.

Но Кози не ответила на мою улыбку. Она смотрела на меня с ужасом.

— Мама, что... с тобой случилось? — Она подбежала ко мне и показала на мое лицо. — У тебя кровь на щеке.

Я посмотрела на свое платье и увидела разорванный лиф, про который я совсем забыла.

— Ничего, пустяки, доченька, — сказала я, прижав руку к груди. — Не беспокойся, все в порядке.

— Это сделал плохой дядька? — спросила она, слегка коснувшись моей руки.

— Не беспокойся, милая, — поспешно ответила я. — Теперь мне надо найти что-нибудь из одежды и придумать, чем тебя покормить.

— Принцессы проголодались. — Она улыбнулась.

— Да, проголодались.

Спрятав Кози в ее маленькой комнатке под полом, я решилась выглянуть в коридор. Дверь в спальню немца была открыта, и я с облегчением увидела, что его там не было. Мадам Гюэ уже застелила постель. Подушки были взбиты, покрывало туго натянуто. Видела ли она мою кровь на простынях?

Я осторожно пошла по коридору и с облегчением увидела, что у двери не было мужской обуви. Тогда же я заметила то, чего не видела раньше: внутренний замок на двери. Он почему-то не был заперт, и я подергала на всякий случай дверную ручку —

вдруг дверь откроется. Не открылась. Я вздохнула. Очевидно, дверь была заперта снаружи.

— Не трудись, — сказала за моей спиной мадам Гюэ.

Вздрогнув, я повернулась и обнаружила ее в двух шагах от меня.

— Я... я только... — залепетала я, пытаясь ей что-то объяснить.

— Только попыталась бежать? — Старуха направила на меня свой тяжелый взгляд. — Бесполезно. Уходя, он запирает дверь снаружи. Когда он дома, он запирается изнутри. И ключи есть только у нас с ним. — Я всматривалась в ее лицо, отыскивая в нем хоть крупицу доброты, но так и не нашла.

— Ну что, — продолжал она, повернувшись к кухне. — Думаю, что ты голодная.

Я кивнула.

Она заметила мое разорванное платье и нахмурилась.

— Во второй спальне в шкафу ты найдешь смену одежды, а в комоде нижнее белье. Они принадлежали другим. Что-нибудь из этого тебе подойдет. Рейнхард любит, чтобы его женщины выглядели аккуратно.

Я было направилась туда, но экономка остановила меня.

— Ради бога, прими сначала ванну. Полотенца в шкафчике под раковиной. Не канительтся. Завтрак будет готов через полчаса.

Я зашла в ту комнату и открыла шкаф. На меня пахнуло тошнотворной смесью из разной парфюмерии. Я провела рукой по множеству платьев, шарфов и ночных рубашек. *Чьи они? Что имела в виду мадам Гюэ под словом «другие»? Где они сейчас?* Я взяла в руки вешалку с ярко-красным платьем и приложила к себе. Оно было примерно моего размера и очень шикарное. Что-то в этом роде я надевала на свидание с Люком. Мне казалось, что прошло уже лет десять после той ночи, когда мы были вместе, или даже целое столетие, и все же, когда я думала об этом, мое сердце наполнялось счастьем.

Я внимательнее рассмотрела красное платье, увидела слишком низкий вырез на груди и снова убрала его в шкаф. Пересмотрела остальные платья, наконец остановилась на простом синем платье с пояском.

В ящиках комода я нашла аккуратно сложенные бюстгальтеры любого размера и огромный выбор трусов, даже шелковых, какие я никогда не могла себе позволить. Я старалась не думать о тех женщинах, которые когда-то носили эти вещи. Я торопливо выбрала себе несколько вещей и содрогнулась, задвинув ящик с его зловещими тайнами.

Я набрала воды в ванну по инструкции мадам Гюэ и залезла в воду. Никакое мыло не могло смыть ужас прошлой ночи, но все-таки мне было приятно снова стать чистой. Я вытерлась полотенцем, надела новое платье и пошла в столовую, где меня ждала экономка.

— Вот так-то гораздо лучше, — одобрила она и указала мне на стул, но я не стала садиться.

— Простите, мадам Гюэ, — сказала я как можно вежливее. — Просто дело в том... Сегодня я чувствую себя неважно. Я уверена, что вы меня понимаете. Сегодня утром я бы хотела позавтракать у себя в комнате.

Она явно была фанатичной сторонницей порядка, и моя просьба ей не понравилась.

— Видите ли, — сказала я, — у меня... чувствительный желудок, и я ужасно боюсь испачкать этот красивый ковер.

— Я поняла, — тут же ответила она. — Сейчас я принесу поднос.

Через пять минут я вернулась к Кози, и она впервые за это время с удовольствием покушала нормальную еду.

Рейнхард не появлялся ни в этот день, ни на следующий. Мадам Гюэ сообщила, что его по срочным делам направили на юг. Я надеялась, что он вообще не вернется, но он вернулся, и меня ждали новые ужасные ночи. Иногда он был грубым и брутальным, иногда эмоциональным и просил меня обнять его, как мать обнимает маленького сына. Я делала все, как он велел, и всегда мысленно переносилась куда-то в другое место. Когда мое тело находилось рядом с Рейнхардом, меня там не было. Иногда я даже так реально ощущала, что мой дух отделялся от тела, что в некоторые моменты я словно летала над кроватью и смотрела сверху, как он насиловал меня.

Я ненавидела все это каждой косточкой, всеми клетками тела. Но проходили месяцы, я научилась угадывать его привычки и делать то, что нужно, чтобы ему угодить. Только так мы могли выжить, я и моя дочка.

У нас с Кози выработался определенный ритм. Мне почти всегда удавалось принести ей что-нибудь на завтрак и отвести ее в ванную. С ланчем все было сложнее, но зато мадам Гюэ всегда спала после обеда, и я тайком что-то брала из кладовой. В маленькой комнатке дочки было полно овсяных хлопьев и орехов. Особенно она обрадовалась мешочку изюма, который я нашла в углу кладовки. Еще я осторожно принесла ей из других комнат разные нужные вещи. Из пустующей спальни я стащила подушку и второе одеяло, которых никто и никогда не хватится. Для темных ночей фонарик из письменного стола Рейнхарда, а еще пачку книг и журналов. Когда я нашла клубок шерстяных ниток и взяла на кухне вместо вязальных спиц пару вертелов, Кози немедленно стала вязать шарф для месье Дюбуа.

Решили мы и более щекотливые проблемы. Я взяла на балконе ненужное ведро, чтобы хранить в нем запас воды — на всякий случай. А еще — хотя она пока так этим и не пользовалась — миску для туалета и немного бумаги, если ей понадобится сходить по-большому ночью или когда меня нет в комнате.

Да, мы как-то ухитрялись жить в нашей тюрьме. Кози занималась тем, что рисовала, писала свой дневник, жила в воображаемом мире, но я видела, что она все больше уставала от такой жизни. Я тоже.

Изолированная от мира, начинавшегося за нашими окнами, я не знала, что творилось во Франции и в мире. Насколько я знала, Гитлер собирался устроить в Версале свою резиденцию, но сомневалась, что это случилось. Телефон звонил в любое время суток. Рейнхард казался встревоженным больше прежнего. Он все реже обращал на меня внимание — к моему огромному облегчению и одновременно к моей величайшей тревоге.

Я думала о моих предшественницах, на которых не раз намекала мадам Гюэ. *Что с ними стало, когда он потерял к ним интерес?*

Я старалась поддерживать его интерес и продержаться подольше, пока не кончится война. Франция будет освобождена, и мы с Кози тоже. Если солдаты сражались на фронте, я могла сражаться здесь.

Ночью, лежа без сна, я обдумывала планы бегства, но убежать из тюрьмы Рейнхарда было невозможно, разве что лишить себя жизни. После его издевательств я плелась в свою комнату, открывала окно и с тоской глядела на булыжную мостовую. Я могла просто... прыгнуть и покончить с этими мучениями навсегда. Но тут же я всегда думала о моей милой дочке, которая спала, обняв мсье Дюбуа, в своей маленькой комнатке под полом, и понимала, что должна держаться.

Некоторые дни были тяжелее других. Например, мадам Гюэ однажды нашла на полу моей спальни изюмину.

— Что это такое? — спросила она и, наклонившись, подняла ее с пола и рассмотрела. — Это... изюм?

— Я не знаю.

— Да, изюм. Как он попал сюда?

— Представления не имею.

— Я использую изюм, только когда добавляю его в мюсли господина Курта, но он не просил у меня мюсли уже несколько месяцев. — Она подозрительно прищурилась, глядя на меня. — Ты *украла* его из моей кухни?

— Нет, — ответила я. — Конечно, нет.

Но все равно она сообщила вечером Рейнхарду про инцидент с изюмом. После этого он снял ремень и отхлестал меня.

— Воровка, — орал он. — Сколько ты взяла изюмин? Сколько? Получай по удару за каждую изюмину.

Я умоляла его перестать, но он не унимался, пока я не упала на пол. Вся моя спина была в синяках и кровавых рубцах. Мадам Гюэ не извинилась, но принесла мне в спальню мешочек со льдом. После этого у меня появилось ощущение, что между нами что-то переменилось. Хоть я никогда ей не доверяла, мне хотелось думать, что лед в ее сердце начал таять.

Наступило и прошло Рождество, буднично, как любой другой день. Снега не было, но по оконному стеклу хлестал ледяной дождь. Не было ни подарков для дочки, ни папиной халы, горячей, прямо из духовки. Рейнхард отбыл рано утром на юг, и это стало, впрочем, самым лучшим подарком.

Январь переполз в февраль, мы с Кози держались изо всех сил. В марте я узнала от Рейнхарда, что союзники потеряли контроль над Европой, и мы приуныли. Хотя человеческий дух способен выдержать что угодно, он не может жить без надежды, но наши резервы надежды стремительно таяли.

Я видел это по глазам дочки. Из веселого приключения ее жизнь превратилась в угрюмое разочарование, утомительный лабиринт, конца которому не было видно. Если я поздно ночью, вытерпев жестокость Рейнхарда, глядела с тоской из окна на мощенные булыжником улицы и мечтала о быстром избавлении от боли, то Кози решилась на собственную стратегию. Как-то днем, за считаные минуты до того, как Рейнхард, всегда пунктуальный в отношении ужина, должен был вернуться домой, она выскочила в коридор и встала, глядя на меня с вызовом. К счастью, мадам Гюэ хлопотала на кухне, и я успела втащить дочку в спальню.

— Вдруг они увидят тебя? — со слезами на глазах упрекнула я Кози.

Ее щеки, прежде розовые, сделались пепельно-серыми за эти месяцы.

— Ну и что? — воскликнула она. — Может, они прогонят меня! Все будет лучше, чем сидеть в этой комнате.

Слезы жгли мне глаза при виде страданий моей дочки. Я заметила, с какой тоской она глядела на птиц, летавших за окном, как завидовала их свободе.

— Моя милая девочка, — сказала я, присев рядом с ней на корточки. — Я знаю, ты страдаешь, и меня это ужасно огорчает. Но поверь мне, все может стать гораздо, гораздо хуже, чем ты можешь себе представить.

Она кивнула, грустно уставившись в угол комнаты, а я взяла ее за подбородок и заглянула ей в глаза.

— Не улетай, маленькая птичка, — прошептала я сквозь слезы. — Тебе сейчас тяжело, но когда-нибудь ты снова полетишь. Я обещаю тебе.

Ее слабой улыбки оказалось достаточно, чтобы укрепить во мне надежду, и я с облегчением проводила ее в темную комнатку под полом. Между тем меня терзала ужасная тайна, которую я хранила уже несколько месяцев. Я была беременна и скоро уже не смогу это скрывать.

Наконец я сообщила об этом Рейнхарду, и он сначала расхохотался, напугав меня, но затем притих, а вскоре подошел ко мне и положил ладонь на мой живот. Я, как всегда, задрожала от его прикосновения. Но он сказал, чтобы я не боялась.

— Мой наследник, — заявил он, и я ужаснулась в душе.

Ребенок рос в моем животе, такой же мой, как и его, и все же меня терзала тревога. Как я смогу когда-нибудь объяснить ему или ей, кем был их отец?

В каком-то отношении беременность облегчила мне жизнь. Узнав эту новость, Рейнхард оставил меня в покое, почти оставил. Но если я ожидала от мадам Гюэ более теплого отношения, то я ошибалась.

— Не обольщайся, — заявила она с неприязнью, — ты не первая, кого он забрюхатил.

Конечно, Кози заметила мой растущий живот, и мне некуда было деваться, я рассказала ей. Она пришла в восторг, каждое утро прикладывала ухо к моему животу и шепотом разговаривала с ребенком.

— Как ты думаешь, он будет меня любить? — спросила она однажды после завтрака, доедая крохи, которые я принесла ей тайком.

— *Он?*

Кози кивнула.

— Мне всегда хотелось, чтобы у меня был маленький братик.

Я глядела в большие глаза Кози, полные доброты и любви, совсем как у ее отца, и не знала, каким будет этот ребенок. Может ли сын злого человека родиться... хорошим?

Внезапно кто-то позвонил в дверь квартиры.

— Спрячься, — шепнула я Кози и выглянула в коридор.

— Мне подписать здесь? — спросила мадам Гюэ.

Я подошла на цыпочках ближе и увидела лицо посыльного, стоявшего на пороге. *Ник!*

Наши глаза встретились, но после краткой вспышки узнавания он холодно кивнул экономке.

— Благодарю вас, мадам, — кратко поблагодарил он, когда она дала ему монету.

Понял ли он, что меня держат пленницей в этой квартире? Я посмотрела на мой большой живот. Наверняка он понял, что я тут не по своей воле. У меня лихорадочно колотилось сердце.

Я непрестанно вспоминала те несколько мгновений, мысленно прокручивая их снова и снова, а через два дня снова раздался звонок в дверь.

Я пошла следом за мадам Гюэ к двери, и мое сердце чуть не лопнуло, когда я снова увидела Ника. Как и в прошлый раз, он не подал виду, что мы знакомы. Но у меня зашевелилась надежда. Может, Люк вернулся домой. Может, Ник сообщит ему обо мне.

— Но вы, должно быть, ошиблись, — заявила мадам Гюэ. — Я ничего не заказывала.

Ник слегка забеспокоился, но сохранил хладнокровие.

— Это... подарок от моего босса Габриеля. Он хочет поблагодарить вас.

— О, — сказала мадам Гюэ, взяв у Ника мешок. — Что ж, в таком случае передайте ему, что мы благодарим его за такой жест.

— Да, я передам, — бодро ответил Ник и направил осторожный взгляд в мою сторону. Наши глаза на мгновение встретились, и я пыталась сообщить взглядом все: «Ник, мы в беде, нам с Кози нужна твоя помощь!»

Неясно было, понял ли он и было ли ему вообще до меня дело. Может, он просто пытался защитить себя. В конце концов, хорошо ли я его знала? В эти годы даже, казалось бы, приятным людям хватало энергии лишь на самих себя, например, нашему семейному врачу.

Но потом Ник в последний раз посмотрел на меня, и я поняла, ясно поняла, что у него сильный характер и большое сердце.

— О, непременно попробуйте *булочки с изюмом*, — сказал он. — Они у нас *фирменные*.

Захлопнув и заперев дверь, мадам Гюэ понесла пирожки на кухню.

— Подождите, как вы думаете, можно мне съесть одну булочку... сейчас?

Она посмотрела на меня, и я не могла понять, то ли она ненавидела меня, то ли жалела или одновременно то и другое.

— Но ты только что завтракала.

— Да, конечно, — ответила я, прижав руки к животу, — но я мало ела вчера за ужином и все еще чуточку голодная.

— Как хочешь, — сказала она и отдала мне сумку. Я нашла две *булочки с изюмом* и взяла обе.

— Ой-ой, — неодобрительно проворчала экономка.

— Просто... ну, этим утром я была очень голодная.

— Голодная... Но на твоем месте я бы была осторожнее. Рейнхард будет недоволен, если ты слишком растолстеешь.

— Да, конечно, — согласилась я, возвращаясь к себе в комнату. — Благодарю вас, мадам.

Я закрыла дверь, и Кози выползла из-под кровати.

— Гляди, — сказала я. — Булочки!

У нее загорелись глаза, и она залезла на кровать и села рядом со мной.

— Ой, мама, дай мне их потрогать. Неужели они настоящие?

— Конечно, настоящие, доченька. Но прежде чем их есть, давай посмотрим одну вещь.

— Какую? — спросила Кози, ничего не понимая.

— Записку. От друга. — Я не могла сказать ей, что Ник только что стоял в дверях квартиры. Она расплачется при мысли, что не повидала его, и это лишь увеличит ее страдания. — Возможно, у нас появилась надежда.

— Правда? — с волнением спросила Кози и наклонилась ближе, когда я осторожно снимала слои сладкой выпечки. В первой булочке ничего не было, и я засомневалась, может, я просто выдумала все это — или, еще хуже, может, Ник поверил, что я по доброй воле жила в этой квартире и стала любовницей немецкого офицера.

Я взяла вторую булочку, осторожно разломила ее и обнаружила крошечную полоску белой бумаги, свернутую в трубочку. Я с волнением развернула ее. Кози заглянула мне через плечо. Там было написано: «Вы в беде? Среда, 10 утра».

— Что это значит? — спросила Кози.

— По-моему, он хочет, чтобы я подала ему знак и сообщила, что нам нужна помощь.

— Ты сообщишь?

— Да. — Я улыбнулась. — Наш друг страшно рискует сам ради нас.

— Мама! — сказала Кози с сияющим лицом; таким оно бывало, когда она прибегала из школы с какой-нибудь восхитительной новостью. — Когда нас спасут, можно я испеку твоему другу пирог? — Помолчав, она добавила: — Ведь надо будет поблагодарить его за наше спасение.

— Да, доченька, — ответила я, а сама подумала, если бы все было так просто, и взяла на столе клочок бумаги. — Кози, дай мне твою ручку.

Она с привычной ловкостью спустилась в свою комнатку. Впрочем, выбираться наверх ей было трудно. Она была еще недостаточно высокая, и я всегда подавала ей руку.

— Вот, мама, держи!

Я написала на полоске бумаги, стараясь, чтобы не видела Кози: «В беде. Помоги. Беременная. Найди Люка или Эстер из моего дома. Не говори никому». Я не упомянула про Кози. Слишком рискованно. *Если мадам Гюэ или Рейнхард перехватят записку...* — Я содрогнулась и не позволила себе даже думать о суровых последствиях.

В глазах дочки светилась надежда.

— Как ты думаешь, это нам поможет?

— Я надеюсь на это, милая.

В среду, в десять утра я пришла в гостиную и делала вид, что мне интересно обрывать сухие листья с домашних цветов. Но прошло пятнадцать минут, а Ник так и не появлялся. Мимо меня прошла мадам Гюэ с бельем, аккуратно сложенным в корзину, и с досадой покосилась в мою сторону.

— Что на тебя нашло? Ты испортишь растения.
— Я только... убираю ненужное, — пробормотала я. — У нас есть цветочная лавка... или, вернее, была. — Я вздохнула. — Такая чистка полезна для растений. — В моей груди громко стучало сердце, будто гонг, и я даже боялась, что мадам Гюэ услышит этот стук. *Вдруг Ник не придет? Вдруг...*

Тут в дверь позвонили, и мое сердце сжалось.

— Кто это может быть? — Мадам Гюэ с досадой поставила корзину и подозрительно посмотрела на меня.

За дверью снова стоял Ник.

— Здравствуйте, — сказал он мадам Гюэ, которая была озадачена его появлением. — Просто я разносил заказы... — его голос чуточку дрогнул, но тут же окреп, — и, кажется, кто-то из наших сотрудников ошибся и послал меня сюда. Вообще, у меня был заказ тут по соседству, и я подумал о вас. — Он улыбнулся, слегка нервничая, и протянул сумку. — Вот, возьмите.

Мадам Гюэ не клюнула на его наживку.

— Нет, спасибо, — ответила она, отступая назад. — Мой хозяин не любит подачки. Когда мы захотим булочек, мы закажем их. Всего доброго.

Я бросилась вперед и сунула руку в дверную щель, пока она не закрылась.

— Подожди! — крикнула я и схватила сумку, а Ник взял из моей ладони записку. — Они нам нужны.

Мадам Гюэ закрыла дверь и нахмурила брови.

— Тебе не следовало так делать.

— Что делать? — спросила я, отыскивая в сумке *булочку с изюмом*. Увидела одну и достала вместе с шоколадным круассаном для Кози.

— Так себя вести. Может, он хочет причинить нам неприятности.

— Мальчишка-разносчик из пекарни?

— В эти времена осторожность не помешает. — Она сжала ключ, висевший у нее на шее, и впервые я заметила страх в ее глазах. — Вдруг он работает на врага? Тогда Рейнхард пустит пулю мне в голову, и тебе тоже.

— Простите меня, — сказала я, пятясь к двери своей комнаты. — Просто мне было жалко упустить такие вкусные булочки.

— Все равно, — строго объявила экономка, ее мимолетная растерянность исчезла, — сиди в своей комнате до ужина. Я не хочу рисковать, а то ты опять устроишь сцену, когда сегодня днем привезут белье.

— Да, мадам, — сказала я и поскорее ушла к себе, пока она не выхватила булочки у меня из рук.

— Кози, — прошептала я, открыв люк. Ответа не последовало, и я подумала, что она спит. —

Кози! — снова прошептала я. Из темноты появилось ее милое личико. Оно показалось мне бледнее, чем обычно. — Доченька, ты нормально себя чувствуешь?

Она кивнула, но рука у нее была слабая, когда я вытащила ее наверх.

— Гляди, — сказала я. — Булочки!

Странное дело, она даже не заинтересовалась, когда я достала булочку с изюмом, разломила и нашла клочок бумаги. У меня учащенно забилось сердце. Там было написано: «Держись. Помощь идет».

Я улыбнулась Кози сквозь слезы.

— Доченька, ты знаешь, что это значит?

Она не отвечала и вместо этого уронила голову на подушку.

— Они идут к нам. Нас спасут! И скоро ты испечешь твой пирог.

Она улыбнулась.

— Вот. — Я протянула ей шоколадный круассан. — Ешь.

Она покачала головой.

— Я не голодная, мамочка.

— Правда? Я не помню, чтобы ты когда-нибудь отказывалась от шоколадного круассана. — Я положила руку ей на лоб. — Доченька, ты вся горишь!

Я положила ее под одеяло рядом со мной и крепко прижала к себе. Дочка дрожала всем телом. Днем ее температура поднялась еще выше, а к ужину она лежала в беспамятстве и не хотела пить воду.

Когда настало время ужина, я сказала мадам Гюэ, что заболела и хочу поужинать у себя в комнате.

Она кивнула, но когда она положила на мою тарелку необычно большую порцию, я поняла, что у нее возникли подозрения.

— Странно, — сказала она, передав мне поднос. — Ты ведь вроде не кашляешь.

У меня тут же встали дыбом волосы, и я кашлянула.

— Это... начинается и проходит, — ответила я, постучав себя по груди. — Но вообще, спасибо. И... простите за беспокойство.

Выходя из кухни, я чувствовала спиной ее пронзительный взгляд и гадала, знает ли она. А если да, то сообщит ли Рейнхарду.

Я поднесла ложку к губкам дочки, но она отпрянула и повернулась спиной ко мне. То же самое было, когда я предложила ей попить воды. И я не могла отправить ее в холодную и сырую комнатку под полом. Не сегодня и не в этом состоянии. Я подвинула ее ближе к себе и обняла. Так мы и уснули.

Я открыла глаза где-то среди ночи, когда хлопнула дверь и в коридоре послышались тяжелые шаги. Рейнхард. Но посылать больную Кози вниз было немыслимо. Вместо этого я просто положила ее под кровать.

— Лежи тихо, — прошептала я. — Он идет.

Через мгновение Рейнхард открыл дверь, я едва успела натянуть на себя одеяло. Он долго смотрел на меня. За окном луна вынырнула из облаков и осветила его лицо — напряженное, с темными тенями под глазами и щетиной на щеках и подбородке. Он был пьян, я поняла это по запаху. И когда он шагнул к моей кровати, я задрожала. Не здесь. *Где угодно, но не здесь*. Мне было невыносимо подумать о том, что Кози станет свидетельницей этого ужаса.

Вместо этого он остановился и кашлянул.

— Я уезжаю на месяц по важному делу.

Я кивнула, а он наклонился, сдернул с меня одеяло, потом простыню и направил на меня свой свинцовый взгляд. Тяжело дыша, он положил огромную ручищу на мой живот; кислая вонь от виски и сигарет повисла в воздухе.

Он накрыл своими мокрыми губами мои губы, сунул мне в рот язык. Щетина колола мою кожу, от его отвратительного дыхания меня тошнило, но я все выдержала, и он вскоре выпрямился.

— Вот и все, — пробормотал он и закрыл дверь.

Я долго выжидала с тревожно бьющимся сердцем, потом заглянула под кровать.

— Плохой дядька ушел? — спросила Кози. — Он обидел тебя? — Я потрогала ее лоб и ахнула. Он стал еще горячее. Рейнхард был в квартире, и я не могла оставить ее на кровати. Поэтому я тоже легла под кровать рядом с дочкой, обняла ее дрожащее тело и накрыла нас одеялом. Если Рейнхард вернется, я вскочу на ноги, как только услышу его шаги, и выманю его из комнаты. Если повезет, он ничего не заметит.

Кози уплыла в беспокойный сон, а я лежала и молча молилась — о нашей безопасности, о папе, о победе союзников. И моя молитва была вскоре услышана — ну, частично, — когда я разобрала в коридоре женский смех. Хотя мне было ужасно жалко женщину, делившую ложе с Рейнхардом, я обрадовалась, что он оставил меня в покое. Вскоре он захрапел — я уже знала все наизусть, — а потом он уедет. *По важному делу.* Если повезет, нас выручат отсюда еще до его возвращения.

Я кое-как уговорила дочку попить воды, и после этого она громко закашляла.

— Тише, — прошептала я. — Не шуми. Нас услышат.

Я смогла уговорить ее, но через несколько минут кашель возобновился, хриплый и крупозный. Она дышала трудно, учащенно. Я прижимала ее к себе, гладила по головке, и она наконец уснула. Тогда я снова услышала шаги в коридоре. И на этот раз в дверь постучали.

— Да? — отозвалась я, выбралась из-под кровати и открыла дверь.

Я выглянула в коридор, но ни Рейнхарда, ни его спутницы не было слышно. И тут я заметила возле моих ног какой-то предмет. Я наклонилась и обнаружила на полу поднос. Я осторожно взяла его и закрыла за собой дверь, потом положила его на кровать и увидела стакан молока, хлеб с маслом на тарелке, два полотенца, обернутых вокруг миски со льдом, теплый чай и флакон аспирина. А возле тарелки маленькое блюдце с изюмом.

*Мадам Гюэ.* У меня навернулись слезы на глаза.

Я дала Кози попить чаю и уговорила проглотить аспирин, потом положила на лоб холодный компресс. *Господь поможет нам. Только бы пережить эту ночь.*

# Глава 19

## КАРОЛИНА

На следующее утро я проснулась еще до рассвета, торопливо оделась и приготовила себе на кухне кофе. Стараясь не разбудить Марго или Элиана, я взяла блокнот и на цыпочках вышла на балкон. Над городом уже занималась заря. Моя память, еще недавно запертая на замок, герметично запакованная, теперь, казалось, была освещена сквозь сотни крошечных отверстий, и в темноту проникало немного света. Вчерашние открытия все изменили, и все-таки так много теней и темных уголков в моей памяти еще ждали своей очереди.

Я запахнула кофту. Утро было красивым, но холодным. Солнце выглянуло из-за горизонта, озарило небо оранжево-розовым сиянием и залило город спокойным, розоватым теплом. Я открыла блокнот.

Я чувствовала, что на поверхности моей памяти скоро вынырнет еще одно воспоминание. Большое. Которого я ждала так долго.

Я услышала шелест пальм, звон ветряных колокольчиков... Я собралась с духом...

Алма. Мне с трудом верится, что моей малышке исполняется семь лет. Казалось, я лишь вчера обнаружила, что забеременела. Я целый час смотрела на розовую полоску. В ту весну я расписала стену в ее детской, что было естественным делом, если ты будущая мать и профессиональная художница. Пионы, розы, тюльпаны, циннии, нарциссы. Мне хотелось, чтобы она, засыпая вечером и просыпаясь утром, видела цветы. Из всех картин, которые я написала за свою жизнь, та роспись одна из моих самых любимых.

— Загадай желание! — говорю я, когда дочка готовится задуть свечи.

— Окей, мама, — говорит она, на секунду задумывается и уверенно кивает. — Загадала. — Она закрывает глаза, делает глубокий вдох и гасит разом все семь свечек.

Наконец открыты все подарки, тарелочки очищены и сложены в посудомойку, ушел последний гость. Тогда я спрашиваю Алму, хочет ли она получить еще один подарок. Заключительный.

— Да! — радостно подтверждает она.

Я веду ее вокруг дома на залитую солнцем лужайку, даю пакетики с семенами и показываю несколько пластиковых контейнеров с травами и цветами. Я уже приготовила землю и все необходимое. Написала на красивой дощечке «САД АЛМЫ», прибила к ней палочку и воткнула тут же рядом.

— Ты готова посадить твой первый садик? — Я протягиваю ей набор розовых садовых орудий и розовые резиновые перчатки.

Дочка радостно обнимает меня.

— Ой, мамочка, это мой самый любимый подарок!

Когда Алма счастлива, мне больше ничего и не надо, и я знаю, что она полюбит этот садик, будет пропадать в нем часами, полоть, рыхлить землю, восхищаться, наблюдать, как растут ее питомцы, как меняются в зависимости от сезона — совсем как делали мы с мамой так много лет назад. Я знаю, что моя мама полюбила бы Алму так же сильно, как люблю я.

И вот садик готов, мы моем руки, и Алма просит, чтобы мы пошли в бассейн.

Я устала, у меня еще миллион дел, но сегодня у нее день рождения.

— Конечно, доченька. — Я надеваю купальник, и через несколько минут мы уже в воде.

— Давай играть в русалок, — предлагает Алма, барахтаясь возле меня.

Я подыгрываю ей, восхищаюсь ее фантазией и одновременно замечаю, что длинные светлые волосы падают ей на глаза.

— Доченька, давай я принесу тебе резинку для волос.

— Нет, мамочка, русалки не завязывают волосы резинкой.

— Нет, доченька, завязывают, — усмехаюсь я.

— Русалки любят свободу, — возражает она. — Их волосы тоже любят свободу.

Что ж, разумный аргумент. Как ни странно, но почти все, что говорит Алма, кажется мне разумным.

Мы играем, плещемся, воюем с королем осьминогов. Потом я вытираюсь, гляжу на телефон и вижу, что уже поздно, а мне надо успеть в продуктовый и купить что-нибудь на ужин.

Алма огорчена.

— Мамочка, почему ты уходишь? Принц плывет к нам на корабле! — В прошлом году она смотрела «Русалочку», когда болела гриппом, и с тех пор русалки у нее на первом месте среди всех сказочных персонажей.

— Доченька, мне надо забежать за продуктами. Может, папа поплавает с тобой?

Я вздыхаю, вспомнив нашу вчерашнюю ссору. В результате Виктор спал на софе, и мы с ним толком не обсудили праздник для Алмы. Или я слишком несправедлива к нему? Нет! Если прежде, до рождения Алмы, я охотно ездила с ним повсюду, то теперь все изменилось. Мы не можем подхватиться и уехать в Мехико, просто потому что ему приспичило открыть там новый ресторан. Алма любит свою школу, да и у меня неплохо складывается моя творческая карьера. Только в этом месяце у меня было три инсталляции. Да и чем ему не нравится кафе «Флора»? Оно очень популярно уже три года, с самого открытия, и недавно о нем написали в местном журнале как о самом большом сюрпризе в Сан-Диего. Почему Виктор не может удовлетвориться этим? Я гляжу на наш красивый дом, в котором я выросла, и думаю, будем ли когда-нибудь мы с дочкой или этот дом хорош и для Виктора.

Когда он выходит из гостиной в патио, я отворачиваюсь.

— Привет, — говорит он. — Ты устроила замечательный праздник.

— Спасибо, — сухо благодарю я.

Он подходит ближе и пытается взять меня за руку; я позволяю ему. Он берет меня за талию, и я таю в его объятьях, как всегда, с того первого раза, когда он обнял меня в ту ночь в Париже много лет назад.

— Прости меня за вчерашний вечер, — говорил он. — Ты права. Совершенно нелепо предлагать, чтобы мы переехали в Мехико.

Я вздыхаю.

— Ты серьезно так считаешь?

Он кивает.

— Вик, я не хочу, чтобы ты злился на меня. Я не хочу, чтобы тебе казалось, будто я сковываю твои планы. — Я гляжу в его большие черные глаза. — Я не хочу жить скучной жизнью, но, — я бросаю взгляд на Алму, весело резвящуюся в бассейне, — наше место *здесь*.

— Да, ты права, — подтверждает он.

— Ты знаешь все про мое нелегкое детство. Я не хочу, чтобы Алма тоже прошла через такие же страдания.

— Мы остаемся, — говорит он, еще крепче обнимая меня. — Прости.

Я киваю и заворачиваюсь в полотенце. — Мы позже поговорим об этом. Мне надо принять душ и сбегать в магазин. — Поскольку Виктор все время готовит в ресторане, я стараюсь избавить его дома от этого.

— Ты присмотришь за Алмой?

— Конечно, — говорит он.

— Папочка! — радуется наша дочка, когда он подходит к бассейну и ныряет в него возле нее.

Приняв душ, я торопливо завязываю волосы в пучок и натягиваю на себя легкое платье.

— Эй, друзья, — кричу я, взяв ключи, — вас устроит семга?

— Отлично, — отвечает Виктор.

Я ищу сумочку в гостиной, потом вспоминаю, что оставила ее в моей мастерской. Да, там она и лежит рядом с картиной, которая сохнет с утра. Сегодня я встала до рассвета, чтобы поработать над этим заказом от супругов из Новой Зеландии.

Виктор сидит в шезлонге возле бассейна, когда я снова выхожу в патио.

— Не спускай с нее глаз, милый, — шепчу я, целуя его в щеку. Мы оба дрожим над Алмой, но я иногда чрезмерно ее опекаю. Она научилась плавать еще в раннем детстве, и нам не о чем беспокоиться.

— Не волнуйся. — Он откидывается на спинку шезлонга и протягивает руку за своей книгой. — Я никуда не уйду.

— Я мигом вернусь.

*Семга. Мангольд. Лимон. Немного красного картофеля. О, мороженое для Алмы. Молоко. Что-нибудь еще?* Я качу перед собой тележку и объезжаю одну из школьных мам (забыла ее имя), потом тороплюсь к кассам. Очереди длинные. И что мне вздумалось идти за покупками в самые загруженные часы?

По дороге домой я вспоминаю извинения Виктора и улыбаюсь. В любой семье встречаются ухабы, и мне надо радоваться, что наш совместный путь не был каменистым. Виктор совсем не походит на моего отца. Он всегда делает все, чтобы Алме и мне было хорошо. Я знаю это своим сердцем, даже если иногда моя уязвимость дает о себе знать, как это было вчера вечером.

Спрямляя дорогу, я проезжаю мимо школы Алмы; на прошлой неделе я вела урок у второклассников и рассказывала им о художниках. Алма невероятно гордилась мной. Еще четыре квартала, я сворачиваю на нашу улицу и сбрасываю скорость, заметив что-то странное: толпу на улице. Я сразу узнаю нашу учительницу музыки, миссис Уэйфер; ее рыжие волосы выделяются на фоне толпы. Подъехав ближе, я вижу, что она плачет, как и Грета, пожилая женщина, которая живет на углу и три раза в день выгуливает свою собаку Маффи. Там стоят и другие люди, незнакомые, а еще три полицейские машины, припаркованные где попало на улице, одна на дороге к... нашему дому рядом со «скорой». Мигают огни, воют сирены.

Я ударяю по тормозам, выскакиваю из машины и бегу сквозь толпу к двери моего дома, врываюсь внутрь и... падаю на колени при виде ужасной сцены.

Алма лежит на полу в гостиной. Над ней хлопочут парамедики, надавливают ей на грудь и вдувают воздух в ее рот. Ноги не слушаются меня, я подползаю к моей дочке, тяжело дыша. Кричу, требую ответа.

— Что случилось? Она придет в себя? Что мы можем сделать?

С нее течет вода, под ее телом уже образовалась лужица. Половина ее волос была срезана или вырвана с корнем. Я кричу, и полицейский дотрагивается до моей руки.

— Мэм, — говорит он, — пожалуйста. Позвольте парамедикам делать то, что нужно.

Я киваю и дрожу с ног до головы. *Где же Виктор?*

— Мэм, — поясняет полицейский. — Волосы вашей дочери, очевидно, попали в фильтрационную систему бассейна.

Я качаю головой.

— Нет, нет. Я, я, я чистила ее на прошлой неделе.

— Боюсь, что это не составляет разницы. Просто в таких старых бассейнах всасывающая сила бывает очень опасной.

Тут я вижу Виктора. Он тоже рыдает, как и я. Он подбегает ко мне, и мы вместе падаем на пол, обнимая друг друга в нашем горе.

Онемев, мы ждем, когда наша дочка сядет, закашляется и начнет дышать. Но она не оживает. У нее синее личико. Старший парамедик наконец прекращает свои манипуляции и печально глядит на нас.

— Мне очень жаль, — сообщает он. — Нам не удалось ее спасти.

— Нет! — кричу я, подбегаю к Алме и прижимаюсь щекой к ее щечке. — Сделайте что-нибудь! Сделайте... — У меня начинается истерика.

— Мэм, — говорит полицейский. — Больше ничего нельзя сделать. Пожалуйста, отпустите ее.

— Нет! — кричу я. — Нет! — Виктор подхватывает меня и ставит на ноги, а парамедики кладут безжизненное тело Алмы на носилки. — Вик, не позволяй им уносить ее! — Я колочу его в грудь, а он прижимает меня к себе. — Как такое могло случиться? Ты обещал смотреть за ней, — говорю я сквозь рыдания.

Виктор тоже плачет, у него такой же шок, как у меня. Он качает головой, словно пытаясь понять весь ужас случившегося.

— Я... я только на мгновение заглянул в книжку, и она... исчезла. Я нырнул. Она была под водой, в глубоком конце. Я никогда не видел ничего подобного. Ее волосы затянуло в фильтр. — Он падает на колени. — Я вытащил ее. Позвонил 911. Но...

— Ты спохватился слишком поздно, — упрекаю я, обливаясь слезами, и кричу: — Я никогда не прощу тебя! Никогда! До конца жизни!

Если он и говорит что-то, я не слушаю его. Он все равно не может ничего сказать. Парамедики накрывают тканью мою любимую дочку и увозят прочь. Навсегда.

## Глава 20

### СЕЛИНА

На следующее утро я проснулась и увидела над собой лицо дочки. У меня болела спина, и я застонала, перевернувшись на другой бок на твердом полу. У меня в животе зашевелился ребенок.

— Привет, мамочка, — весело сказала Кози. — Я поправилась.

Я положила ладонь на ее лоб. Прохладный. Слава богу. Вероятно, жар прошел ночью. Держать ее со мной было опасно, да, но я была не в силах отправить ее вниз, раз у нее такая высокая температура. Но мы выжили, и Кози снова бодрая. Это самое главное. Мы вылезли из-под кровати, и я быстро принесла ей воды и дала вчерашний круассан. Она с жадностью принялась за него. А я смотрела на булочку с изюмом, куски которой остались на столе, и думала о записке. Неужели у меня хватит глупости поверить, что Ник в самом деле мог придумать план нашего спасения? Вдруг Люк не вернулся? Вдруг Ник не найдет Эстер? Я ругала себя за то, что не написала в записке ее адрес. Он никогда не был в нашем доме, хотя мы с папой много раз собирались пригласить его на обед. Как он узнает, как ее найти? В Париже и даже по соседству с нами сотни, тысячи женщин с таким именем. Но если Ник и найдет ее, как сможет сиделка Эстер нас спасти? Я вздохнула.

Кози доела выпечку и повернулась ко мне.

— Я готова лететь, мамочка.

— Я знаю, доченька, — улыбнулась я. — Но пока еще рано.

— Люк придет за нами, — уверенно заявила она.

— Да, — согласилась я с ней, а в душе позавидовала ее уверенности. — Да, он придет.

За обедом, поймав на себе взгляд мадам Гюэ, я благодарно улыбнулась.

— Спасибо вам. То, что вы сделали этой ночью... потрясающе...

— Я не понимаю, о чем ты говоришь, — оборвала она меня и нахмурилась.

— Извините, — пролепетала я. Нельзя было упоминать о проявленной доброте.

Жестокая война продолжалась. Отсутствие Рейнхарда внесло некоторый покой в нашу жизнь, но не убедило мадам Гюэ помочь нам бежать. Она по-прежнему держала дверь запертой, а со мной обращалась более или менее как с пленницей, которую только терпела, возможно, ради собственной безопасности — Рейнхард мог вернуться в любой момент, и тогда что? Но мне хотелось думать, что где-то за этой ледяной холодностью таилась крошечная искорка доброты, которую я увидела во время болезни дочки. Вот почему я иногда расслаблялась, позволяла утром Кози понежиться в постели или в ванне, когда она играла с пеной и просила меня позволить ей еще чуточку посидеть в теплой воде. Как-то днем, когда мадам Гюэ спала, я даже вышла с дочкой в гостиную. Она трогала обивку софы и проводила пальчиками по кофейному столику так, словно они были редкими экземплярами из археологического музея. После этих долгих месяцев она, покидая пределы убогой спальни, словно переносилась на другую планету или пила чистую, прохладную воду после многодневных странствий по пустыне.

В июне Париж великолепен, и я даже не знала, кто больше страдал от невозможности прогуляться по его улицам, Кози или я.

— Как мне хочется побегать по парку, как раньше, — сказала Кози.

— Ты скоро побегаешь, — заверила я.

— Правда? — спросила я. — Или ты просто так говоришь?

Я тяжело вздохнула.

— Конечно, побегаешь, доченька.

— Тогда почему мы не уходим отсюда? Прямо сейчас? Мы можем заставить эту старую ведьму отдать нам ключи.

— Милая моя, — сказала я, — это не так просто. — Я показала на свой живот. — И не в моем положении.

— Я вот думаю... — Кози поглядела в окно. — Вдруг я проживу тут всю жизнь? В этой комнате.

Я покачала головой:

— Нет, доченька. Не всю жизнь, уверяю тебя.

— Ладно, я вот что решила. — Кози вздохнула. — Я буду всегда скучать без дедушки, и мне, пожалуй, будет грустно, что я никогда не поцелую Ника, — тут она усмехнулась, — но зато я с тобой, мама.

Я стиснула зубы, стараясь сдержать слезы.

— А я зато с тобой, доченька.

— Тогда, я думаю, нам повезло, правда?

Я кивнула, вспомнив малыша из дома напротив, которого когда-то разлучили с его матерью.

Кози прижала к себе медвежонка.

— А еще у меня есть месье Дюбуа. — Ее улыбка тут же погасла, и она повернулась ко мне. — Мама, если... со мной что-нибудь случится, ты позаботишься о месье Дюбуа? Ты не бросишь его?

Я безуспешно пыталась сдержать слезы, которые текли по моим щекам.

— Ой, доченька, с тобой ничего не случится.

— Нет, ты обещай, — сказала она строго и решительно.

— Обещаю. — Я прижала к груди любимого медвежонка дочки.

Мадам Гюэ объявила за завтраком, что Рейнхард задерживается дольше. Новые важные дела на юге. Она знала, что я обрадовалась, и, подозреваю, что и она тоже, но мы обе не раскрывали свои карты. Через неделю я ошибочно приняла за доброту тарелку со сладостями и стакан молока (для Кози, конечно). В тот вечер за ужином я улыбнулась и попросила:

— Мадам Гюэ, пожалуйста, отпустите нас. — Я положила руку на живот. — До его возвращения. Пожалуйста!

— За кого ты меня принимаешь, за дуру? — сказала она, сжав висевший на шее ключ. Я вспомнила, как Рейнхард предупредил меня, что он дал экономке пистолет.

Шли день за днем, и я уже стала надеяться, что Рейнхард убит — застрелен союзниками или, что еще лучше, его посадили в тюрьму, где он будет гнить в камере до конца своей мерзкой жизни.

Но потом, в особенно душный четверг семнадцатого августа, открылась дверь, и я услышала в коридоре тяжелые шаги.

— Где все? — крикнул он. — Когда мужчина приходит домой, его нужно встречать как положено. — От его баса вибрировали стены. Мы с Кози тревожно переглянулись, и я поскорее спрятала ее в комнатке под полом, а сама пригладила волосы, вздохнула и открыла дверь. Что он теперь подумает обо мне, беременной, с огромным животом и распухшими лодыжками?

Мадам Гюэ стояла навытяжку рядом с Рейнхардом. Он показался мне еще огромнее прежнего, и я вся сжалась, когда его взгляд упал на меня.

— Погляди на себя, — сказал он. — Ты стала как корова.

Я опустила голову и положила руку на свой огромный живот, словно защищая его, а Рейнхард бросил свою шинель мадам Гюэ.

— Я умираю с голода. Когда будет ужин?
— Когда скажете, месье, — ответила мадам Гюэ.

Он кивнул.

— Надеюсь, вы успешно провели время на юге? — спросила экономка.

— Да, нормально, — ответил Рейнхард, не сводя с меня глаз. Потом подошел ближе и обвел меня взглядом. — У меня есть для тебя подарок, Селина. — Он полез в карман, достал небольшой мешочек и бросил его мне. Подарок упал на пол с громким стуком, прежде чем я успела подхватить его. Я подняла его и осторожно раскрыла.

В нем лежали мужские часы. Сначала я ничего не поняла. Я вообще уже не понимала, что происходит. Но потом узнала потертый кожаный ремешок, форму часовой и минутной стрелок, надпись на задней крышке, сделанную... моей матерью. *Папины часы.*

Я упала на колени.

— Откуда у вас... эти часы? Что это значит?

Рейнхард хитро улыбнулся, направляясь в свою спальню.

— И это все, что я слышу? Ты даже спасибо мне не сказала? — Он покачал головой. — Тогда мне надо было выбросить их в кучу хлама вместе с остальной дрянью. — И он с грохотом захлопнул за собой дверь.

Дочке я ничего не сказала. Просто сунула папины часы под матрас и вытерла слезы, а потом позвала ее наверх. Известие о папе потрясет ее, как потрясло меня, и я не хотела причинить ей такое страшное горе. Ведь она все время писала в дневнике о том, чем они займутся с дедушкой, когда нас спасут, например, они побывают в Нормандии.

В тот вечер мы обе легли спать голодные, потому что я была слишком сломлена горем и у меня не было сил идти на ужин, сидеть за столом вместе с Рейнхардом. Но Кози не жаловалась и не протестовала, когда я сказала, что ей придется спать в ее убежище, а не вместе со мной на кровати, как она привыкла во время отсутствия немца. Она просто поцеловала меня, взяла месье Дюбуа и спустилась в темное пространство под полом. Батарейки в фонарике давно сели, а вместе с ними и мы утратили все крохи надежды. Люк и Эстер не спасли нас, папы не было в живых, а в моем животе шевелился чужой ребенок, готовясь появиться на свет, гораздо более жестокий, чем тот, который я знала прежде и где не выживет даже цветок лотоса.

# Глава 21

## КАРОЛИНА

Я посмотрела на часы и с ужасом обнаружила, что уже десять утра. Меня так поглотили мои вернувшиеся воспоминания, что я совершенно утратила представление о времени. А ведь я обещала Инес прийти в студию и помочь с подготовкой к арт-шоу. Я торопливо вскочила и снова рухнула на софу с усталым вздохом. Доктор Леруа говорила, что это может произойти — что на меня нахлынет лавина воспоминаний. Мне казалось, будто я пробудилась от сна, это было такое странное, неуловимое ощущение, что ты не находишься ни здесь, ни там, нигде, но в глубине души твердо уверена, что больше ничто и никогда не будет прежним.

Мои веки снова отяжелели, и, когда я уронила голову на голубую бархатную подушечку, до моего слуха донесся шорох пальм, и я погрузилась в новое воспоминание, нахлынувшее на меня...

Я в Сан-Диего, всюду в доме ящики и коробки. В окне гостиной я вижу отъезжающий грузовик. Реновация заняла больше времени, чем я рассчитывала, целых девять месяцев, но зато теперь у нас была новенькая кухня, деревянные полы и шикарная ванная. Квартира, которую мы снимали, была нормальная, но как хорошо наконец вернуться домой.

Вдалеке показался мужчина, тот же самый, что и прежде. Я вижу только его спину, и меня захлестывают эмоции, которые я поначалу не могу понять. Но через секунду чувствую пронзительный и жгучий гнев.

Мы поругались. Он обещал провести выходные дома, помочь мне распаковать вещи и обустраиваться в доме, но вместо этого он собрался в Лос-Анджелес на какое-то ресторанное мероприятие, и я была в ярости. Я глажу ладонью мой увеличившийся живот — в понедельник будут уже двадцать две недели, — выхожу в патио и хмуро сажусь в шезлонг.

Через несколько минут на мое плечо ложится теплая рука.

— Эй, — говорит мужчина, — может, поговорим?

Я не хочу с ним говорить. Я только хочу, чтобы он был здесь. Чтобы помог мне распаковать все эти двадцать шесть тысяч ящиков и коробок. Я вздыхаю и не поворачиваю головы.

— Помнишь наш медовый месяц? — спрашивает он, присев возле меня на корточках. — И те обалденные такос, которые мы ели в маленьком придорожном кафе?

Я киваю и по-прежнему гляжу перед собой, скрестив на груди руки.

— Я до сих пор считаю, что та ананасная сальса была бесподобна, я в жизни такую не ел.

— Я тоже, — тихо бормочу я; эти воспоминания почему-то обезоружили меня.

— Ты прости, что мне пришлось уехать в выходные, — продолжает он. — Если бы не важная встреча с инвесторами из Нью-Йорка, я бы плюнул на все и остался здесь с тобой. Ведь это всего на две ночи. Оставь все коробки до моего возвращения. — Он заправляет мне за ухо прядь волос. — Эй, хочешь я приготовлю сегодня такос?

— Окей, — соглашаюсь я и растягиваю губы в улыбке. Он целует меня в щеку и идет на кухню.

Как трудно злиться на него, на моего мужа. Я закрываю глаза и вспоминаю наш медовый месяц. Сразу переношусь в Мексику, в Тулум.

Виктор неотразим в своей новой рубашке, льняной, с тропическим принтом — банановыми листьями. Может, чуточку идиотской, но когда несколько недель назад я увидела ее в витрине магазина, то не устояла и купила, чтобы он носил ее в поездке. У каждого мужчины должна быть в гардеробе тропическая рубашка. Я сижу в такси на заднем сиденье, тихонько улыбаюсь и смотрю, как Виктор изучает карту Мексики. Машина мчится то по грунтовке, то по асфальту, а с обеих сторон дорогу обступает густой тропический лес с пальмами, лианами и прочей экзотикой.

Водитель сбрасывает скорость и сворачивает на узкую грунтовку.

— Ты думаешь, это здесь? — скептически спрашиваю я. Трудно поверить, что мы лишь вчера произнесли клятву верности друг другу в маленькой церкви на острове Коронадо.

— *Муууж*. Забавное слово, правда? — сказала я ему в самолете.

— «*Женааа*» тоже, — засмеялся он.

Хоть мы теперь и обзавелись новыми титулами, но были все те же, прежние Виктор и Каролина, безумно влюбленные и стоявшие на пороге нашей совместной жизни.

Поначалу его родные в Париже были, мягко говоря, не в восторге, что он женится на американке и переезжает в Сан-Диего, но потом они приехали сюда и увидели дом, в котором мы будем жить, дом моего детства. Когда мать Виктора увидела бассейн, по-моему, ей и самой захотелось поселиться в моем доме. «Можно мы приедем сюда на неделю осенью? — попросила она в тот день, когда они улетали домой. — В октябре Париж такой унылый».

Я улыбаюсь, а Виктор смотрит в свой телефон.

— Угу, адрес тот самый. Гляди, — говорит он и показывает на вывеску, которую мы сначала не заметили за кроной пальмы: «Алма-Инн».

Мы тащим наш багаж по песчаной дорожке к столу регистрации, стоящему прямо на улице.

— Добро пожаловать, — приветствует нас женщина и протягивает нам по коктейлю. — Вот, «Мескаль Маргарита».

— Мескаль? — спрашиваю я. Она улыбается.

— Это дымная текила. Попробуйте, думаю, вам понравится.

Я пробую коктейль и киваю. Он действительно с привкусом дыма и сладковатый — в превосходном балансе.

Женщина протягивает Виктору ключи от нашей комнаты и ведет нас по извилистой тропе на пляж. Тут никто не носит обувь, и я тоже сбрасываю с ног сандалии.

— Вот мы и пришли. — Он показывает на прелестное бунгало с тростниковой крышей. Оно стоит так близко от океана, что с нижних ступенек можно прыгнуть в волны.

— Вик! — Я визжу от восторга. — Это чудесно!

— Я вас оставляю, — говорит женщина с робкой улыбкой. — Примите мои поздравления.

Я иду к двери, но Виктор останавливает меня.

— Не так, — говорит он и подхватывает меня на руки. — Вот как надо.

Он несет меня через порог в наше бунгало, и мы проводим там всю неделю в объятиях друг друга.

— Я самый счастливый мужчина на свете, — говорит он.

— А я самая счастливая женщина, — улыбаюсь я. — Помнишь тот день, когда мы встретились в Париже?

— Да, ты решила, что я — как ты тогда сказала? — Казанова? — У него превосходный английский, но, по-моему, все-таки круто, что он произносит некоторые слова с явственным иностранным акцентом.

— Да, — подтвердила я, — мне показалось, что ты актер или игрок, как все французы, с которыми я познакомилась в то лето.

— Ну а я думал, что ты много о себе понимаешь.

Я засмеялась и взяла его за руку.

— Наконец-то ты встретил женщину, которая могла постоять за себя.

Он улыбнулся, а я взяла его за руку и покрутила золотое обручальное кольцо на его пальце.

— Ты хочешь теперь посмотреть?

Он стал снимать кольцо. По внутреннему краю кольца шла надпись-сюрприз, которую я сделала для него. Внутри моего кольца тоже была надпись. Это были наши свадебное подарки друг другу. Мы решили не торопиться и прочесть их в первый день нашего медового месяца.

— Ну?

— Постой, — говорю я, подойдя ближе. Мы оба держим в руках наши кольца. — Помнишь тот день, когда мы набрели на тот волшебный садик на Монмартре?

— Разве можно это забыть?

— А как мы пили вино, любовались закатом и сидели там до темноты, пока не появились звезды?

Он кивает.

— Помнишь, ты сказал, что истории наших жизней...

— Написаны в звездах, — договорили мы одновременно. Он улыбается.

— Посмотри надпись на моем кольце, — говорит он.

По моим рукам бегут мурашки.

— Ты тоже так написал.

Мы вместе берем кольца и читаем слова, которые написали в них друг другу.

Я мечтательно улыбаюсь.

— Конечно, мы с тобой выбрали одно и то же. «Написаны в звездах».

— Ecrit dans les étoiles, — повторяет он по-французски.

Волны с грохотом бьются о берег. Я снова надеваю на палец кольцо, быстро переодеваюсь в купальник и игриво смотрю на Виктора.

— Бежим на пляж!

Он вскакивает на ноги, но недостаточно проворно. Я уже бегу и первой оказываюсь у воды. Волна обдает мое лицо солеными брызгами. Виктор обнимает меня за талию, поднимает и кружится вместе со мной.

Я прислоняюсь спиной к Виктору, он нежно обнимает меня за талию. Мы смотрим на бирюзовое море, завороженные его красотой. Ласковые волны подкатываются к нашим ногам.

— Знаешь, что я думаю? — говорю я.

— Что?

— Я думаю, что, если у нас родится девочка, когда-нибудь... тогда надо будет назвать ее Алмой, в честь этого места.

— Алма, — повторяет он. Океанский бриз подхватывает его голос и уносит куда-то далеко. Словно послание, которое достойно того, чтобы оповестить мир. — Алма так Алма.

На мою руку легла прохладная ладонь, и я открыла глаза. Я лежала на кушетке, а надо мной склонилась Марго.

— Прости, что я разбудила тебя, — осторожно сказала она. — Просто ты очень долго спала. Я решила убедиться, что ты нормально себя чувствуешь.

— Да, — ответила я и села, все еще не придя в себя. — Вернее... — начала было я и замолчала, сморгнув слезы. Я не могла подыскать слова.

Марго села рядом со мной и сжала мне руку.

— Все будет окей, — прошептала она.

Струя холодного воздуха коснулась моей кожи, я вздрогнула и подумала, что едва ли у меня когда-нибудь все будет снова окей.

## Глава 22

### СЕЛИНА

*24 августа 1944 года*
*Париж, Франция*

Воды отошли у меня в половине четвертого. Не медленной струйкой, как у других женщин, моих подруг, которые делились воспоминаниями за чашкой эспрессо. Не так, как в прошлый раз, когда родилась Кози. Нет, тут... тут все было совершенно по-другому. Меня захлестнула боль, и по моим ногам хлынула яростным водопадом жидкость, испачкав ковер в спальне. Конечно, я буду наказана за это. Может, Рейнхард потушит сигарету о мою ляжку, как в тот раз, когда я уронила в столовой дорогую хрустальную вазу. Она треснула в трех местах, и на деревянный пол пролилась вода и упали поломанные тюльпаны. И пока Рейнхард орал, что ваза бесценная, и грозил меня наказать, я глядела на красные тюльпаны и думала о папе. Как я скучала по нему, особенно теперь.

Пятно на ковре было самой маленькой из моих проблем. Роды уже начались. Рейнхард не вернется как минимум три часа, может, больше, если он будет где-нибудь пьянствовать с другими офицерами. Моя беременность раздражала его, и чем больше рос мой живот, тем реже он водил меня к себе в спальню, проводя время с другими женщинами — множеством женщин.

По ночам я слышала их крики, доносившиеся из его спальни. Кози слышала их тоже. Я испуганно сжимала подушку и в то же время испытывала облегчение, что кричу не я. Как бы ужасно это ни было, по крайней мере, это означало, что я была на время избавлена от истязаний.

Десять месяцев, проведенные в этой квартире, были страшным кошмаром. Но я научилась переносить повторявшиеся мучения, покидая свое тело и уносясь в воображаемый сад. Там были Люк, папа и Кози. Там были пионы и розы, гортензии и сирень. Тюльпаны весной, декоративный лук осенью. Цветы на все сезоны. Цветы, заглушавшие мучения.

А конца мучениям не было видно. Вчера вечером после ужина Рейнхард налил себе стакан виски и позвал меня к софе, чтобы я сняла с него сапоги.

— Я видел сегодня кое-кого из твоих друзей, — сообщил он с усмешкой.

Я молчала, и он снова заговорил:

— Разве ты не хочешь спросить кого?

Это мог быть кто угодно; я только надеялась, что он ничего не сделал Люку.

Он пнул меня сапогом, и я покорно спросила.

— Кого?

— Ту маленькую шлюху Сюзетту.

Я вытаращила глаза. Значит, он шел за мной в тот день, когда мы с Сюзеттой встречались за ланчем.

— Нет, я не прикасался к ней, не думай. Да это было невозможно. — Он рассмеялся и подвинул левую ногу в потертом сапоге, чтобы я могла ухватиться за него. — Просто сегодня днем мне позвонил мой подчиненный. В девятом округе творилась ужасная фигня, которую надо было... устранить. — Я взглянула на его лицо, что делала редко по своей воле. Под глазами Рейнхарда были темные круги. — Эта сучка прыгнула с крыши дома.

Я ахнула и прикрыла рот пальцами.

— Ты видела когда-нибудь тело, распростертое на мостовой?

Меня захлестнул приступ дурноты, а из глаз хлынули слезы. *Ох, Сюзетта. Зачем ты так поступила?* Мысленным взором я увидела ее красивое лицо, веселые синие глаза, вспомнила, как мы с ней бегали по парку после школы, а наши волосы были заплетены в косички с бантиками. Вспомнила наш последний разговор и как я надеялась, что мы сохраним чистоту подобно цветкам лотоса. Печально, что Сюзетта погрузилась в мутные воды да так и не увидела свет, хотя я так надеялась на это. Увижу ли его я?

Внезапно я почувствовала первые схватки, поначалу слабые, они медленно растекались по низу живота. Рейнхард вскочил, когда я схватилась за живот, готовясь к новой волне боли. Она усиливалась с каждой минутой.

В одну из пьяных ночей Рейнхард грозился меня убить, воткнуть нож мне в живот, прикончить одним махом сразу две жизни. Иногда мне хотелось, чтобы он так и сделал. Покончил с этим ужасом. Такая смерть хоть и ужасная, но быстрая. Мой ребенок, если это девочка, не узнает насилия и мук, какие выпали на мою долю. Она даже не узнает, в какое ужасное место превратился мир прямо у меня на глазах.

Но нас было не двое, а трое. Кто позаботиться о безопасности Кози в ее маленькой комнатке под полом? Как она выберется оттуда? Весть о гибели Сюзетты глубоко потрясла меня и едва не лишила последних сил. Но я должна продержаться. Еще хоть чуточку.

В моей спальне схватки продолжались одна за другой, словно бурные волны на морском берегу в моем детстве. Я закрыла глаза и пыталась вспомнить, как я смеялась и кричала, бегая в прибое, как мама с папой лежали на одеяле и смотрели на мое веселье. Но теперь на меня обрушились с огромной силой не волны Нормандии, и я кричала в мучительной агонии.

Что подумал бы Люк, если бы увидел меня такой? Мог бы любить меня? Или стал бы меня презирать?

Новый взрыв боли, еще хуже прежнего. В это время Рейнхард протопал по коридору к входной двери. Она со скрипом открылась и захлопнулась, и я была рада, что он ушел хотя бы ненадолго.

Снова кровь. Слишком много крови. Я ослабела, у меня кружилась голова. Августовская духота изматывала меня, пот тек по моему лбу. Я лежала на кровати, простыни намокли от крови. У меня оставалось мало времени, я это знала. Я раскрыла рот, хотела закричать, но голоса не было.

— Кози, — прошептала я запекшимися губами имя моей дочки, но мой голос был такой слабый, что она его не слышала. У меня не было сил встать, я еле дышала. Я слышала, как моя любимая доченька двигалась в маленькой комнатке под полом. Прошли часы. Конечно, ей было страшно. — Кози, — повторила я, собрав последние капли сил, и мои глаза закрылись.

Не знаю, сколько прошло времени, когда я очнулась от скрипа двери. Мои глаза открылись на миг. Ночь прошла, в окно лился свет. Надо мной склонились два знакомых лица: Эстер и... Люк!

Я не понимала, сон это или явь. Я закрыла глаза, снова открыла их, и они наполнились слезами при виде любимого мужчины.

— Наконец-то мы нашли тебя, — сказал Люк с дрожью в голосе. — Нас впустила экономка, когда уходила из квартиры. Она несла чемодан. Не знаю, работала она на немцев или нет, но у нее, по крайней мере, хватило порядочности впустить нас сюда. Она сказала, что мы найдем тебя тут.

Информация обрушивалась на меня так быстро, что я с трудом ее понимала. Как я и надеялась, Ник сообщил о моем положении Эстер. Они вместе обдумывали план моего спасения. Люк предвидел, что они столкнутся, по крайней мере, с одним немцем, и взял с собой оружие.

Я открыла рот, пыталась что-то сказать, но у меня не было сил. Люк плакал. Он взял меня за руку, а Эстер подняла мою юбку и раздвинула мои ноги. Ее лицо, всегда сдержанное, побелело от ужаса.

— Ей срочно нужна помощь.

Стены комнаты кружились. Я была чуть жива, мои веки налились свинцом, но я старалась не закрывать их. Я должна сказать им про Кози, что моя девочка прячется под полом в этой комнате. Конечно, Кози слышала их голоса, но доски пола заглушали звуки, и она не узнавала голос Люка и Эстер. Она не знала, помогут ли ей те люди наверху или обидят, и поэтому вела себя так, как учила я: тихонько сидела и ждала сигнала — я всегда стучала три раза, мол, все спокойно.

Я знала, что делала сейчас Кози, и у меня разрывалось сердце. Я с ужасом смотрела на Люка.

— Кози, — еле слышно прошептала я. — Там... комнатка.

Люк и Эстер переглянулись.

— Кажется, она хочет что-то нам сказать, — пробормотал Люк.

Эстер покачала головой.

— Она бредит. Слишком много потеряла крови. Если мы немедленно не привезем ее в больницу, то потеряем ее и... — она вздохнула, — и ребенка.

Люк нес меня к лифту, а я из последних сил показывала рукой в квартиру.

— Кози! — крикнула я. На этот раз мой слабый голос был услышан, и Люк кивнул.

— Я знаю, — ответил он. — Мы найдем ее. Я обещаю.

Они не понимали, что Кози была в нескольких шагах от них, что она заперта в тюрьме под полом. И когда они торопливо вошли со мной в лифт, я могла только рыдать и вновь и вновь повторять имя дочки — хотя Эстер и Люк слышали лишь сдавленные стоны.

У меня не осталось сил, ни капли не осталось. Мои глаза закрылись, и я увидела маленькое личико Кози. Она была с папой в нашей квартире и прижимала к себе месье Дюбуа. Мы говорили о Нормандии. Я слышала ее голосок, он звучал словно нежная мелодия.

*— Мы с тобой когда-нибудь съездим туда? И попробуем яблочный тарт, который ты любила в детстве?*

*— Да, доченька.*

*— А мы поищем на берегу сокровища и будем бросать в воду камешки и искать морских звёзд во время отлива?*

*— Обещаю тебе.*

# Глава 23

## КАРОЛИНА

— Не выдумывай, — заявила Марго. — Ты хлопотала, купила это красивое платье, а теперь не хочешь идти?

Я с усталым вздохом рухнула в кресло. После лавины вернувшихся воспоминаний мне было не очень интересно участвовать вечером в арт-шоу.

— Просто я не уверена, что мои картины будут кому-то интересны.

— Я видела твои работы, — сказала она. — У тебя талант. — Она взяла вешалку с платьем и подняла кверху. — И у тебя классное платье. Вставай, девушка! Давай собираться!

Я не отвечала на телефонные звонки Виктора уже давно. Я определённо не была готова встречаться с ним, особенно теперь, когда я *знала*. У меня было столько вопросов — и самый главный, почему он скрывал от меня правду. Мне это казалось предательством. Но я обещала Инес прийти; к тому же мое имя уже стояло в программе.

— Окей, — сказала я, вставая.

— Вот это другое дело, — одобрила Марго.

Она уложила мои волосы волнами и занялась моим макияжем. После этого я с трудом узнала себя в зеркале.

— Ты выглядишь на миллион баксов, — усмехнулась она, когда я застегивала молнию на платье.

— Спасибо, — со вздохом ответила я, протягивая руку за своей сумочкой. Жалко, что я не *чувствовала* себя на миллион баксов. Только на десять центов.

— А, вот и ты! — воскликнула Инес, когда я появилась в дверях. Студия была набита людьми. Я вздохнула с облегчением, когда не обнаружила в толпе Виктора.

— Ты потрясающе выглядишь, — сказала она, целуя меня в щеки.

— Ты тоже. — Она была в красном шелковом платье в пол, с короткими рукавами, а на талии желтый пояс — только Инес могла «вытянуть» такое сочетание.

— Хочешь что-нибудь выпить? «Перрье»? Вина?

— Вина, — быстро сказала я.

Она вернулась с бокалом белого вина, и я сделала большой глоток, потом еще один, пока гости толпились, разглядывая наши работы. Мои картины висели на противоположной стене, рядом с ними табличка с моим фото и именем.

Инес наклонилась ко мне.

— Ты не поверишь, сколько человек спрашивали про твои картины.

Я заметила, что Марго беседовала с красивым мужчиной в элегантном костюме. Я улыбнулась про себя. Впервые за долгое время она взяла няньку для Элиана.

— Я не сомневаюсь, что все они будут проданы к концу вечера, — продолжала Инес.

Мне следовало бы прийти в восторг, радоваться, но я с трудом выдавила из себя улыбку.

— Что-нибудь случилось? — Инес нахмурилась.

Я покачала головой и снова сделала глоток вина.

— Нет-нет, все нормально. Прекрасно.

Мои слова ее не убедили:

— По-моему, ты сегодня какая-то не такая.

— Ну, ведь у меня на лице косметика, — ответила я.

— Нет, дело не в этом. — Она пристально посмотрела на меня.

— Ко мне вернулась память, — сообщила я сквозь слезы.

— Это прекрасно! — воскликнула Инес.

— Не очень. — Я передернула плечами.

Она озадаченно смотрела на меня, а я вытерла еще одну слезу.

— Инес, три года назад я была художницей, счастливо жила в Сан-Диего с мужем и дочкой. У меня неплохо складывалась творческая карьера.

— И что-то случилось?

— Умерла моя дочка, — ответила я, с трудом сохраняя хладнокровие. — Не думаю, что арт-терапия поможет пережить такое горе, сколько ею ни занимайся.

Потрясенная Инес взяла меня за руку.

— Я так сочувствую тебе, — прошептала она. Впрочем, Инес была из тех женщин, которые находят решение любой проблемы, и сейчас я видела, как в ее мозгу крутились колесики. — Знаешь что? — сказала она через минуту. — Тебе надо поговорить с моей матерью.

— С твоей матерью?

— Да, сейчас она, к сожалению, не совсем здорова, но она самая сильная особа, каких я знаю, и у нее острый ум. Может, она посоветует тебе, как справиться с горем, поможет найти интересную перспективу.

— Как это? — не поняла я.

— Поверь мне, — сказала Инес. — Ты просто поговори с ней.

— Окей. — Я взяла еще один бокал вина.

Через полтора часа я потеряла счет выпитым бокалам. Мне сделалось легко, а боль притупилась. Пришли несколько завсегдатаев «Бистро Жанти», в том числе господин Баллар, и я с удовольствием поговорила с ним.

— Между друзьями не должно быть формальностей, — объявил он перед уходом. — Мое имя Николя. Пожалуйста, зови меня просто Ник.

Пожалуй, можно сказать, что вечер удался. Но если я до этого нервничала и не хотела видеть Виктора, то теперь его отсутствие почему-то меня задело. Конечно же, после всего он должен был хотя бы явиться, посмотреть мне в глаза, пробормотать извинения, даже если я не могла их принять. Я вздохнула. *Как я вообще могла их принять?*

В половине десятого я решила, что мне пора уходить. Марго уже пошла с тем красавцем в какой-то ресторан. Вот и молодец. А я? Пойду домой.

— Жалко, что он не пришел, — сказала Инес, наклоняясь, чтобы поднять с пола одноразовый стаканчик.

— Все нормально, — фыркнула я. — Это к лучшему.

Тут скрипнула дверь, и в студию ворвался холодный воздух, а вместе с ним Виктор. Он сделал пару шагов и остановился, нервно улыбаясь.

— Ох, неужели все закончилось? — спросил он и потер лоб. — Значит, я... все пропустил? — Он не мог отдышаться, с беспокойством посмотрел на нас, на часы и провел ладонью по густым волнистым волосам.

Мое сердце затрепетало от нахлынувших эмоций.

— Сегодня в ресторане творился кошмар, — объяснил он. — Сломалась одна из печей, а Жюльен свалился с простудой. — Помолчав, он осторожно шагнул ко мне. — Вау, ты выглядишь... запредельно.

Инес исчезла в задней комнате, а он продолжал говорить, но я не слышала его слов, просто смотрела, как шевелились его губы. В эти мгновения я не ощущала ни гнева, ни печали.

Он посмотрел на западную стену галереи и дотронулся до моей руки; мой слух снова стал воспринимать звуки.

— Это, должно быть, твои?

Я кивнула, не отрывая глаз от Виктора.

— Ты всегда была одаренной художницей. — Он улыбнулся мне, и его глаза подернулись туманом. Он понял, что я все знаю.

— Это был ты, — сказала я. — Это был всегда ты.

Он медленно подошел ко мне, вытерев слезу.

— Да, любовь моя.

Я прерывисто вздохнула.

— После... всего, а потом развод, — сказал он. — Я не мог это перенести. Мне так хотелось вернуть тебя, пробиться сквозь твою броню горя. Я переехал в Париж, купил ресторан — и все для того, чтобы мы могли начать все сначала. Хотя бы попробовать это сделать. Но ты не хотела или не могла. — Он потер лоб. — Это убивало меня. Но потом произошло то несчастье. Я места себе не находил, приходил каждый день в больницу. Думал, что потерял тебя. — Его голос дрогнул. — Но ты выкарабкалась. И я понимаю, это звучит глупо, но я подумал, что твоя амнезия — это шанс для меня, для нас с собой. Возможность для нового старта.

Когда ты пришла в то утро в «Жанти», для меня это стало самым чудесным подарком. Ты стала... прежней Каролиной.

Я отвернулась и стерла слезу со щеки.

— Я просто думал, — продолжал Виктор дрогнувшим голосом, — я просто думал, что, если я сделаю еще одну попытку понравиться тебе, если снова завоюю тебя, тогда, может быть... просто, может быть, ты увидишь, что... мы были и остаемся и будем всегда... что наши судьбы *написаны в звездах*. — Он слегка коснулся моей щеки. — Каролина, можешь ли ты осуждать меня за то, что я хотел воспользоваться таким шансом?

Я покачала головой. Мое сердце переполняли противоречивые эмоции.

— Но почему ты не мог сказать мне правду? — Я сделала шаг назад. — Ты держал меня в неведении ради твоей собственной выгоды.

Он посмотрел на меня так, словно я ударила его по лицу.

— Я все время был рядом. После несчастного случая я следил, чтобы у тебя все было нормально. — Он заглянул мне в глаза. — Любовь моя, пожалуйста, постарайся понять, что я делал все это ради *нас*.

Я покачала головой.

— А если бы у меня никогда не восстановилась память? Так бывает иногда. Тогда что? Ты когда-нибудь собирался сказать мне про нашу дочку? Или скрывал бы от меня память о ней, потому что это было бы в *наших* интересах? — Я зарыдала и выскочила на улицу. Мое пальто висело где-то в шкафу, но я даже не стала его доставать.

— Каролина! — крикнул он, выбежав за мной следом.

Я повернулась к нему.

— Тебе будет приятно узнать, что я только что получила в наследство все имущество моего отца. Но ты уже знал об этом, не так ли?

Он покачал головой.

— О чем ты говоришь?

— Не важно, — ответила я. — Ты просто скажи мне, для кого ты купил цветы?

— Какие цветы?

— Цветы, которые ты купил в тот день, когда мы вернулись из Прованса. Инес видела тебя с букетом.

— Каролина, они были для тебя! — Он вздохнул. — В тот вечер ты выскочила из ресторана, а я собирался... — Его голос дрогнул. — Я собирался рассказать тебе все и спросить, хочешь ли ты начать все сначала.

Я смерила его долгим взглядом.

— Виктор, если даже это так, если ты говоришь правду, как я смогу забыть, что наша дочка умерла прямо у тебя на глазах? — Слезы лились по моему лицу. — Неужели ты не мог что-то сделать? Хоть что-то? Неужели ты не мог... спасти ее, Вик? — Он обнял меня и прижал к себе, и я позволила ему это. Мои слезы смешались с косметикой и испачкали лацкан его синей куртки. Я рыдала, вцепившись пальцами в его рубашку.

— Любовь моя, неужели ты не знаешь, что я каждый день несу на себе тяжесть этого? Мне больно здесь, — он показал на свое сердце, — когда я просыпаюсь утром и когда вечером ложусь спать. От этой боли нет спасения. — Он тяжело вздохнул. — Дорогая моя, я пытался спасти ее. Изо всех сил пытался. Мысленно я вновь и вновь прокручивал ту сцену, может быть, миллион раз. Я говорил с экспертами и психологами, с полицейскими, которые были там. И хотя я все равно никогда себя не прощу, теперь я знаю, что ничего не мог сделать и как-то предотвратить то несчастье.

Я сделала шаг назад, тяжело вздохнула и посмотрела ему в глаза. Он протянул ко мне руки, но я не взяла их. Я не могла.

— Каролина, — взмолился он. — Позволь мне любить тебя.

— Ох, Вик, — ответила я с дрожью в голосе; слезы жгли уголки моих глаз. — Если бы я могла. Мне так хочется этого. Но я просто... не могу.

Мы оба не сумели уберечь нашу дочку, и это была цена, которую мы должны были заплатить. Я повернулась и пошла в ночь, одна. Виктор не стал меня догонять. И с каждым шагом я чувствовала, как вокруг моего сердца вырастает знакомая колючая лоза. Больше никакой помады. Больше никаких прогулок на Монмартр, глупых картин и эскизов.

Все эти недели мне просто снились. А теперь я проснулась — окончательно.

# Глава 24

*25 августа 1944 года*
*Париж, Франция*

Рейнхард проснулся с головной болью. Нахальное солнце нестерпимо ярко светило в окно его спальни.

— Мадам Гюэ, — крикнул он. — Немедленно идите сюда и уберите солнце! — Она не появилась в дверях, и он крикнул еще раз: — Мадам Гюэ! Я сказал — идите сюда! — Сжимая ладонями виски, он сам подошел к окну и задернул шторы. — Проклятая ведьма! — пробормотал он и подумал, что пора пристрелить ее вслед за остальными бабами, которые тут жили. Все бабы — никчемные твари.

Он рухнул на кровать, и тут в его сознании наконец сфокусировались, словно дурной сон, события вчерашнего вечера, он вспомнил, что мадам Гюэ сбежала. Вернувшись домой, он обнаружил распахнутую настежь входную дверь. Комната мадам Гюэ была пустая, а чемодан, всегда лежавший под кроватью, исчез вместе с Селиной. Единственное, что осталось после Селины, — окровавленные простыни.

— Сука! — заорал Рейнхард и в ярости пнул сапогом стену рядом с кроватью.

Он вылил в глотку полбутылки водки и вышел на улицу, крича имя Селины, словно сердитый хозяин, который разыскивает сбежавшую собаку и заранее обдумывает, как сурово накажет ее, когда найдет. Он хватал прохожих, требовал у них информацию, но все бесполезно. Селина бесследно исчезла.

Между тем улицы Парижа заметно изменились. Германия проигрывала войну, а значит, и контроль над городом. Но Рейнхард все равно был намерен забрать то, что по праву принадлежало ему. И когда увидел, что «Бистро Жанти» уже закрылось, он захохотал. Удар ноги — и дверь повисла на одной петле. Он ворвался внутрь, словно дикий кабан, опрокидывая столы и разбивая вдребезги чистые бокалы, а добравшись до бара, схватил бутылку виски.

Она не должна была уйти вот так, без его дозволения, да еще залив кровью всю постель. Его переполняла злость. Наверно, она убила ребенка, сука. У нее не хватило крепости выносить его. Слабая слишком. Но и он виноват тоже. Не надо было брюхатить еврейку. Все неправильно. Ему нужна сильная немецкая женщина. Вот она родит ему здорового ребенка. Его наследника.

Но все же каким-то кривым, перекрученным образом Рейнхард любил Селину. Любил ее запах, ее кожу. Любил форму ее носа, цвет ее тела при лунном свете, особенно крутой изгиб линии от талии до бедра. Еще он любил ее сильный характер, хотя злился, что Селина не боялась его так, как другие бабы. Да, она кричала, когда он бил ее ремнем, но боль — не страх, и Селина его не боялась. Он ломал дух других баб, делал их рабынями, но с Селиной это не получилось. Зато она вызывала в нем азартный восторг, не то что другие парижанки, попадавшие в его постель. Она была его фавориткой. И вот она ушла...

Утро, половина десятого, и Рейнхард был один в квартире. Он прошел в гостиную и обнаружил на столике телеграмму от его командира, которую он не заметил накануне вечером. Конверт был вскрыт; вероятно, мадам Гюэ прочла ее перед уходом. Ее бегство потрясло его не меньше, чем уход Селины. Ведь он был абсолютно уверен в преданности экономки. Но последнее слово осталось за ней.

Рейнхард прочел телеграмму, держа ее в дрожащих руках — всего два слова, но он узнал из них все что нужно: «Союзники наступают».

Он выглянул в окно. Его приятели грузились в машины; с одним из них он обедал два дня назад. В центре площади стоял подросток и размахивал французским флагом. Рейнхард хотел сбегать за оружием, хранившимся в шкафу, и всадить пулю в череп этого идиота, но это привлечет внимание. Он понимал, что надо бежать, пока не поздно, хотя было уже поздно.

Времени уже не оставалось. Он не мог ни собрать собственные вещи, ни упаковать что-нибудь из парижских сокровищ, которые он приносил сюда из брутально ограбленных им квартир: бесценные картины, ткани, позолоченные зеркала. Ему было жалко оставлять все это тут на добычу ворам. Если бы у мадам Гюэ были мозги, она взяла бы серебро (хотя, может, и взяла). Проверять было уже некогда.

Он торопливо переоделся в штатское, чтобы его не узнали, сунул за ремень револьвер и направился к сейфу. В нем лежали груды лучших часов, ювелирки и золотых цепочек, которые он собрал, живя в Париже. Он рассовал сколько мог по карманам и в последний раз окинул взглядом квартиру. Не этого он ожидал, живя в Париже, не поражения. Но он построит себе новую жизнь в Берлине, такую же роскошную, как тут. Да, такую же роскошную.

Он пошел к двери, но внезапно остановился, услышав приглушенный плач... ребенка. Странно, подумал он; в этом здании, насколько ему известно, детей не было. Он сделал несколько шагов по коридору, и плач сделался громче. Ему показалось, что звук доносился из комнаты Селины.

Он вошел туда и отшатнулся при виде окровавленных простыней. К горлу подступила тошнота. И вот он опять — детский крик.

— Мама, — кричала маленькая девочка. — Мама, пожалуйста, выпусти меня отсюда!

Улыбнувшись, он опустился на колени и прислушался к крикам, доносившимся из-под кровати. Он чуть не забыл, что у Селины была дочка. Да, конечно, он видел ее тогда давно в цветочной лавке и позже, когда его подчиненные схватили еврейского отца Селины и дочку. Или... нет?

В нем вспыхнула ярость. Значит, эта сучка прятала здесь свою дочь. Все эти месяцы. Как же ей удалось так обмануть его?

— Пожалуйста, — рыдала девочка. — Мама, пожалуйста.

Его раздражал детский плач, ему хотелось тишины. Он шарил руками по доскам пола, нажимал на них, пока одна не подалась. Тайник. Он слышал про такие вещи; люди прятали евреев в подвалах и тайниках, и те жили в темноте, будто крысы. Он тряхнул головой. Сейчас он достанет этого крысенка и пристрелит.

Дело нехитрое, для него тем более. Он уже убивал детей, убивал женщин. Некоторых прямо тут, в квартире. Пристрелить дочку Селины будет особенно справедливо — отдав последний долг Фатерлянду перед своим бегством.

Он с удовольствием послушает, как этот крысенок запищит от ужаса. Пальцы Рейнхарда были слишком толстые, и ему никак не удавалось подцепить край доски, тогда он принес из своей спальни ломик со следами запекшейся крови.

— Мама! — снова позвала девочка, и Рейнхард навел револьвер на доски пола.

— Заткнись, маленькая крыса! — зарычал он и подцепил ломиком доску, но споткнулся и потерял равновесие.

— Суки, — пьяно пробормотал он, поднимаясь на ноги.

Окно было открыто, и с улицы доносился какой-то шум. Рейнхард высунул голову наружу и с ужасом увидел, что мимо дома проехал один танк, другой, третий. Рядом с боевыми машинами шагали американские солдаты. Тут он понял, что ему пора уходить. Играть в кошки-мышки с этой девчонкой, может, и приятно, но сейчас не время.

Рейнхард схватил револьвер, выбежал через гостиную на балкон. Он понимал, что если побежит, то станет легкой добычей — его пристрелят в спину как... У него тревожно забилось сердце. Но если он останется тут... Он замер, услышав тяжелые шаги за дверью.

Он вспомнил свою родину, вспомнил, какую жизнь ему обещали вожди — он так ее и не увидел. Он пожертвовал всем ради Германии, а Германия его предала. Или он предал Германию? Слеза поползла по его щеке, и он крепко сжал рукоятку револьвера. Он направил дуло себе в рот. Сегодня единственным реципиентом его пули станет он сам. Это его последний долг перед Фатерляндом. Рейнхард нажал на спусковой крючок.

# Глава 25

## КАРОЛИНА

Шли дни, шли недели. Виктор не звонил, да я и не ждала этого. Я сказала ему «прощай», и я не шутила. Нам обоим было бессмысленно на что-то надеяться. Конечно, он понимал, что нам обоим лучше всего жить каждому своей жизнью, не причиняя боль друг другу.

Я обходила стороной «Бистро Жанти» и обедала в другом кафе. Оно было не таким хорошим, и кофе горчил, но я... не собиралась возвращаться.

Марго нашла няньку для Элиана и вернулась в ресторан. Я сказала ей, что она может жить у меня столько, сколько захочет, при условии, что она не будет упоминать Виктора. Она согласилась.

Я обзавелась новой мебелью, забронировала на ноябрь поездку в Италию. Марго уговаривала меня снова заняться йогой, и я обещала, что попробую.

Если поначалу моя память возвращалась ко мне медленным ручейком, то теперь воспоминания хлынули, словно из крана, открытого на полную. Так, этим утром я вспомнила пароль от моего ноутбука — «пион».

После завтрака я набрала это слово и — о чудо! — получила доступ к недосягаемым до этого сокровищам, которые оказались довольно скучными. Ни интересной переписки, ни увлекательных сердечных тайн, ни Пинтертеста с фотками. Но потом мой глаз обнаружил на рабочем столе в правом верхнем углу документ «Ворда» — «Письма Виктору». Я кликнула на него.

*19 сентября 2007 года*

Дорогой Виктор,

Сейчас я живу в Париже. Я подумала, что после всего мне надо написать тебе. Конечно, я уехала неожиданно, но, надеюсь, ты понимаешь, что мне было слишком больно оставаться в нашем доме. Мне хочется, чтобы ты знал, что ты можешь оставаться там столько, сколько тебе нужно. Даже навсегда.

Мне нравится тут жить. Нравится, что тут меня никто не знает. Нравится, что люди не подходят ко мне на рынке и не спрашивают, как дела, не смотрят на меня так, словно у меня рак.

Как странно жить тут без тебя. Я часто вспоминаю тот день, когда мы встретились, и те счастливые времена. Теперь они кажутся такими далекими.

Тогда мне было невозможно представить себе, что все так обернется. Утрата Алмы. Развод. Иногда я просыпаюсь ночью в холодном поту и с уверенностью, что все это лишь страшный сон. Но потом на меня обрушивается реальность, и я понимаю, что кошмарный сон — это моя жизнь.

Ты всегда говорил, что мы слабо контролируем дороги, по которым протекает наша жизнь, что они бегут сами собой, как им вздумается. Если это так, тогда пусть так и будет, пускай себе бегут без насилия и борьбы. Я не знаю, куда меня приведет моя жизнь. Но, как ты говоришь, наши судьбы уже написаны в звездах. Будет ли у нашей истории счастливый конец, знают только звезды.

Мне очень трудно это писать, но я прошу отпустить меня. Мне невыносимо видеть тебя. Слишком больно. Пожалуйста, не пиши и не звони мне.

Я буду всегда любить тебя, всегда думать о тебе, всегда жалеть, что не нашла в себе достаточно сил и отпустила твою руку.

Мне очень жалко.

С любовью,

                              Каролина

Я закрыла ноутбук, ошеломленная собственными словами. Я не помнила, как писала это письмо. Если он действительно его получил, оно наверняка ранило его. Но даже после этого он вернулся в Париж. Сделал еще одну попытку.

Я выглянула в окно, смахнула слезу и посмотрела на часы. Нужно было спешить. Я обещала Инес встретиться с ней в час у ее матери. Я опоздаю, если не потороплюсь.

Вздохнув, я прошла мимо лифта и поднялась по лестнице в квартиру на втором этаже. Мать Инес жила на тихой, тенистой улице в десяти минутах ходьбы от арт-студии. Инес считала, что мне будет полезно поговорить с ее матерью, и хотя я долго упиралась, решительность Инес все равно взяла верх.

— Мама приглашает тебя на кофе во вторник к часу дня, — сообщила она. — Так что приходи, не огорчай старушку.

Инес встретила меня в дверях и пригласила в маленькую, но красивую квартиру. Взяла у меня пальто и жестом показала на залитую солнцем гостиную, где над камином висели дюжины семейных фотографик. У окна в кресле-реклайнере сидела старая дама с белым пухом вместо волос.

— Проходи, — сказала Инес. — Познакомься с моей мамой.

— Мама, пришла Каролина, — сказала она матери. — Та самая женщина, про которую я рассказывала.

У старушки загорелись глаза.

— Дочь сказала, что вы очень талантливая художница.

— У Каролины даже была собственная студия в Калифорнии, — подтвердила Инес.

— Калифорния! — мечтательно произнесла это слово старушка. — Там растут пальмы.

Инес принесла мне кофе, и я села рядом с ее матерью.

— В прошлом году мы собирались туда поехать, но мама заболела, — пояснила Инес.

— К весне я поправлюсь, и мы все-таки съездим туда, — возразила ее мать.

Я улыбнулась, восхищаясь ее оптимизмом.

У Инес зазвонил телефон. Она извинилась и ушла на кухню.

— Ну, — заговорила старушка. — Инес сказала, что у вас было в прошлом много боли.

— Да, — подтвердила я.

— Вы не одиноки в этом, — сообщила она, глядя в окно. — Я была совсем маленькой, когда немецкая армия вошла в Париж и навсегда изменила нашу жизнь. Я потеряла в годы войны всю семью.

Я прижала руку к груди.

— Как я вам сочувствую.

— Невозможно справиться с такой болью, но знаете, что я поняла за свою долгую жизнь?

Я покачала головой.

— Боль и горе хотят одного: утопить человека в их трясине. — Она сжала руку в сухой кулачок. — И когда вы покоряетесь им, они становятся победителями. Ну, и кому это нужно? Вам это надо?

Вместо ответа я лишь вздохнула.

— Я знаю, что вы подумали: что я всего лишь старуха с глупыми идеями.

— Нет-нет, я...

— Все окей. Возможно, я кажусь глупой. Но достоинство старости в том, что ты меньше переживаешь из-за того, что о тебе думают другие, а вместо этого фокусируешься на том, что действительно ценно и важно. — Она взяла меня за руку и крепко ее сжала. — Инес говорит, что у вас случилось несчастье. Она рассказала мне вашу историю.

Я молча кивнула.

— Ваша милая доченька вряд ли хотела бы, чтобы вы тонули в вашем горе. Плывите к берегу. Уверяю вас, вы сможете это сделать. Вот я смогла.

Я вытерла слезинку. Инес вернулась из кухни. После этого мы непринужденно поговорили на разные темы, а через полчаса я стала прощаться. Старушка снова посмотрела в окно. Там начинался дождь.

— Надеюсь, вам недалеко идти? — спросила старушка. — Погода отвратительная.

— Нет, недалеко, — ответила я.

— Каролина живет на улице Клер, — добавила Инес, — недалеко от моей студии.

— О, а где?

— В доме восемнадцать, — ответила я.

У нее загорелись глаза.

— Я знаю вашего консьержа, — сообщила она.

— Господина де Гоффа?

— Да, — подтвердила она. — Как и я, он был оторван в годы войны от своей семьи. Недалеко от вашего дома немецкий солдат вырвал у него из рук любимую игрушку, медвежонка. — Она тяжело вздохнула. — Может, вы не знаете этого, но под всеми слоями боли скрывается чудесный человек с золотым сердцем. Всю жизнь он был мне добрым другом, я делилась с ним самыми сокровенными вещами.

Мне стало любопытно, были ли у них когда-нибудь романтические отношения, но я решила не совать нос в чужую жизнь.

— Что ж, будьте здоровы, Каролина, — сказала мне на прощание старушка. — И запомните то, что я вам сказала.

— Да, спасибо, — поблагодарила я, обняла Инес и вышла из квартиры.

Господина де Гоффа не было на месте. Слова, сказанные матерью Инес, не давали мне покоя, когда я шла через вестибюль к лифту, и в это время в дверях дома возникла Эстель. (Я чуть не забыла, что мы договорились с ней о встрече.) Я помахала ей рукой.

Войдя в квартиру, она поставила рюкзачок на кофейный столик рядом с моим раскрытым альбомом для зарисовок. Вероятно, его смотрела Марго и оставила открытым, потому что я убрала его пару дней назад и больше не доставала.

— О! — воскликнула Эстель. — Это... ваши рисунки?

Я кивнула и захлопнула блокнот.

— Это так, ерунда.

— Что вы, — возразила она. — Это действительно хорошо. Я не знала, что вы художница.

— Нет, — ответила я. — Вернее, была когда-то, но все уже в прошлом.

Ее лицо было серьезным.

— При всем моем уважении я не могу согласиться с вами. По-моему, если у человека есть талант, то это уже навсегда.

— Тогда скажем так — я художница, которая бросила рисовать, — заявила я. — Так лучше? — В моем голосе звучало раздражение, которого не было раньше. Я заметила это еще на рынке, когда говорила с продавцами, и утром на кухне, когда Марго пыталась заговорить со мной.

— Простите, — пробормотала Эстель. — Я ничего не...

— Нет-нет, — сказала я. — Это ты меня прости. Я... в последнее время не в себе.

— Все окей, — ответила она.

— Как твой проект? Движется?

— Отлично, — ответила она и достала из рюкзака блокнот и ручку. — У меня много нового, но до этого, если вы не возражаете, я хочу взглянуть на дальние спальни.

— Конечно, — ответила я и повела ее по коридору в спальню, где жили Марго с Элианом. Зажгла там свет. — Тут мало что... но... вот.

— Вот оно, — негромко воскликнула девушка, обводя взглядом комнату, — то самое место. Я чувствую это.

— Что ты имеешь в виду? — спросила я.

Она молча осматривала комнату, изучая каждый изгиб лепнины, каждый гвоздик на карнизе, потом снова повернула ко мне лицо.

— Я обратилась к своим друзьям из химической лаборатории, и они помогли мне прочесть и другие страницы из дневника медсестры. Опираясь на них, на записки Селины и все мои интервью... ну, я смогла наконец составить полную картину.

— Ну-ка, интересно, что у тебя получилось, — сказала я.

— Представьте себе вот что, — продолжала она. — Поздняя осень 1943 года. Вас зовут Селина, у вашего отца тут неподалеку, тоже на улице Клер, цветочная лавка. Париж оккупирован немцами, и вы вынуждены постоянно оглядываться, когда ходите по городу, потому что ваш отец наполовину еврей, хоть и с французской фамилией. Ничего страшного, убеждаете вы себя, ведь ваша фамилия Моро, значит, все в порядке. Каждый день вы отправляете в школу дочку и ухаживаете за цветами. Козетте, Кози восемь лет. Вы живете только ради нее.

— Кози, — улыбнулась я.

Эстель кивнула с тяжелым вздохом.

— Потом на вас неожиданно положил глаз немецкий офицер высокого ранга, живущий на улице Клер в доме восемнадцать. Он может выбрать себе почти любую парижанку, но ему нужны вы.

По моей спине поползли мурашки.

— Он угрожает вам. Говорит, что бросит в тюрьму вашего отца, если вы не уступите ему. Вы пытаетесь бежать, но он перехватывает вашу маленькую семью по дороге на вокзал. Вы смотрите вслед военному грузовику, который увозит вашу дочку и отца.

Я в ужасе прижала пальцы к губам, а Эстель продолжала свой рассказ:

— Но ваша маленькая дочка каким-то образом убегает из машины и идет за вами до дома восемнадцать на улице Клер. Перед вами нелегкий выбор — то ли оставить малышку на холодных улицах, где на каждом углу она может встретить немецких солдат, или украдкой провести в квартиру, где вы попробуете как-нибудь заботиться о ней.

Меня захватил рассказ Эстель, и я с жадностью слушала каждое слово. Конечно, я уже знала кое-что о Селине, но теперь звучали новые детали, и история Селины и Кози трогала мое сердце. Мне даже казалось, будто все это происходило со мной.

— Вы выбираете последнее. Тянутся неделя за неделей, ваша жизнь — сплошной кошмар. Немецкий офицер держит вас в квартире, а его злая экономка следит, чтобы вы не сбежали. Вас насилуют и бьют. Все это время малышка Кози прячется в этой самой комнатке. Вы приносите ей воду и крохи еды, которую вам удается спрятать от глаз экономки. Но однажды вы обнаруживаете, что одну из досок под кроватью можно приподнять. — Эстель встала на колени и стала шарить ладонью по полу. — У вас появляется догадка, что это люк, ведущий в тайник под полом. — Она провела пальцем по узкой щели между досками. — Вы пытаетесь его открыть, и вам это удается. Вы с Кози смотрите в темное пространство. Там холодно, но для Кози это шанс на безопасность. Она храбро спускается туда, и вы отдаете ей одеяло. Она не жалуется, эта храбрая малышка.

Я вытерла слезы, полившиеся из глаз.

— Ваши мучения продолжаются, и однажды вы обнаруживаете, что беременны. Внутри вас растет ребенок, а надежда на спасение тает. Вы непрестанно думаете, как вам убежать из этого ада, как перехитрить экономку, но все напрасно. Но потом немецкий офицер надолго уезжает. Ребенок вот-вот должен появиться на свет, и в жаркий августовский день у вас начинаются роды. Вас терзает боль, но вы пытаетесь скрыть это от Кози, чтобы не пугать ее. Но схватки усиливаются, ножом пронзают вашу спину, отдаются в ногах, и вы понимаете, что времени остается мало. И тут приходит помощь. Та сиделка, Эстер, — женщина, живущая в вашем доме на первом этаже, — и Люк, ваш любимый человек. Вы не понимаете, правда это или вы бредите. Вы потеряли много крови. Но их лица такие добрые, такие дорогие вашему сердцу...

Я ловила каждое слово Эстель.

— Они действительно появляются рядом с вами, поднимают вас с залитой кровью постели и выносят из этой проклятой тюрьмы. Но без Кози. Она тихонько сидит в темном тайнике под полом и не может выбраться оттуда своими силами, как ни пытается. Может, если бы она была старше, ей бы это удалось. Но ей всего лишь восемь лет, и она не может дотянуться до люка и приподнять его. А вам не хватает сил сказать вашим спасителям, что надо спасти еще одну живую душу. Вашу Кози. Вашу милую Козетту.

— Боже милостивый! — воскликнула я и зарыдала.

— Вы потеряли слишком много крови. Вы пытаетесь сказать им про дочку, но ваш голос слишком слаб. Вы уже находитесь между жизнью и смертью. Вас несут в больницу, где доктора попытаются спасти вашу жизнь и новую жизнь внутри вас, а у вас в мыслях только одно — что вы оставили в злой квартире вашу маленькую дочку.

— Господи! — Я подбежала к кровати и упала на колени. По моим щекам лились слезы. Мы с Эстель переглянулись. — Ты думаешь, что она... — Я с испугом посмотрела на доски пола.

Она сжала мне руку.

— Я не знаю, но пора это выяснить.

— Подожди, — сказала я с тревожно бьющимся сердцем. — Я не знаю, смогу ли... — Но тут же замолчала и вспомнила мою Алму. Что, если бы это произошло с нами? Что, если бы она осталась вот так, одна? Что, если бы она... погибла вот так? Тогда я бы хотела, чтобы ее нашли и предали земле ее маленькое тело. Я бы хотела, чтобы о ней *помнили*. — Ладно... окей. Откроем люк.

Эстель кивнула и приподняла доски. Мы осторожно заглянули в темное пространство под полом. Эстель достала фонарик и тщательно осветила каждый уголок.

— Тут пусто, — сообщила она.

Мы обе почувствовали облегчение, но в то же время были озадачены и не знали, что и подумать. У меня промелькнула мысль, что у нашего консьержа были все основания стать таким, каким он стал.

— Как ты думаешь, она... осталась жива? — спросила я.

Эстель села на кровать. За ее спиной лежал плюшевый кролик Элиана.

— Не знаю. Ведь мы не первые открыли этот люк. — Она взглянула на часы. — Но я скоро это выясню. Вы дали мне телефон супругов, которые купили и перестроили эту квартиру. Слава богу, та женщина согласилась поговорить со мной. Пойдемте туда вместе.

— Но ведь это твой проект, — возразила я. — Я не стану тебе помехой?

— Вовсе нет, — ответила Эстель. — Может, это и глупо, но я чувствую, что вы должны пойти туда со мной.

# Глава 26

## КАРОЛИНА

— Может, их нет дома? — сказала я Эстель, когда она в третий раз набрала на домофоне номер 304.

— Я все равно попробую еще раз, — невозмутимо заявила она.

На этот раз нам ответил женский голос.

— Это Эстель. Можно нам войти?

— О да, милая, — ответила женщина. — Простите, что заставила вас ждать. Я говорила по телефону и потеряла счет времени.

Мы поднялись на третий этаж, и в дверях квартиры нас встретила Марселла, высокая женщина с тёмными кудрями, в легинсах и просторном свитере, с золотыми браслетами на правом запястье.

— Садитесь, пожалуйста. — Она показала на диван.

Я предста́вилась и объяснила, как связана с проектом Эстель.

— Ах, потрясающая квартира, не так ли? — отозвалась она, как говорят о чем-то давно забытом.

— Да, — подтвердила я.

— Я всегда буду сомневаться, правильно ли мы поступили, отказавшись от нее. Но просто мне пришлось бы вспоминать тот день...

Эстель подалась вперед, открыла блокнот и приготовила ручку.

— Расскажите мне об этом.

У Марселлы затрепетали ресницы, словно она пыталась вспомнить боль от неразделенной любви.

— Мы сыграли свадьбу годом раньше и долго искали себе жилье в Париже. Можно назвать это разборчивостью, но мы точно знали, чего нам хотелось. Балкон для меня и достаточно просторную кухню для Мишеля. Он терпеть не может маленькие кухни. — Она вздохнула. — Одним словом, у нас было одно разочарование за другим. Пока... мы не зашли в дом восемнадцать на улице Клер.

Мы переглянулись с Эстель.

— Квартира пустовала много лет и в тот день была выставлена на продажу, — продолжала она. — Всю ее историю никто не знал, но агент из Сотбис сообщил в сопроводительной записке кое-какие детали. В годы оккупации эта квартира приглянулась некоему немецкому офицеру высокого ранга, и он сослал ее владельцев, еврейскую семью, в трудовой лагерь, где они и погибли. После войны французское правительство старалось вернуть собственность ее настоящим владельцам, но во многих случаях их уже не было в живых, а наследников тоже часто не удавалось отыскать. — Она вздохнула. — Квартиры стояли пустыми, в доверительном управлении, в том числе и эта, в доме восемнадцать. Наконец парламент принял новый закон, разрешающий продавать такую невостребованную недвижимость, а выручку направлять на конкретные гуманитарные и правительственные программы. Конечно, нам было неприятно, что ту квартиру отняли у еврейской семьи, но мы ничего не могли изменить. Но зато мы могли купить ее, чтобы наши деньги пошли на благое дело. Нам это казалось неким искуплением, хотя и слабым.

Эстель записывала ее слова, а Марселла замолчала и задумчиво посмотрела в окно.

— Ну, мы сразу полюбили ее, и это неудивительно. Наш риелтор господин Пети, который, между прочим, был не из робкого десятка... — Она помолчала и, что-то вспомнив, нервно засмеялась. — В общем, он пытался отговорить нас. Там требуется такой большой ремонт, говорил он, а на него еще надо получить разрешение, и это займет целую вечность. Пройдут годы, прежде чем реновация закончится. — Она покачала головой. — Однако мы его не послушали. Мы хотели жить в этой квартире. Но когда взялись за ремонт, поняли, что наш риелтор был прав. Переделывать пришлось буквально все. Объем работ был чудовищно огромным, но в то время нас это не пугало. Я заезжала туда каждый день и смотрела, как идут дела. С каким восторгом мы наблюдали, как квартира постепенно обретала тот вид, о каком мы мечтали, пока... не наступил тот самый злосчастный день.

— Какой день? — Эстель прищурила глаза.

— Число я не помню, но это было в августе. Стояла жара. После работы я приехала туда на велосипеде, как всегда. И купила еды для Эдуардо, нашего рабочего. — Она помрачнела. — Я никогда не забуду выражение на его лице.

— Что там было? — спросила Эстель.

— Шок, — ответила Марселла. — Он вышел из дальней комнаты, держа в руке ломик, покрытый пылью и грязью. У него было такое лицо, словно он... увидел призрак. — Она вздохнула. — Он сообщил мне, что там он нашел что-то важное, что я должна увидеть. Ох, если бы это были муравьи или даже крысы. — Она снова нахмурилась. — Но это было гораздо хуже.

У меня тревожно забилось сердце.

— Эдуардо готовил полы для циклевки, когда обнаружил неплотно прилегающую доску, а под ней тайник. — Она накрыла губы пальцами. — Я до сих пор помню тот запах, тот ужасный, затхлый запах.

Эстель не отрывала глаз от Марселлы.

— Что именно вы там увидели?

— Сначала я не поняла, что там, — ответила она. — У Эдуардо дрожала рука с фонарем.

— Вы нашли... человеческие останки? — осторожно спросила Эстель.

Я в ужасе затаила дыхание.

— Нет, — ответила Марселла. — Но было очевидно, что там держали ребенка, возможно, долгое время. Возможно, что детские косточки просто сгнили, или их съели крысы, или их через несколько лет тихонько выбросили. Или, может, ее спасли, в конце концов. Я просто не знаю.

— Ее? — переспросила я. — Откуда вы знаете, что это была девочка?

— Эдуардо нашел несколько вещей, в том числе съеденное молью платьице. — Марселла выдвинула из-под столика деревянный ящик и открыла крышку. — И вот что. — В ящике лежал очень ветхий бурый медвежонок. Она протянула его Эстель вместе с какой-то старой тетрадью в кожаной обложке.

— Это дневник той девочки, Кози, — сказала Марселла. Она открыла дневник и дотронулась до страницы. — Девочка была настоящим ангелочком, это сразу видно, когда читаешь ее милые слова. И ее держали в таком мрачном месте...

— Вы нашли что-нибудь еще?

— Нет, — ответила она. — Вернее, больше не было ничего важного. Кажется, Эдуардо упоминал о разбитом кувшине и фонарике. Разумеется, мы поставили в известность полицию, и там подтвердили, что в квартире когда-то жил немецкий офицер. — Она решительно кивнула, повернувшись спиной к ящику с реликвиями. — У меня не хватило духа отдать это полицейским. Мне показалось неправильным, что эти дорогие для детского сердечка вещи будут заперты в казенном месте. Вот я и хранила их. В память о Кози. — Она протянула Эстель игрушку и тетрадку. — А теперь я хочу отдать их вам.

— Для меня это большая честь, — ответила девушка.

— После этого мы с мужем решили отказаться от квартиры в доме восемнадцать на улице Клер. Вскоре мы продали ее риелторской компании; та собиралась закончить реновацию и добавить квартиру в портфолио для сдачи в краткосрочную аренду американцам. — Марселла пожала плечами. — Нам хотелось поскорее отделаться от нее.

— Я вас понимаю, — сказала Эстель.

— О, — продолжала Марселла. — Я чуть не забыла про цепочку.

— Цепочку? — спросила я.

— Да, Эд случайно нашел ее в углу тайника. — Она покачала головой. — Как у него хватило храбрости спуститься в такое жуткое место, я не знаю. — Она подбежала к антикварному бюро, достала из ящика маленький конверт и вытряхнула из него на ладонь Эстель медальон на цепочке. Замок был тугой, но она сумела его открыть. Но медальон был пустой.

— Все это просто... невероятно, — пробормотала Эстель, явно потрясенная.

Я пробежала глазами по страницам дневника, читая милые рассуждения Кози об ее маленьком мире, надеждах, мечтах и страхах. Потом мой взгляд остановился на страничке в конце тетради. Один отрывок особенно меня поразил.

«Тут, внизу, у меня было так много времени на мысли, и я хочу сказать, что, по-моему, самые важные вещи в жизни — это благодарность, умение прощать и любовь. Мама всегда учила меня быть благодарной. И когда ты говоришь «спасибо», это делает счастливее других людей. И надо уметь прощать, потому что жизнь слишком короткая, чтобы все время сердиться. Это неинтересно. И еще любовь — когда ты любишь всем сердцем, никто и ничто не могут отнять это у тебя».

— Вы плачете, — сказала мне Эстель. Ее глаза тоже были мокрыми от слез.

— Я всегда надеялась, — сказала Марселла, — что после всех немыслимых испытаний, которые выдержала Кози, ее история поможет кому-нибудь.

— Она уже помогла, — сказала я.

Мы с Эстель долго сидели в ближайшем кафе, когда вышли от Марселлы.

— Как ты думаешь, Кози осталась в живых? — спросила я, прихлебывая вторую чашку двойного эспрессо. — Может, она и сейчас живет где-то рядом?

— Возможно, — ответила она, глядя на маленького медвежонка. — Хотя, как ни печально, я думаю, что это маловероятно.

На небе шла борьба: то светило солнце, то наползали темные тучи; они боролись друг с другом, как прошлое и настоящее. Исход битвы был неясен.

Уходя на занятия, Эстель сунула мне ящичек. Я задержалась в кафе еще на некоторое время, думая о Кози. Открыла крышку ящика и достала дневник.

«Сегодня мой половинный день рождения, — гласила одна запись. — Дедушка споет песенку, а мы с мамой купим в пекарне круассан». Это были слова ребенка из другой эпохи, неведомой мне души, и все же я слышала ее голосок, громкий и чистый, словно она сидела рядом со мной на этой скамье и болтала ножками, как когда-то Алма.

Я читала, читала, читала о ее надеждах и мечтах, о том, как она переживала за маму, когда слышала ее крики, доносившиеся из комнаты «злого дядьки». Потом я дошла до самой последней страницы. Ее почерк изменился, стал слабым, неровным. Я поняла, что она прощалась с жизнью. «Я думаю, что сегодня мой последний день. Я уберу дневник, обниму месье Дюбуа и стану молиться о небесах».

Я вытерла слезы и достала из ящичка любимого медвежонка девочки. Месье Дюбуа.

# Глава 27

## КОЗИ

Прошло четыре дня с тех пор, как унесли маму. Я знаю, потому что тоненький луч света проникал сквозь щель между досками и показывал, когда начинался новый день. Наверно, у нее уже родился ребенок. Лучше бы маленькая сестренка, но и братик тоже хорошо. Я научу его играть в разные игры и скажу, чтобы он никогда не дергал девочек за косы. Мы назовем его Теодор, или Тедди. Я прижимаюсь щекой к месье Дюбуа.

— Хорошее имя, правда? — спрашиваю я у него.

Когда раздался выстрел, я испугалась, но после этого я больше не слышала ни тяжелых шагов злого дядьки, ни его голоса. Все стало тихо. Очень тихо.

Я очень хочу, чтобы кто-нибудь пришел, хоть кто-нибудь. Тогда я начну кричать из последних сил, чтобы меня услышали. И тогда меня отведут к маме, и все будет опять хорошо.

Я лежу на холодном полу и мечтаю, чтобы в кувшине осталась хоть капелька воды, крошечная капелька, чтобы смочить мое пересохшее горло. Но вся вода кончилась еще позавчера. И последний изюм тоже. Я очень устала, у меня болит все тело. Я боюсь, что, если закрою глаза, у меня уже не хватит сил их открыть.

Я беспокоюсь за маму. Наверное, что-то случилось. Я слышала наверху голос мужчины. Он пришел, чтобы спасти ее, но почему она не сказала ему про меня? Почему она не послала его за мной? Должно быть, что-то случилось. Я крепче прижимаю к себе месье Дюбуа.

Когда-то я спросила дедушку про небеса, и он ответил мне, что всегда представлял себе их такими, как его дом в Нормандии: соленый воздух пахнет там яблоневым цветом, на сковородке жарится рыба, а о берег бьются волны. Может, я никогда не увижу Нормандию, но дедушкины слова мне нравятся. Мне кажется, что дедушка ждет меня на небесах в своем красном кресле возле камина, сложив на коленях руки, исколотые шипами роз, а из кармана пиджака торчит его трубка.

— Добро пожаловать домой, Козетта, — скажет он и раскинет руки, обнимет меня, когда я прыгну к нему на колени. — Я так скучал по тебе.

А маму я найду на кухне, где она будет готовить обед, напевая песенку.

— Моя любимая доченька, — скажет она, когда я обхвачу ее руками за талию.

Я моргаю, а слезы не появились. Я похожа на тюльпан в нашей лавке, который долго не поливали.

У меня тяжелеют веки. Я больше не могу открыть глаза.

— Сейчас мы полетим на небо, — шепчу я месье Дюбуа.

Я не знаю, сплю я или проснулась и где я нахожусь, на земле или на небесах. Я чувствую запах соленого морского воздуха. Вдалеке растут яблони, как я и представляла себе. Я смотрю на красивый красный шар, висящий на ветке, и мне хочется вонзить зубы в его мякоть, и тут слышу, как кто-то зовет меня по имени.

— Кози!

Я поворачиваюсь, но голос звучит не рядом со мной, а где-то еще, далеко. Ветер шелестит в ветвях яблонь, а я поворачиваюсь, встаю на цыпочки и протягиваю кверху руки.

— Кози! — снова зовет голос, на этот раз он ближе. *Знакомый* голос.

Мои глаза закрываются, а когда я открываю их снова, яблоня исчезла. Вокруг меня темнота, а наверху тяжелые шаги.

— Кози? Ты там?

Люк. Это Люк!

— Люк! — кричу я, но мой голос пропал, превратился в тихий шепот.

— Кози! — зовет он опять.

Из последних сил я сажусь, мне отчаянно хочется, чтобы Люк услышал меня и спас из ужасной темноты. Я ищу возле себя кувшин и, когда хватаюсь за его ручку, заставляю себя встать и бью кувшином о стенку. Он разлетается на куски с громким стуком, который невозможно не услышать. Как я и хотела.

— Кози! — снова зовет меня Люк. Я слышу, как его руки шарят по полу над моей головой, а потом на меня обрушивается поток долгожданного света. Я поднимаю голову, щурюсь, и мои глаза встречаются с глазами Люка.

— Милая моя девочка, — говорит он, спрыгивает ко мне и берет меня на свои сильные руки. — Я нашел тебя и больше никогда не отпущу.

## Глава 28

## КАРОЛИНА

В тот вечер я рассказала Марго историю маленькой Кози, и она ахнула.

— Подумать только, она была... прямо тут, где мы сейчас, в этой спальне.

Мы решили остаться дома и приготовить пасту, но тут я спохватилась, что у меня кончился соус маринара. Элиан увлеченно играл в гостиной.

— Я сбегаю в магазин, — сказала я. — И сейчас же вернусь.

Господин де Гофф стоял в вестибюле и запирал маленькую комнатку, где хранил свои припасы. Вероятно, он закончил дежурство и уходил домой.

Я подошла к нему и поздоровалась. Он кивнул в ответ.

— Господин де Гофф, — сказала я со слезами на глазах и, неожиданно для себя, обняла его за шею крепко-крепко, словно сила моих рук могла облегчить боль, которую каждый из нас носил в себе. Но тут же спохватилась, что напрасно дала волю своим эмоциям. — Ой, простите, — пробормотала я, торопливо отступив назад, и вытерла слезы.

Старый консьерж с легким удивлением глядел на меня.

— Я... встретилась с матерью Инес, — объяснила я. — Владелицы арт-студии на той стороне улицы. Она рассказала мне вашу историю, о том, что вы пережили в детстве.

Он пристально смотрел на меня.

— Простите.

Впервые за все время, во всяком случае, в моем присутствии уголки его губ дрогнули и растянулись в улыбке.

— Теперь я понимаю, — сказала я, — почему вам было так трудно отвечать на мои вопросы о прошлом.

Он долго молчал.

— Они вторглись в наш дом и забрали все, даже наши жизни. Выжил только я один. Мои сестры, мать с отцом. Все умерли в лагере. Я не знаю, каким чудом я выжил. Я был кожа да кости, весь покрыт вшами, когда американский солдат вынес меня на плечах из проклятого лагеря.

Я ахнула от ужаса.

— В конце концов, я вернулся на улицу Клер и жил у двоюродной бабки, которая сумела пережить оккупацию, — продолжал он. — Мы делали вид, что ничего не изменилось, а изменилось все. Впрочем, всегда можно понять, если человек пережил террор, это заметно по его глазам. До сих пор заметно. — Его лицо посветлело. — В тринадцать лет я познакомился с девушкой, которая была на несколько лет старше меня. Она рассказала мне, как они с матерью жили в плену у немца, прямо тут, в этом доме.

Я с изумлением прижала пальцы к губам.

— Кози!

Он кивнул.

— Та девушка, конечно, изменилась, я помнил ее еще маленькой, а тогда она была уже взрослой, но я все равно ее узнал. Печально, но ее мать умерла во время родов вскоре после ее спасения. Но моя подруга не смогла бы выжить, если бы не самоотверженность и забота ее матери. И Люка.

— Расскажите мне еще об этом.

— Когда Селину спасли незадолго до ее смерти, Кози ждала, что ее освободят, но прошло время, прежде чем Люк Жанти, жених Селины, догадался, где находилась девочка.

*Жанти.*

— Его школьный друг жил в такой же квартире на улице Клер, и они часто играли в потайной комнатке, устроенной в дальней спальне. И Люк предположил, что Селина могла спрятать дочку в таком же тайнике. И представляете? Он был прав. Он нашел девочку вовремя. Она была кожа да кости, чуть живая.

Я прерывисто вздохнула, а он продолжал свой рассказ.

— Люк взял ее к себе и растил как родную дочь. Он самый потрясающий человек, каких я встречал в своей жизни. Вообще-то, когда я устроился тут консьержем, Кози попросила, чтобы я обещал ей одну вещь.

— Какую?

— Она попросила меня следить за тем, чтобы ни один ребенок в этом доме не страдал так, как страдала она.

— Вы хороший человек, господин де Гофф, — сказала я, глядя в его усталые глаза. — А Кози... и сейчас в Париже? Я очень хочу с ней встретиться.

Старый консьерж улыбнулся.

— Но, мадемуазель, вы уже встретились.

Я вытаращила глаза и растерянно развела руками.

— Как это встретилась? Не понимаю.

— Мадемуазель, — ответил он. — Мать Инес... это и есть Кози.

Мое сердце стучало как барабан, когда я переходила через площадь. Я была так погружена в свои мысли, покупая банку соуса, что почти не заметила, когда кассирша отдала мне кредитную карточку.

На обратном пути я еще издалека заметила Инес, закрывавшую студию. Я помахала ей рукой, и она пошла мне навстречу, держа в руках пачку холстов.

— Тебе помочь?

— Ой, спасибо, но мне недалеко. Мы с мужем встречаемся в ресторане за углом. — Она улыбнулась. — У него сильные руки, сильнее моих. Я заставлю его отнести холсты домой.

Я помолчала, размышляя, как рассказать ей длинную историю, которая только что сложилась в моей голове, но не знала, с чего начать.

— Все в порядке? — спросила Инес. — У тебя такой вид, словно у тебя на уме что-то грандиозное.

У меня побежали по спине мурашки, и я улыбнулась.

— Да, все нормально. Слушай, это долгая история, а тебе сейчас некогда. Давай встретимся завтра днем, и я все тебе расскажу.

— Замечательно, — ответила она и послала мне воздушный поцелуй, но тут же остановилась. — Ой, совсем забыла тебе сказать. После арт-шоу я продала *все* твои картины.

— Правда?

— Да, все до одной. — Ее глаза сверкнули. — И все одному покупателю.

— Одному?

— Да, Виктору. Он купил все картины.

Я нахмурилась.

— Ладно тебе, не хмурься. Глупая, этот человек явно в тебя влюблен. — Она усмехнулась. — Окей, до завтра.

Капля упала мне на щеку, когда я подходила к дому. Из подъезда вышел господин де Гофф и раскрыл зонтик. Я вспомнила его обещание Кози и подумала, что у тех, кто страдал в годы оккупации, возникли тесные узы.

Еще одна дождевая капля, потом еще, и тут с неба хлынул поток. В другое время я бы нашла какое-нибудь укрытие и переждала ливень. Но не в этот раз. Во мне что-то лопнуло или, как кто-то мудро сказал, раскрылось. Я глядела на небо и купалась под струями дождя. Впервые за долгое время я ничего не боялась.

— Алма, — прошептала я, и струи дождя смешались с моими слезами. — Доченька, я так скучаю по тебе. И твой папа тоже скучает. Ох, милая, мы не хотели, чтобы так случилось. Но знаешь что? Кажется, я догадываюсь, что ты сказала бы нам сейчас, если бы могла. Ты велела бы мне обнять папочку, правда? И простить его.

— Мадемуазель, — сказал мне какой-то прохожий. — Все в порядке?

— Да, — ответила я, смеясь и плача. Я промокла до нитки и вела себя как сумасшедшая. Может, это и так. Плевать.

— Да, — повторила я. — Все в порядке.

Я бежала к «Бистро Жанти», а у меня в ушах звучал голосок Кози, те слова, которым она осталась верна всю жизнь. *«Я хочу сказать, что, по-моему, самые важные вещи в жизни — это благодарность, умение прощать и любовь. Мама всегда учила меня быть благодарной. И когда ты говоришь «спасибо», это делает счастливее других людей. И надо уметь прощать, по-*

*тому что жизнь слишком короткая, чтобы все время сердиться. Это неинтересно. И еще любовь — когда ты любишь всем сердцем, никто и ничто не могут отнять это у тебя».*

## Глава 29

### КАРОЛИНА

Когда я добежала до «Жанти», я вся промокла, а еще... упала духом. В ресторане было полутемно. Дверь заперта. На витрине висела табличка «ЗАКРЫТО».

— Нет! — крикнула я и постучала в дверь. — Виктор!

Владелец соседней колбасной лавки запирал дверь и окинул меня взглядом с ног до головы, вероятно, решив, что у меня поехала крыша.

— Простите меня, месье, — сказала я, не в силах вспомнить его имя. — Вы не знаете, почему «Жанти» не работает? Где Виктор?

Он подозрительно прищурился. Вероятно, я ужасно выглядела, но мне было плевать.

— Он говорил что-нибудь вам? — допытывалась я. — Хоть что-то?

Колбасник пожал плечами.

— Я торгую в моей лавке больше сорока лет, и бистро никогда не закрывалось ни на один день.

А потом появилась одна американка, и начался хаос. — Он развел руками. — Где я теперь поужинаю?

Он сердито зашагал по улице, а я заметила какое-то движение внутри ресторана, снова подбежала к двери и громко забарабанила по стеклу.

Ручка повернулась, и дверь со скрипом открылась. Но за ней стоял не Виктор, а какая-то женщина в голубом платье, облегающем фигуру. Блондинка, загорелая и... красивая.

— Эмма? — послышался из кухни голос Виктора. У меня оборвалось сердце.

— Ой, — пробормотала я, пятясь назад. — Простите, я...

— Постойте... Каролина? — Она прищурилась. — Я не надела очки. Это ты?

Я смущенно кивнула и пригляделась к ней. *Неужели мы знакомы?*

Она обняла меня.

— Виктор рассказал мне, что с тобой случилось. Мне очень жаль. Может, ты не помнишь меня. Я Эмма, кузина Виктора из Ниццы.

— Ой, конечно! — Я улыбнулась и закивала.

— Я приезжала на вашу свадьбу, — продолжала она. — Конечно, это было давно. И я осветлила волосы. — Она провела пальцами по медовым локонам. — Но вообще-то я так рада тебя видеть! Заходи. Мы с Антуаном, моим другом, летим в Рим и заглянули сюда на пару дней. Вик предложил нам остановиться у него.

— А почему закрыт ресторан? — спросила я.

Она удивленно посмотрела на меня.

— Разве ты не слышала? Виктор решил его продать.

— Что? — Я ахнула.

— Я понимаю, что это трагедия, — сказала она. — Может, тебе удастся отговорить моего кузена.

Она продолжала щебетать, но я уже не слушала ее, когда увидела Виктора. Он сидел за столиком в глубине ресторана и пил красное вино.

Я прошла мимо Эммы в ресторан, наши глаза встретились, и мои наполнились слезами. Охваченная горем и гневом, я забыла, что у Виктора тоже болело сердце не меньше моего. Я буду горевать всегда, но пора и простить его.

— Ох, Виктор, — зарыдала я, встав возле него на колени. У него засияли глаза, и он погладил ладонью мои мокрые волосы.

— Я так тебя люблю, — сказала я. — Прости... что я... прости меня за все.

— Ты тоже прости меня! — воскликнул он, взяв в ладони мое лицо.

— Это моя вина, — сказала я. — Мне надо было в тот день завязать ей волосы сзади, когда она попросилась искупаться.

— А мне надо было проверить фильтрационную систему, — сказал он. — Я даже не подозревал, что она может быть опасной.

Я упала в его объятья, и мы оба зарыдали.

— Ты простишь меня, любовь моя?

Я кивнула.

— А ты меня простишь?

— Да, — ответил он, глядя мне в глаза. — Давай начнем все сначала! Прошу тебя!

— Да. — По моим щекам лились слезы. — Да.

# Глава 30

## КАРОЛИНА

*Два года спустя. Весна*
*Париж*

— Еще один разок, — сказал фотограф. — Пожалуйста, поднимите книгу чуть выше. Вот так. Теперь глядите на город и улыбайтесь.

— Правда Эстель прекрасно выглядит? — прошептала я Виктору, стоявшему рядом со мной. Она пригласила нас на торжественный завтрак в честь выхода в свет ее книги про Селину и Кози. Я невероятно гордилась моей недавней знакомой.

Я повернулась влево и залюбовалась видом, открывавшимся с верхней площадки лестницы, ведущей на Монмартр. Париж был великолепен. Цвели вишневые деревья, после зимней дремоты всюду распускались первоцветы.

Я держала книгу в руках и смотрела на красивую обложку и удачное название «Все цветы в Париже». В Америке книга выйдет через месяц. Издатель решил поместить на обложку мои пионы. Сначала я побаивалась, но теперь поняла, что он не ошибся.

Моя жизнь наконец-то наладилась. Мы с Виктором во второй раз обменялись клятвами верности и провели на греческих островах медовый месяц. Из квартиры на улице Клер мы уехали и купили жилье на Монмартре, недалеко от садика с ковром из шерстистого тимьяна. С нашего балкона открывался роскошный вид на город. В одной из спален мы устроили мою мастерскую, где я работала каждый день.

Расстаться со старой квартирой оказалось труднее, чем я думала. Она долго пустовала, но книга Эстель пробудила к ней большой интерес, и я слышала, что какая-то группа инвесторов намерена превратить ее в музей наподобие Музея Анны Франк в Амстердаме.

Деньги из отцовского наследства помогли мне основать небольшую некоммерческую организацию, чтобы помогать женщинам, попавшим в тяжелую жизненную ситуацию. (Ирония судьбы, но при этом и счастливое совпадение, которым я с радостью поделилась бы с моей матерью, будь она сейчас со мной; я бы сделала ее президентом моей организации.) После долгих раздумий я назвала организацию СКА в честь Селины, Кози и Алмы. У нас есть горячая линия для жертв домашнего насилия, и через сеть волонтеров мы предоставляем им питание, советы, обучаем разным профессиям, предоставляем жилье и другую помощь. Мы не нацелены на Нобелевскую премию, но если наши усилия помогут почувствовать себя в безопасности какой-нибудь маленькой девочке, прижимающей к себе игрушечного медвежонка, когда вокруг нее рушится привычная жизнь, значит, наши усилия не пропали даром.

В конце концов Вик не стал продавать ресторан, но переложил много повседневных хлопот на Жюльена, который оказался надежным и талантливым учеником, и это позволило нам путешествовать столько, сколько мы хотели. Теперь Виктор мечтал об Исландии, а мне хотелось слетать в Коста-Рику.

Господин Баллар (Ник) скончался в январе. Но я всегда буду с радостью думать о том, что он получил свой поцелуй и даже более того. Его дружба с Кози, продолжавшаяся всю жизнь, перешла в нечто большее на склоне лет, хотя я подозреваю, что пламя там было всегда.

— Забавно, — сказала Кози дочке. — Я была влюблена в него всю жизнь, а он наконец обратил на меня внимание, когда я стала старухой. — Но все-таки он заметил меня, и мы прожили вместе два счастливых года.

После похорон Вик пригласил всех на ланч в честь господина Баллара. До сих пор его ждет у нас любимый столик, мы скучаем без нашего друга, но больше всех тоскует по нему Кози.

Но старая любовь вдохновила молодежь, и вскоре после похорон тот красивый парень в элегантном костюме сделал Марго предложение. Он полюбил Элиана не меньше, чем мать мальчугана, а его семья, владеющая самой большой во Франции фирмой по обслуживанию офисов, приняла их обоих с распростертыми объятьями. Но Марго все равно настояла на том, что останется в «Жанти».

Господин де Гофф наконец ушел на пенсию со своего поста в доме восемнадцать на улице Клер, выполнив свое обещание. Я была рада услышать, что он находится в добром здравии и любит играть в лото.

Кози все-таки побывала недавно в Калифорнии, как и мечтала, хотя и без Ника. Несмотря на пошатнувшееся в последнее время здоровье, она приехала на презентацию книги и любезно отвечала на вопросы журналистов и читала отрывки из своего дневника. Она полностью поддержала Эстель и даже написала предисловие к ее книге.

— Спасибо тебе, — поблагодарила меня Инес, вытирая слезу, когда праздник закончился. — Я не могла и предположить, что одна из моих слушательниц принесет в мою семью ясность и исцеление, хоть мы и не догадывались, что они нам нужны. — По какой-то причине Кози никогда не делилась с дочерью своей историей, и правда сблизила их еще сильнее. — Но скажи мне, — продолжала Инес, прижав руку к груди, — твое сердце исцелилось?

— О, — ответила я и посмотрела на дверь, за которой меня ждал Виктор. — Я не думаю, что оно когда-нибудь исцелится полностью. Но теперь мне гораздо лучше. Я снова стала цельной.

— Сегодня ты держалась великолепно, — сказал Вик, сжав мою руку.

«Все цветы в Париже» — это, конечно, история Кози и Селины, но в чем-то и моя, и Алмы.

— Спасибо. — Я улыбнулась. Эстель выполнила великолепную работу и рассказала в своей книге со множеством подробностей о борьбе Селины и Кози за жизнь. История трагическая, терзающая сердце, но при этом она примиряет с жизнью, показывает ее торжество. Вероятно, мадам Жанти тоже изменилась. Она умерла вскоре после войны, но перед смертью покаялась перед сыном за свои связи с немцами и попросила у него прощения. Франсина и Максвелл Тулуз, соседи, которые выдали нацистам Селину и ее отца, были навсегда изгнаны из «Жанти».

Налетел порыв ветра и тряхнул старую вишню, густо покрытую розовыми цветками. Мы замерли на мгновение и наблюдали, как тысячи крошечных лепестков закружились и заплясали в воздухе. На какой-то волшебный миг это выглядело как настоящий розовый буран.

— Алме понравилось бы, — сказала я с улыбкой, когда ветер затих.

— Да, точно бы понравилось, — подтвердил Виктор.

Теперь мы могли говорить о дочке, не рискуя упасть в пропасть эмоций. Вообще, мы много говорили о ней, например о том, какой она стала бы теперь, в подростковом возрасте, понравился бы ей Париж или нет (наверняка бы понравился) и что она делала в этот самый момент на небесах (наматывала на палочку сахарную вату — клянусь!).

— Мы увидимся с ней, — сказал мне как-то Виктор. Это было мимолетное замечание на кухне, реакция на какую-то чепуху, которую я сказала про ее старые балетки, которые она любила надевать везде. Его ответ невероятно утешил меня. Потому что он был прав. Мы точно увидимся с ней. Вот что делала любовь. Соединяла людей, и такие узы были сильнее времени, сильнее войны и разрушений, зла и боли.

Я смотрела на небо, думала о Селине и Кози и о моей милой доченьке, а в это время розовый лепесток упал мне на щеку. Я поймала его и погладила пальцами его шелковистую поверхность.

Но правда в том, что все цветы в Париже — до последнего лепестка — никогда не смогут заполнить в моем сердце пустоту после смерти Алмы. Я знала, что мое горе не пройдет никогда. Но я узнала, что мы не должны терять то, что любим глубоко и искренне.

Я закрыла глаза и вспомнила наш старый дом в Сан-Диего. Да, в тот трагический день Алма перестала там дышать, но вместе с тем она делала первые шаги под той крышей, танцевала, пела и обеспечила нас миллионом прекрасных воспоминаний.

Я вспомнила нашу большую, залитую солнцем кухню. Все наши джазовые надписи. Сад. Мою мастерскую. Даже бассейн.

— Вик, — сказала я, прогоняя слезы.

— Что, малышка?

— Кажется, я готова поехать домой, — со вздохом продолжала я. — Мы поедем домой.

Мой муж обнял меня за талию, а я вздохнула. В воздухе кружились крошечные розовые лепестки, и их подхватывал легкий ветерок.

# БЛАГОДАРНОСТЬ

Этот сюжет родился после разговора с двумя мудрыми женщинами: Элизабет Уид, моим многолетним литературным агентом, и Шауной Саммерс, моим редактором в «Баллантайн Рэндом Хаус». Обе посоветовали мне отложить роман, над которым я уже работала, и сосредоточиться на этом. Отложить работу, на которую уже было потрачено много сил, было непросто, но я доверилась их опыту и дару предвидения и направила все силы на этот роман. Элизабет и Шауна, спасибо вам, вы оказались правы!

Вот еще одна рок-звезда, заслуживающая megaблагодарности от автора: Дженни Мейер, мой иностранный литературный агент. Четкая и яростно преданная авторам, она с самого начала эффективно помогала мне. Благодаря Дженни мои книги продавались и продаются более чем в двадцати пяти странах, а во многих стали бестселлерами. Мне до сих пор не верится, что такое вообще возможно. Дженни, я невероятно признательна вам за помощь и дружбу.

Я не написала бы эту книгу без моральной поддержки моих родителей, особенно мамы, которая несколько раз уводила меня от края пропасти, когда я испытывала очередной стресс и не успевала к последнему сроку сдачи романа. Я поняла, какой это подарок судьбы, когда ты можешь считать свою мать еще и преданным другом. Папа, ты тоже у меня замечательный!

Мои милые сыночки, Карсон, Рассел и Колби Джио, вы еще маленькие и, возможно, считаете вашу маму чуточку странной, но, ребятки, нет худа без добра: это укрепляет характер! А когда вы подрастете, то, надеюсь, вы оглянетесь назад и поймете, что все те истории, которые я рассказывала вам перед сном, были очень даже неплохими. Но если даже вы и не оцените их, я все равно буду вас любить. Величайшая радость в моей жизни — то, что вы есть у меня!

А еще сердечный привет моим замечательным приемным детям: Джози, Эви и Петре. Вы молодцы! И спасибо тебе, Петра, что ты познакомила меня с твоей прелестной подружкой Кози, чье имя я дала героине моей книги.

Спасибо и вам, потрясающие сотрудники «Баллантайн» — тем, кто занимается маркетингом, продажей, переизданием, и всем-всем — друзья мои, вы лучшие на свете!

Наконец, я хочу поблагодарить моего супруга Брендона, который самоотверженно ездит по свету, сопровождая меня в моих книжных турах и прочих поездках, когда я собираю материал для новой книги, таскает мои тяжелые чемоданы, делает тысячи снимков, смешит меня почти что до мокрых трусиков, заботится о повседневных мелочах. Но самое главное, с ним я чувствую себя любимой — беззаветно и безгранично. Я увидела тебя, мой дорогой, во второй главе этой книги.

# Оглавление

От автора . . . . . . . . . . . . . . . . . . . . . . . . . . 7
Глава 1. КАРОЛИНА . . . . . . . . . . . . . . . . 9
Глава 2. СЕЛИНА . . . . . . . . . . . . . . . . . . 14
Глава 3. КАРОЛИНА . . . . . . . . . . . . . . . . 33
Глава 4. СЕЛИНА . . . . . . . . . . . . . . . . . . 45
Глава 5. КАРОЛИНА . . . . . . . . . . . . . . . . 64
Глава 6. СЕЛИНА . . . . . . . . . . . . . . . . . . 89
Глава 7. КАРОЛИНА . . . . . . . . . . . . . . . . 116
Глава 8. СЕЛИНА . . . . . . . . . . . . . . . . . . 134
Глава 9. КАРОЛИНА . . . . . . . . . . . . . . . . 156
Глава 10. СЕЛИНА . . . . . . . . . . . . . . . . . . 173
Глава 11. КАРОЛИНА . . . . . . . . . . . . . . . . 179
Глава 12. СЕЛИНА . . . . . . . . . . . . . . . . . . 188
Глава 13. КАРОЛИНА . . . . . . . . . . . . . . . . 200
Глава 14. СЕЛИНА . . . . . . . . . . . . . . . . . . 207
Глава 15. КАРОЛИНА . . . . . . . . . . . . . . . . 220
Глава 16. СЕЛИНА . . . . . . . . . . . . . . . . . . 249
Глава 17. КАРОЛИНА . . . . . . . . . . . . . . . . 264
Глава 18. СЕЛИНА . . . . . . . . . . . . . . . . . . 299
Глава 19. КАРОЛИНА . . . . . . . . . . . . . . . . 325

| | |
|---|---|
| Глава 20. СЕЛИНА | 334 |
| Глава 21. КАРОЛИНА | 341 |
| Глава 22. СЕЛИНА | 348 |
| Глава 23. КАРОЛИНА | 355 |
| Глава 24 | 364 |
| Глава 25. КАРОЛИНА | 369 |
| Глава 26. КАРОЛИНА | 382 |
| Глава 27. КОЗИ | 389 |
| Глава 28. КАРОЛИНА | 393 |
| Глава 29. КАРОЛИНА | 399 |
| Глава 30. КАРОЛИНА | 402 |
| Благодарность | 409 |

Все права защищены. Книга или любая ее часть не может быть скопирована, воспроизведена в электронной или механической форме, в виде фотокопии, записи в память ЭВМ, репродукции или каким-либо иным способом, а также использована в любой информационной системе без получения разрешения от издателя. Копирование, воспроизведение и иное использование книги или ее части без согласия издателя является незаконным и влечет уголовную, административную и гражданскую ответственность.

Литературно-художественное издание

**Джио Сара**
**ВСЕ ЦВЕТЫ ПАРИЖА**

Ответственный редактор *В. Стрюкова*
Выпускающий редактор *Е. Долматова*
Художественный редактор *Р. Фахрутдинов*
Технический редактор *И. Гришина*
Компьютерная верстка *Е. Мельникова*
Корректор *И. Андрианова*

Страна происхождения: Российская Федерация
Шығарылған елі: Ресей Федерациясы

ООО «Издательство «Эксмо»
123308, Россия, город Москва, улица Зорге, дом 1, строение 1, этаж 20, каб. 2013.
Тел.: 8 (495) 411-68-86.
Home page: www.eksmo.ru  E-mail: info@eksmo.ru
Өндіруші: «ЭКСМО» АҚБ Баспасы,
123308, Ресей, қала Мәскеу, Зорге көшесі, 1 үй, 1 ғимарат, 20 қабат, офис 2013 ж.
Тел.: 8 (495) 411-68-86.
Home page: www.eksmo.ru  E-mail: info@eksmo.ru.
Тауар белгісі: «Эксмо»
**Интернет-магазин** : www.book24.ru
**Интернет-магазин** : www.book24.kz
**Интернет-дукен** : www.book24.kz
Импортёр в Республику Казахстан ТОО «РДЦ-Алматы».
Қазақстан Республикасындағы импорттаушы «РДЦ-Алматы» ЖШС.
Дистрибьютор и представитель по приему претензий на продукцию,
в Республике Казахстан: ТОО «РДЦ-Алматы»
Қазақстан Республикасында дистрибьютор және өнім бойынша арыз-талаптарды
қабылдаушының өкілі «РДЦ-Алматы» ЖШС,
Алматы қ., Домбровский көш., 3«а», литер Б, офис 1.
Тел.: 8 (727) 251-59-90/91/92; E-mail: RDC-Almaty@eksmo.kz
Өнімнің жарамдылық мерзімі шектелмеген.
Сертификация туралы ақпарат сайтта : www.eksmo.ru/certification
Сведения о подтверждении соответствия издания согласно законодательству РФ
о техническом регулировании можно получить на сайте Издательства «Эксмо»
www.eksmo.ru/certification
Өндірген мемлекет: Ресей. Сертификация қарастырылмаған

Дата изготовления / Подписано в печать 25.01.2023. Формат 70x100 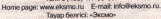.
Гарнитура «Литературная». Печать офсетная. Усл. печ. л. 16,85.
Доп. тираж 4000 экз. Заказ 0175/23.

Отпечатано в Акционерном обществе
«Можайский полиграфический комбинат»
143200, Россия, г. Можайск, ул. Мира, 93.
www.oaomptk.ru, тел.: (49638) 20-685

**Москва.** ООО «Торговый Дом «Эксмо»
Адрес: 123308, г. Москва, ул. Зорге, д.1, строение 1.
Телефон: +7 (495) 411-50-74.  **E-mail:** reception@eksmo-sale.ru

По вопросам приобретения книг «Эксмо» зарубежными оптовыми
покупателями обращаться в отдел зарубежных продаж ТД «Эксмо»
E-mail: **international@eksmo-sale.ru**

*International Sales: International wholesale customers should contact
Foreign Sales Department of Trading House «Eksmo» for their orders.*
**international@eksmo-sale.ru**

По вопросам заказа книг корпоративным клиентам, в том числе в специальном
оформлении, обращаться по тел.: +7 (495) 411-68-59, доб. 2261.
E-mail: **ivanova.ey@eksmo.ru**

Оптовая торговля бумажно-беловыми
и канцелярскими товарами для школы и офиса «Канц-Эксмо»:
Компания «Канц-Эксмо»: 142702, Московская обл., Ленинский р-н, г. Видное-2,
Белокаменное ш., д. 1, а/я 5. Тел./факс: +7 (495) 745-28-87 (многоканальный).
e-mail: kanc@eksmo-sale.ru, сайт: www.kanc-eksmo.ru

**Филиал «Торгового Дома «Эксмо» в Нижнем Новгороде**
Адрес: 603094, г. Нижний Новгород, улица Карпинского, д. 29, бизнес-парк «Грин Плаза»
Телефон: +7 (831) 216-15-91 (92, 93, 94).  E-mail: reception@eksmonn.ru

**Филиал ООО «Издательство «Эксмо» в г. Санкт-Петербурге**
Адрес: 192029, г. Санкт-Петербург, пр. Обуховской обороны, д. 84, лит. «Е»
Телефон: +7 (812) 365-46-03 / 04.  E-mail: server@szko.ru

**Филиал ООО «Издательство «Эксмо» в г. Екатеринбурге**
Адрес: 620024, г. Екатеринбург, ул. Новинская, д. 2щ
Телефон: +7 (343) 272-72-01 (02/03/04/05/06/08)

**Филиал ООО «Издательство «Эксмо» в г. Самаре**
Адрес: 443052, г. Самара, пр-т Кирова, д. 75/1, лит. «Е»
Телефон: +7 (846) 207-55-50.  **E-mail:** RDC-samara@mail.ru

**Филиал ООО «Издательство «Эксмо» в г. Ростове-на-Дону**
Адрес: 344023, г. Ростов-на-Дону, ул. Страны Советов, 44А
Телефон: +7(863) 303-62-10.  **E-mail:** info@rnd.eksmo.ru

**Филиал ООО «Издательство «Эксмо» в г. Новосибирске**
Адрес: 630015, г. Новосибирск, Комбинатский пер., д. 3
Телефон: +7(383) 289-91-42.  E-mail: eksmo-nsk@yandex.ru

**Обособленное подразделение в г. Хабаровске**
Фактический адрес: 680000, г. Хабаровск, ул. Фрунзе, 22, оф. 703
Почтовый адрес: 680020, г. Хабаровск, А/Я 1006
Телефон: (4212) 910-120, 910-211.  **E-mail:** eksmo-khv@mail.ru

**Республика Беларусь:** ООО «ЭКСМО АСТ Си энд Си»
Центр оптово-розничных продаж Cash&Carry в г. Минске
Адрес: 220014, Республика Беларусь, г. Минск, проспект Жукова, 44, пом. 1-17, ТЦ «Outleto»
Телефон: +375 17 251-40-23; +375 44 581-81-92
Режим работы: с 10.00 до 22.00.  **E-mail:** exmoast@yandex.by

**Казахстан:** «РДЦ Алматы»
Адрес: 050039, г. Алматы, ул. Домбровского, 3А
Телефон: +7 (727) 251-58-12, 251-59-90 (91,92,99).  E-mail: RDC-Almaty@eksmo.kz

**Полный ассортимент продукции ООО «Издательство «Эксмо» можно приобрести в книжных
магазинах «Читай-город»** и заказать в интернет-магазине: www.chitai-gorod.ru.
Телефон единой справочной службы: 8 (800) 444-8-444. Звонок по России бесплатный.

Интернет-магазин ООО «Издательство «Эксмо»
**www.book24.ru**
Розничная продажа книг с доставкой по всему миру.
Тел.: +7 (495) 745-89-14. E-mail: **imarket@eksmo-sale.ru**

# ЧИТАЙ·ГОРОД

**book 24.ru**

Официальный интернет-магазин издательской группы "ЭКСМО-АСТ"

В электронном виде книги издательства вы можете купить на www.litres.ru

**ЛитРес:**
один клик до книг

## ПРИСОЕДИНЯЙТЕСЬ К НАМ!

eksmo.ru

МЫ В СОЦСЕТЯХ:

vk eksmo

eksmo.ru

ISBN 978-5-04-160231-4